道不尽的大隋王朝

上部

昊天牧云 —— 著

清华大学出版社
北京

内 容 简 介

本系列图书以风云激荡的隋王朝兴衰为叙事主轴，本书为上部，聚焦隋文帝杨坚如何从北周权臣蜕变为开国雄主，以金戈铁马与励精图治铸就"开皇之治"的盛世图景。书中既呈现了新朝肇始的锐意革新，亦暗伏权力漩涡中的血色锋芒——朝堂上的权谋博弈、军阵间的铁血征伐、君臣同僚的猜忌暗流、世家大族的命运浮沉，共同编织成一部壮美跌宕的帝国史诗。

作者深耕《隋书》《资治通鉴》等经典史料，将严谨考据融入叙事经纬。通过杨坚与独孤伽罗的帝后传奇，李德林、高颎等能臣良将的宦海浮沉，镇抚突厥、江南平陈这三条主线，立体展现了隋帝国崛起过程中的人性光谱。

这部兼具史诗格局与人性洞察的历史佳作，以环环相扣的叙事节奏，让尘封的典籍焕发戏剧性的张力。读者既能享受追剧般的沉浸式阅读体验，又能在帝王将相的命运转折间，窥见中国中古社会转型的深层密码。无论是探寻隋唐鼎革之源，还是品味风云变幻的历史故事，各个年龄段的读者都可在本书中找到属于自己的阅读快意。

本书封面贴有清华大学出版社防伪标签，无标签者不得销售。
版权所有，侵权必究。举报：010-62782989，beiqinquan@tup.tsinghua.edu.cn。

图书在版编目(CIP)数据

道不尽的大隋王朝. 上部 / 昊天牧云著. --北京：清华大学出版社，2025.7. —ISBN 978-7-302-68058-1

Ⅰ.I247.5

中国国家版本馆CIP数据核字第2025SV5123号

责任编辑：陈立静　张文青
封面设计：杨玉兰
责任校对：李玉萍
责任印制：刘海龙

出版发行：清华大学出版社
网　　址：https://www.tup.com.cn, https://www.wqxuetang.com
地　　址：北京清华大学学研大厦A座　　邮　编：100084
社 总 机：010-83470000　　邮　购：010-62786544
投稿与读者服务：010-62776969, c-service@tup.tsinghua.edu.cn
质量反馈：010-62772015, zhiliang@tup.tsinghua.edu.cn

印 装 者：河北盛世彩捷印刷有限公司
经　　销：全国新华书店
开　　本：148mm×210mm　　印　张：7.125　　字　数：171千字
版　　次：2025年7月第1版　　印　次：2025年7月第1次印刷
定　　价：49.00元

产品编号：107512-01

序言 · PREFACE

记得我写的第一部历史书，取名《只三国不演义》。出版时，被改为《三国那些事儿》，至今仍略有憾焉。

"只三国，不演义"，一直是我写史秉承的原则。

很小很小的时候，因为外祖父是旧时代的私塾先生，家里便常聚集一些本地的老学究。这些前辈们颇有些旧学根底，谈吐之间，历史故事信手拈来，引人入胜。不独我听得如痴如醉，就连很多村民也常偷闲而来，听得津津有味……

长大后，翻阅了很多史学典籍，猛然发现，这些前辈们口中的历史故事，多为演义故事中的情节，离历史的真实还有十万八千里。而听众们却都以为那就是真实的历史——假作真时真亦假。

为何前辈们不去翻阅史书，从中挖掘出真实的历史故事，而只是从那些演义故事中吸收营养？须知，几千年来，史学大家层出不穷，史学典籍汗牛充栋，卷帙之浩繁，绝不亚于那些演义之作。

个中缘由，显而易见：几乎所有史书的作者，在修史之时，无不神态庄严、正襟危坐，他们极盼自己编撰的皇皇巨著，能被立为鉴镜，能"使乱臣贼子惧"，能"致君尧舜上，再使风俗淳"。为使君王们能从中汲取教训以知兴替，他们往往在历史的身上强加了太多的沉重、赋予了太多的使命、抒发了太多的感慨，一篇未罢头已雪。然

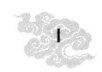

而，到头来，朝代的兴替依旧反反复复，相同的原料不断地回锅翻炒，使得"以史为鉴"四字徒然成为响彻历史天空的口号。再加上这些史书的文字大多晦涩难懂，于是，数载辛劳、两行热泪，却常令读者如负重前行，不时以手拊膺坐而长叹……

作者苦心孤诣，读者满脸风霜。

何苦来哉！

要知道，历史场面固然波澜壮阔，历史故事固然惊心动魄，但历史细节也妙趣横生，历史人物也可亲可爱（或可憎可恨）……

不如有趣一点，不如轻松一下。忙里偷闲，一卷在手，古今多少事，都付笑谈中。

于是，我决定以轻松的方式，不求深入、但求浅出，把数千年往事写下来，分享给喜欢历史的朋友。若能让读者朋友掩卷之余会心一笑，于愿足矣。

当然，轻松叙述，绝非等同戏说。

我在叙述的过程中，始终秉承"不演义"的原则：以史料为唯一依据，去伪存真，把英雄请下神坛，使人物回归本色，让历史恢复原貌。不再怪力乱神，不再状智成妖，不再天命攸归，而是枭雄的拼杀、谋略的博弈、血性的较量、人性的碰撞，旨在令读者认识到：尽管历史风云激荡，世事如棋，沧海桑田，但永远不变的是人性。

《道不尽的大隋王朝》是本人继《秦朝那些事儿》《三国那些事儿》《晋朝那些事儿》《元朝那些事儿》之后的作品，在完稿之后、出版之前，由当红的历史主播谢涛先生在喜马拉雅FM平台上演播，目前该专辑的播放量已经破千万。

特别感谢一直支持我的读者朋友，感谢一直支持我的听众朋友！

昊天牧云

2025年6月

目录 · CONTENTS

第一章
各怀心事 亲朋竟是反对派
相互提携 元勋力助大隋朝
001

第二章
雪上加霜 虚弱南陈生变故
长孙定计 彪悍突厥终臣服
037

第三章
重制律令 奠盛世之基
修大兴城 开长安之盛
084

第四章
江南宫阙 不尽玉树后庭曲
遭疑谋逆 百战名将终伏诛
109

第五章
风雨飘摇 南陈后主犹声色
大举南伐 大隋王师下建康
138

第六章
炫耀武功 长安大献俘
因地制宜 杨坚任能吏
186

第七章
争头功 贺若弼永不释怀
失恩宠 李德林郁郁而终
201

第八章
率兵渡江 杨处道平定江南
恩威兼济 冼夫人镇抚岭表
217

第一章

各怀心事　亲朋竟是反对派
相互提携　元勋力助大隋朝

公元581年，也就是大隋开皇元年，是一个历史的转折点。

这一年，北周权臣杨坚完成了从权臣到皇帝的身份转换，彻底终结了鲜卑王朝在北方一百多年来的统治，成为大隋帝国的开国皇帝，史称隋文帝。大隋与南陈分治天下，华夏大地上形成两个汉人朝廷的对峙。

杨坚凭借外戚的身份，公然夺权，一举废掉北周小皇帝宇文阐，改朝换代，称帝建隋，得国比较容易。他本人靠老爸的功劳上位，自己并没有什么丰功伟绩，之所以能成为辅政大臣，靠的居然是郑译等几个北周宠臣的上下其手。由于杨坚在权臣的位子上待的时间不长，还来不及组织自己的死党团队，所以直到他君临天下的那一刻，仍然没有几个彪悍的手下。可以说，杨坚登上九五至尊之位时，连他本人都觉得有点底气不足。

来自父亲的补偿

杨坚的女儿杨丽华是北周宣帝宇文赟的皇后。宇文赟在位时，多次扬言要把她废掉，还扬言要把他们杨家满门抄斩，让她时刻活在朝

不保夕的恐惧之中。

宇文赟因荒淫无度而死后，郑译等人矫诏，让杨坚辅政。杨丽华虽然没有参与其中，但内心感到十分踏实，因为即位的小皇帝宇文阐"幼冲"，且非她亲生（宇文阐的生母是宇文赟的天元帝后朱满月），她最怕一番忙乱之后，大权会落到他人手中——那样一来，她这个太后就不是一般地惨了。如今有老爸为她保驾护航，她就可以在太后的位子上高枕无忧了。

哪知，她那欣慰的笑容还没在脸上挂多久，杨坚就在一帮各怀心思的家伙的撺掇与运作之下，来了个"禅让秀"，自己登上皇帝宝座，直接把江山坐稳了，她这个"新科太后"的头衔立刻被抹杀了。杨丽华的心头满是悲伤，只要处于没睡的状态下，脸上就全是悲愤交加的表情。

杨坚见此情形，也自觉对不起女儿，于是下诏封她为乐平公主，杨丽华就这样从前朝太后变成了当朝公主。虽然荣华富贵依旧，但她怎么想都觉得自己不仅身份尴尬，而且对不起宇文氏——她已经把自己当成宇文氏的人了。

杨坚以为自己封女儿为公主很久了，宇文氏的影子在她心中应该早已淡出，于是劝她改嫁——虽然是丧偶再婚，但到底是皇帝的女儿，不愁嫁！

哪知，杨丽华坚决不同意——既然嫁了宇文氏，就必须从一而终。杨坚见女儿态度十分坚定，也没有勉强她。

尽管对女儿备加荣宠，但杨坚这个做父亲的依旧觉得亏欠女儿太多。既然女儿不肯改嫁，那就在外孙女身上做点补偿吧。杨丽华只有一个女儿，名叫宇文娥英。这个北周公主已到婚龄，杨坚下旨为她隆重择婿。皇家选外孙女婿，并不是面向全国的适龄青年，而是本着门

当户对的原则,对象只限于贵公子。

圣旨一下,每天到弘圣宫等待面试的高门子弟都有一百多号。这可是女儿的终身大事,杨丽华日日坐在帷帐之中,对这些王孙公子进行考核。这些求婚者也像如今的求职者一样,先声情并茂、文采飞扬地自我介绍一番——当然,重点还是介绍自己的家世,着眼点都在拼爹——然后由杨丽华出题,考察他们的才艺,总不能让宝贝女儿嫁给一个光有显赫家世而无真才实学的草包吧?

杨丽华左挑右选,始终没有称心如意者,直到她看到李敏,才有了"丈母娘看女婿,越看越爱"的感觉。李敏是幽州总管李崇之子。父亲战死沙场后,他被杨坚收养,袭爵广宗县公,起家是太子千牛备身(太子属官,正七品)。史载李敏长相英俊,善于骑射,精通歌舞音律,这样一个出身名门、才貌双全的公子,好不容易入了乐平公主的法眼。

感受到竞争对手投来的嫉妒的目光,被宣布成为当朝公主乘龙快婿的李敏心情大爽。此时,所有人,包括他自己都不会想到,多年之后,他的结局竟是那样凄惨。当然,这是后话,以后再表。

人生如戏,但我不入你的戏

如果仅仅是得不到女儿的理解,倒也没有什么,可是连荣建绪对杨坚的"禅让"都表现得爱答不理,这就让皇帝感到很尴尬——要知道,此人可是杨坚的旧相识。

荣建绪是西魏兵部尚书荣权的儿子,他本人在北周任小载师下大夫一职。杨坚开展"禅让"的准备工作时,他已接到任命书,准备到息州(今河南省信阳市息县)当刺史。正要出发时,杨坚对他说:"且踟蹰,当共取富贵耳。"此时,杨坚迫切需要支持者,他满以为

自己这么一说,老哥们就会爽快地留下来,与他一起共享富贵,哪知老朋友脸面一端道:"明公此旨,非仆所闻。"

"明公"是古代对有名位者的尊称,"仆"是对自己的谦称。这话说白了就是"您这话我可不爱听",搞得杨坚愣在当场,万分尴尬。

荣建绪虽然把话说得很绝,好像自己是"耻食周粟"的伯夷、叔齐一般,可等到老朋友真的对北周朝廷来了个篡位夺权后,他并没有跑到首阳山,来个"不吃隋食",而是继续当他的地方大官,还像别的刺史那样,前来朝见杨坚。

杨坚一看,当初你不是说不想要朕给的富贵吗?怎么现在又来了?昨天你让我下不来台,今天我就让你的尴尬无处安放!他当场问荣建绪道:"卿亦悔不?"

荣建绪是典型的"骨头不硬嘴巴硬",杨坚的话才一落,他就一边叩头一边说:"臣位非徐广,情类杨彪。"意思是,臣虽然比不上徐广,但跟杨彪当时的情形一样。

这话听起来好像不怎么激烈,可你要是熟悉徐广和杨彪,就明白这话对杨坚的刺激有多么大了。徐广是东晋秘书监,也是《晋记》的作者,更是司马氏的死党。当年桓玄篡位,晋安帝被迫从皇宫里搬出时,别人都不敢表态,而徐广却陪着晋安帝从宫中一路走来,而且一路痛哭,悲痛程度远高于晋安帝(晋安帝司马德宗智商存在缺陷,又是个哑巴)。

后来,刘裕代晋,晋恭帝禅让时,徐广又一次放声大哭。那段时间,众人眼中的他总是"悲感流涕"。南朝宋宰相谢晦对他说:"徐公将无小过?"这话的潜台词是:差不多得了,您这戏演得过了,还指望拿金鸡奖、百花奖啊?

徐广答道:"身与君不同。君佐命兴王,逢千载嘉运;身世荷晋

第一章

德，实眷恋故主。"意思是：我跟您不同，您乃是新帝的佐命之臣，当然心情爽快；我深受大晋的厚恩，哪能忘记旧主？

刘裕没有因为徐广不忘旧主就下令把他做掉，而是任命他为中散大夫，可徐广坚守自己的原则，上表坚辞。刘裕好人做到底，同意了他的请求，还赏赐他很多钱财，让他生活优渥，得享七十四岁高寿。

杨彪对汉朝很忠心，即使在献帝落难时，仍然紧随左右，好几次差点被郭汜和曹操砍死，幸好被人救了下来。后来，曹操父子对他还是很优待的，但他却不愿领情。曹魏黄初二年（221年），魏文帝曹丕想任命杨彪为太尉，杨彪却推辞道："我曾当过汉朝的三公，这些年来，国家动荡不安，我却不能为大汉立有一点功劳，如果现在做大魏的臣子，于国于己，都不是一件光彩的事。"好在曹丕是明主，被拒绝后仍对杨彪以礼相待，还赐他延年杖、冯几。如此一连串礼遇，让杨彪都不好意思再坚辞了，于是曹丕又拜他为光禄大夫，品级为中二千石，朝见时，班位仅次于三公（原来让他当太尉，现在待遇次了一级）。杨彪安享高官厚禄，八十四岁高寿而终。

这二人可谓将"老奸巨猾"四个字发挥到炉火纯青的地步，他们太明白皇帝打造"礼贤下士"人设的需要了，利用皇帝的这一心理，一通套路玩下来，既保住了自身的富贵荣华，又博得了忠良之名，这是多少文人士大夫梦寐以求的终极理想！

现在荣建绪居然把自己比作这两人，杨坚一听就气爆了——你比杨彪、徐广还不如，只想拿好处，却不愿公开做自己的铁杆手下！天下初定，自己刚刚登基，正需要帮手，连你这个旧相识都在大庭广众之下摆出这副嘴脸，别人更不知要如何算计朕！

杨坚内心恼怒，但面上只是淡淡地冷笑道："朕虽不解书语，亦知卿此言不逊也。"意思是：我虽然没文化，不知道这些书中的典故，但

005

也知道你这是在对我不敬！

在君主专制统治下，"不敬"向来是大罪。这个帽子一扣下来，在场之人都为荣建绪捏把汗，他本人也不敢拽文了。

这个政治投机分子把这两个典故搬出来，是想让杨坚像刘裕、曹丕安顿徐广、杨彪一样安排他。人生如戏，全靠演技，他想借这种君明臣忠的"佳话"平步青云、赢得美名、走上人生巅峰，没想到杨坚根本不入他的套。

这个故事还有另一个版本，说是杨坚听后龙颜大怒。当然，不管是云淡风轻，还是勃然大怒，杨坚当时的心情肯定是不愉快的。只不过这位开创了"开皇之治"的雄主并没有因此加罪于旧相识，还让他继续当刺史。荣建绪领着高官的俸禄，直到死的那一天。

八柱国

对于杨坚的上位，亲闺女和旧相识竟不支持他，不是对北周还抱有怀念之情，就是面上爱答不理、暗中精打细算。反对者中，还有一位小女子值得我们表一表，这便是杨坚老同事窦毅的女儿窦氏。在讲述她的故事前，我们需要插一个很长的题外话，先来了解一下深刻影响西魏和北周政治格局的八柱国。

窦毅没有在历史中留下多少名气，但他来头不小。他是北周文帝宇文泰的女婿，曾经跟随宇文泰参加过剿灭窦泰之战以及著名的沙苑之战，立有大功；后来在出使突厥时，当面谴责突厥可汗的两面三刀，迫使突厥转变立场，继续成为北周的盟友，挫败了北齐联合突厥对抗北周的图谋，他也因此进位柱国。

这里插一段题外话。北魏置"柱国大将军"这一称号。西魏时期，形成了"八柱国"，成为八柱国就意味着进入了当时的最高决策集团。

第一章

　　魏晋时期，门阀士族几乎垄断了当时的政治权力。到了南北朝时期，门阀士族日渐没落，"旧时王谢堂前燕，飞入寻常百姓家"，而纵横中国近两百年的关陇集团开始崛起。

　　"关陇集团"是部分学者提出的一个说法，他们将北魏时期籍贯位于陕西关中和甘肃陇山一带的门阀军事势力称为"关陇集团"。

　　北魏为了保障国都平城（今山西省大同市）的安全，在周边地区，也就是河北北部、内蒙古南部建立了六个军镇，合称"六镇"。初期，六镇将士大部分是鲜卑贵族，还有一部分是汉人豪强，但后期汉人逐步成为主体。北魏永熙二年（533年），关中大行台贺拔岳接受孝武帝的密令，开始对抗高欢（北齐王朝的奠基人），并率部整合关陇地区的军事力量。这批军事贵族以贺拔岳旧部为班底，定居关中，胡汉杂糅，文武合一，互相通婚。

　　西魏时期，府兵制日渐完善，府兵的顶端设有八柱国、十二大将军。八柱国、十二大将军都是军政合一、出将入相的，不仅是军队的统帅，也是政权的领导核心，还是当时关中地区最显赫的二十大家族，西魏、北周、隋、唐四个王朝的开国皇帝都出自这个集团。

　　八柱国家族，除北魏宗室元氏外，其余几乎都出自关陇集团中的武川（古称代北武川）军事贵族集团。第一代八柱国是：宇文泰、元欣、李虎、李弼、赵贵、于谨、独孤信、侯莫陈崇。

　　其中，宇文泰是大权在握的老大；元欣是北魏贵族里最先跟随宇文泰的人，就因为站队正确，得以成为八柱国中仅次于宇文泰的大佬。元欣这人"性粗率，喜好鹰犬"，宇文泰对他很是放心。虽然这哥们占着大位毫无作为，但以他为代表的元氏家族却在这一时期又兴旺发达起来。他们在北周代西魏时，不但丝毫没有表现出不满的情绪，反而在宇文氏坐了天下后，与其频繁通婚，权势一点都没有被削弱。到了杨

坚取代北周时，元氏家族的代表人物元胄又坚定地站在杨坚这一边，为杨坚篡周立下大功。

瞧见了吧？站队正确，真的很重要。

八柱国中的赵贵也为宇文氏立过汗马功劳，深受宇文泰的器重。可在宇文泰死后，赵贵不服宇文泰的侄子宇文护专权（三年内连杀宇文觉、拓跋廓、宇文毓三帝，一时间权倾朝野，成为北周的实际掌权者），联合八柱国中的独孤信，准备搞事。由于独孤信在最后关头犹豫，丧失良机，两人都被砍了脑袋，赵贵一族就此消失。

八柱国中的侯莫陈崇（侯莫陈是北魏的一个鲜卑族部落，这个部落里的人以侯莫陈为姓）是标准的鲜卑猛将，出身武川军事贵族集团，先是跟随北魏将领贺拔岳，一路冲锋在前，表现得十分勇武，后来归附宇文泰，成为宇文泰的干将。在宇文泰接过贺拔岳的班的过程中，侯莫陈崇起了至关重要的作用。宇文泰死后，他虽然没有像赵贵那样咬牙切齿地密谋推翻宇文护，但也不看好宇文护。只是这哥们城府不深，居然把这个心思泄露出来。

北周保定三年（563年），他随宇文邕（宇文泰第四子，北周第三位皇帝）到原州（今宁夏回族自治区固原市）视察时，还没有完成既定议程，宇文邕就在深夜突然返回长安。大家都感到惊奇，因为当时是宇文护当权，宇文邕只是个吉祥物，做事无须如此急促。侯莫陈崇并不感到惊奇，他悄悄地对自己的一个手下说："我曾听一位高人说过，宇文护流年不利。现在皇上突然连夜回京，看来晋公（宇文护）快要挂了。"

《易经》有云："乱之所生也，则言语以为阶。君不密则失臣，臣不密则失身，机事不密则害成。是以君子慎密而不出也。"这个爱剧透的侯莫陈崇并没有什么政治野心，他只是想表现一下自己的聪明，能透过现象看到本质。这个手下也是个嘴快之人，不过片刻，侯莫陈崇的话就以小道消息的形式到处传开，宇文邕自然也听到了。

这时的宇文邕正活得如履薄冰，突然听到猪队友的话，哪能不勃然变色？他马上在大德殿召集公卿，当众猛批侯莫陈崇。侯莫陈崇再无脑，在权力场中摸爬滚打了这么多年，一看这个架势，也知道自己要呜呼哀哉了，这才真真切切地领会到"祸从口出"的含意。这个曾经在战场上冲杀在第一线的职业军人，此时面如土色、汗出如浆，不断地叩头请罪。

宇文邕把他当众骂了一通后，并没有把他怎么样——宇文邕比他更盼望宇文护死去。但宇文护对侯莫陈崇的愤怒就只能以这个政治蠢材的死来平息了。他从成为权臣的第一天起，就对宇文泰配置的八柱国疑心重重。现在的八柱国中，侯莫陈崇是仅存的眼中钉，一日不除，他一日寝食难安。只是侯莫陈崇是一个战场拼杀的武将，并没有什么把柄被他拿住，侯莫陈崇这才活到今天。现在他居然说出这样的话来，是自己找死，我不杀你，还真对不起你了。

宇文护也不数落侯莫陈崇的罪状，当天夜里，直接派兵包围了侯莫陈崇的宅邸，逼他自行了断。这个满脸横肉、曾经在战场上砍人如砍瓜切菜的战将，最后只能一脸绝望地横起大刀，抹向自己那粗壮的颈脖，一死了事。

作为鲁钝之人，鲁钝本身并不可怕，它甚至可以成为你的保护色，让别人懒得以你为敌。可怕的是你只是一个干活儿的料儿，却幻想着给集团总裁当智囊，而且嘴巴还没"把门的"，这种人无论是在历史剧中，还是在现代职场戏中，都活不过十分钟。

八柱国中，于谨的结局还算不错。他帮宇文护稳住了权力根基，深得宇文护的信任，得以善终。于谨的儿子于翼很早就跟着宇文泰干，在父亲死后，他也成了八柱国之一。他还有一个身份，就是宇文泰的乘龙快婿。按他这个资历和身份，应该是宇文氏最坚定的卫士，可当杨坚搞事、其他势力联合起来跟杨坚对抗时，他却坚定地站在杨坚这一边，帮杨坚稳住了局势。于氏家族虽然在于翼之后没出过什么杰出人物，但在有隋一代，一直是名门望族。

除了上述几个柱国外，还有李虎、李弼和独孤信这三个柱国。他们生前虽然比不上于谨等人那般活跃，但他们暗中罗织关系网，使得其家族成为之后相当长一段历史时期内最牛的政治势力。

你问有多牛？看看这个关系网的组成，你就明白了：李虎是唐高祖李渊的爷爷；李弼是瓦岗军首领李密的太爷爷；独孤信虽然死得有些窝囊，但他留下的政治遗产却十分了得——他既是杨坚的岳父，也是李渊的外祖父，后来的历史方向盘，都是由他的后代掌握。

雀屏中选

窦毅虽不是第一代八柱国的成员，但他在老一辈柱国们凋零之后上位，其权力也是不可小觑的。窦毅虽是宇文泰的女婿，但在杨坚以隋代周的过程中，并没有为宇文氏死拼，而是认清形势，将自己的政治资本投到了杨坚身上。事实证明，他投对了。

读到这里，不得不再次感叹——站队真的太重要了！

窦毅虽然跻身大隋权贵之列，但他的女儿窦氏一直对大隋身怀敌视。窦氏出身高门，舅舅是北周武帝宇文邕。在古代，"长发等身"是美女的标志之一，据说窦氏刚出娘胎就长发过颈，三岁时就已经长发等身——这个"据说"，你相信吗？不管你信不信，史书就是这么写的。宇文邕见这个外甥女生得不一般，就将她抱入宫中抚养，让她享受公主的待遇。

第一章

窦氏是受万千宠爱的小公主，但她的见识远超一般的公主。在她只有六七岁时，就敢于劝说舅舅。当时北周为了对抗北齐，与突厥和亲，宇文邕娶了突厥公主为后。可能突厥公主颜值不在线，又性格强势，所以宇文邕不喜欢她。众人想到的只是突厥公主不受宠，而年幼的窦氏却明白，皇帝与皇后不和，就是北周与突厥不和，那么联突抗齐的战略就付诸流水了。她请求舅舅为了家国苍生，一定要克服个人心理障碍，安抚皇后，原话是："四边未静，突厥尚强，愿舅抑情抚慰，以苍生为念。但须突厥之助，则江南、关东不能为患矣。"

小小女童居然能说出这样一番令他醍醐灌顶的话来，令宇文邕不由一惊，便"深纳之"。

此事被窦毅知道后，他便对妻子宇文氏说："此女非寻常粉黛，不可嫁与平庸之辈，务当英雄以配之。"

到隋朝取代北周时，连窦毅这个堂堂柱国都乖乖做了大隋的臣子，窦氏这个十一二岁的小女子却一点儿也不服。当她听到杨坚受禅的消息时，悲愤得扑倒在殿阶下，痛哭道："恨我不为男子，救舅氏之患！"

窦毅和妻子听后大惊失色，怕招来灭族之祸，忙上前捂住她的嘴巴。自此，窦毅夫妇对女儿更加另眼相看。

待窦氏到了嫁龄时，窦毅没有搞父母之命、媒妁之言、门当户对那一套，而是搞了个别开生面的"比武招亲"——不要以为就是简单粗暴的打擂台、比拳脚，窦毅将比赛方式设得极具挑战性：在门屏那里画两只孔雀，发给求婚者每人两支箭，谁射中"孔雀"的两只眼睛，谁就可以抱得美人归。

无数公子铩羽而归，轮到最后一位登场。此人便是李渊，也就是后来的唐高祖。

前文已经交代，李渊是八柱国之一李虎的孙子。《新唐书》里也给他编了一个与众不同之处——体有三乳。反正这是史书惯用的写法，只要是有名的帝王将相，不是目有双瞳，就是体有三乳，不是玉燕投怀，就是满室异香，总之要把这人写得天上少有、地上无双。

李渊的父亲李昞（李虎的第三子）死得早，李渊七岁时就继承了父亲唐国公的爵位。虽然幼年丧父，但李渊生于高门大族，母亲又是隋文帝皇后独孤伽罗的姐妹，所以是妥妥的高富帅一枚。当他听说窦毅为才貌双全的女儿征婚时，也前去试试运气。

当李渊上场时，窦毅眼里已经无光了。他当然认识这个前柱国的孙子，也知道他家世显赫，但这青年自幼并没有做出什么让人眼睛一亮的事情来，那么多才俊都失败了，他还能技压群雄不成？无人中箭，女儿岂不是嫁不出去了？自己可就尴尬了……

李渊来到窦毅府上时，得知之前的求婚者都失败了，心中窃喜。他健步上前，领了两支箭，在众人的注视下，"嗖"地射过一箭，那些准备喝倒彩的人还没来得及出声，便听到利箭中靶的声音，定睛一看，只见箭尾还颤个不停，而箭头已经深深地插入"孔雀"的一只眼中。

就在那些幸灾乐祸者的声音被堵在喉头，噎得他们眼珠子都暴突出来时，李渊不慌不忙，再次拈弓搭箭，向"孔雀"的另一只眼睛射去。强弓声响中，那支箭直直破空而去，稳稳中的。

窦毅喜得差点跳起鲜卑族舞蹈来。就这样，李渊一举成为窦毅的乘龙快婿，与窦美女结成百年之好。之后，这对夫妻先后生下了四个儿子——李建成、李世民、李元吉、李玄霸。

可以说，灿烂辉煌的大唐，就是李渊这两箭射出来的。这场"比武招亲"，还给后世留下一个成语——雀屏中选。

窦氏对大隋有着刻骨的仇恨，这对李渊父子肯定产生了极大影

响。当然,她一介弱女子,只能暂时将仇恨深藏心中,对杨坚不会造成一丝一毫的影响。

德林非仲永

本该支持杨坚的亲朋,竟是他的反对派;而坚决充当他的铁杆队员的,却是两个从北齐那里挖墙脚得来的牛人。

这两个人,一个是李德林,一个是高颎。

李德林,字公辅,原本是北齐名士,是个官三代,其父李敬族曾任太学博士、镇远将军。李德林自幼聪慧过人,才几岁时拿起左思的《蜀都赋》来读,不过十多天,就把每个字都刻入了脑海——想想我们在高中时背诵《滕王阁序》时的艰难,称其为神童,不为过吧?当时北齐名臣高隆之对此大为惊叹,到处传颂这个神童的故事,还下结论道:"若假其年,必为天下伟器。"

高隆之这么一打广告,邺城(先后为曹魏、后赵、冉魏、前燕、东魏、北齐六朝都城,遗址主体位于今河北省邯郸市临漳县)各界人士的神经被挑动起来,纷纷跑到李家,像参观外星人一样围观这个神童。据说在李德林声名鹊起时,李家门前日日停满了车,家中挤满了人,热闹程度一点儿都不亚于那些年"大衣哥"朱之文的家门口。

史载李德林"美容仪,善谈吐",放在今天,就是妥妥的高颜值学霸。他在当时的热度,比北宋的方仲永要高得多。幸运的是,德林后来没有成为仲永。他自十五岁就开始大量阅读经典文集,每天的阅读量都有几千字,妈妈从不用担心他的学习。

大家不要以为几千字是很少的——现代人窝在被窝里,一个晚上就能在手机里刷完一本玄幻小说,看完之后还能给人家讲得口沫横飞、不亦乐乎,但要把几千字的文言文读懂读通、深得其精髓,绝非

易事。古代很多学者，为了给某部经典训诂作注，往往要花掉大半辈子的时间。

如此勤学苦读下来，李德林对古代典籍、天文地理、阴阳之学无不通晓，不仅知识越发渊博，还"善属文"，写出的文章文辞恳切、思路清晰、行文流畅。

不久，东魏权臣高欢的"文胆"魏收读了李德林的文章后，对李德林的父亲高声赞道："贤子文笔终当继温子昇！"

魏收作为当时东魏最牛的"笔杆子"，高欢几乎所有的文书都由他起草或把关。魏大才子向来自负，而他刚见到李德林的文墨就表现得如此惊艳，还将其比作温子昇，足见李德林的文笔与才华。

可能很多人对温子昇不熟悉，但一定知道他的先祖——东晋名臣温峤。到温子昇长大成人时，东晋已经成为历史，眼前已是北魏的天下。北魏元诩初年（510年），朝廷在全国选拔才子，补充御史之职，全国共有八百人应试。一个职位八百人来抢，堪比现在的公务员考试了。温子昇最后名列前茅，毫无悬念地被选拔为御史，一时间名声大噪、风光无两，而他当时年仅二十二岁，诗文与邢劭齐名，时人将他与邢劭、魏收并称为"北地三才"。在这个偶像天团中，他的名气又是最大的。北魏的济阴王元晖认为，温子昇的诗文在南朝的谢灵运和沈约之上；梁武帝萧衍读到他的作品时也感怀道："曹植、陆机复生于北土。"

南朝的另一个大才子庾信出使北朝时，读到温子昇的《韩陵山寺碑》，也是赞叹不已。他出使回来后，有人问他对北地的文人有什么看法，他哈哈一笑："唯有韩陵山一片石堪共语，薛道衡、卢思道少解把笔，自余驴鸣犬吠，聒耳而已。"这几句话，把江南名士的狂傲姿态表现得淋漓尽致，不过，他还是很认可温子昇的。在这里，庾信

给我们创造了"驴鸣犬吠"的成语。温子昇的其他故事，笔者在拙作《道不尽的南北朝》一书里已作详述，在此不再赘述。

感动北齐

南北两朝的大文人，都对温子昇赞誉有加，可见其在当时的文名有多高，被称为"北地第一才子"毫不为过。现在魏收将李德林比作"北地第一才子"，照这个势头发展下去，李德林肯定前途无量。可在他十六岁时，父亲突然亡故，无论是对于李家还是对于他这个少年郎，都是沉重的打击。李德林虽是官二代，但家境并不富裕。

李德林悲痛万分，尚未弱冠的他亲自驾着牛车，护送父亲的灵柩回故乡安葬。他在治丧期间，更是严格遵守当时的风俗——父母去世后，孝子要穿麻衣，并光着脚。时值腊月，麻衣单薄，众人都劝他穿上厚衣厚鞋，别把自己给冻死了，可这个少年仍然每天麻衣赤足地守在父亲墓前，极尽孝礼，一直坚持到丧事结束。李德林的孝名因此被广为传扬，称赞之声不绝如缕。一个名叫崔湛的高官正休假在家，听闻李德林的故事后，感动得不能自已，立刻带着厚礼亲赴李家吊唁，要见一见这个人人称颂的大孝子兼大才子。

崔家距李家不算远，即使骑着马优哉游哉地过去，也花不了多少时间，但崔湛想见李德林的心情太迫切了，才一翻身上马，就打马如飞，一路风驰电掣，也不管后面的随从能否跟得上。当他一口气策马来到李家门前时，马已经累得要跪下来，而他身后也只有五个随从跟得上，那批厚礼还在几里之外的路上。崔湛说，只有这样，李德林才不会认为自己是在炫耀。这又成全了一段佳话，让大家继续传颂。

虽然居丧期间佳话不断，可父亲之死使李家没了经济来源，李德林的生活直接从官二代跌入穷一代的境地。母亲又抱病在身，真是屋漏偏逢连夜雨。幸而李德林没有气馁，君子固穷，不坠青云之志，他咬紧牙关，继续钻研学问。万幸一段时间过去后，母亲的病有所好转，但再这样下去，全家就会饿死，母亲只得逼他入仕途。被母亲这样一激，李德林心中原本模糊的"治国平天下"的理想迅速变得清晰起来，他立志要位极人臣，了却君王天下事，赢得生前身后名。

此时，他早已是北方无人可比的大名士，有实力的大佬们都争着将他揽入麾下。定州刺史高湝是李德林的超级粉丝，听说他要出仕，第一时间将他召入州馆。李德林入馆之后，高湝一天到晚都到州馆里跟偶像聊天。堂堂刺史，在一个刚入职的后生面前表现得像个小迷弟，二人最后聊成了忘年交。

二人既已积累深厚的情谊，高湝便对李德林说："我虽得每日与才子相谈，甚是我幸，然公辅以高才屈我麾下，实乃我罪。若公辅继续俯就，即使朝廷不问责于我，冥冥之中恐也会受到神灵的怪罪。"

要知道，高湝可是北齐政权奠基人高欢的儿子，如此言辞恳切而卑微，可见李德林的个人魅力之大。北齐天保八年（558年），高湝亲自保举，通过推举秀才到朝廷参加考试的方式，将李德林举荐到邺城。他还特地给时任尚书令的杨遵彦写了一封信，信中道："燕赵固多奇士，此言诚不为谬。今岁所贡秀才李德林者，文章学识，固不待言，观其风神器宇，终为栋梁之用。至如经国大体，是贾生、晁错之俦；雕虫小技，殆相如、子云之辈。今虽唐、虞君世，俊乂盈朝，然修大厦者，岂厌夫良材之积也？吾尝见孔文举《荐祢衡表》云：'洪水横流，帝思俾乂。'以正平比夫大禹，常谓拟谕非伦。今以德林言之，便觉前言非大。"

这真是将李德林盛赞了一番，说他治国理政的水平可以与贾谊、晁错同列，文章水平则可比肩司马相如等人，是真正的国之栋梁。

第一章

杨遵彦早已听闻李德林的故事，现在见高刺史如此不吝赞美之辞，心中更对李德林之才充满好奇，着实想眼见为实一番，于是邀李德林当场写一篇《让尚书令表》。

李德林略一躬身，伏案疾书，"援笔立成，不加治点"。杨遵彦览后，大呼过瘾，又觉得如此美文，自己独享，实在是太自私了，便带着原稿来到吏部郎中陆卬那里分享。陆卬看后，拍案叫绝："已大见其文笔，浩浩如长河东注。比来所见，后生制作，乃涓浍之流耳。"

陆卬是吏部郎中，做的就是考核官员的工作，看人自然是错不了的。他深知李德林日后必成大器，便嘱咐自己的儿子多与李德林交往，还告诫道："汝每事宜师此人，以为模楷。"

那时候的考试，虽然设有一等甲科，但很少有人能被选入这一等，而且主考官杨遵彦又是出了名的严格。尽管如此，李德林还是在治国方略等科目中名列第一，骑射也是无人能及，顺利博得了一等甲科。

才高八斗，备极美名，高中甲科——有了这么多铺垫，按说李德林一进官场，就可以来个"高开高走"。哪知，朝廷只授了他一个殿中将军的职位。这个官名貌似很牛，实则是一个既无实权又无事可做的虚职，跟领空饷差不多。

你可能会说，这不挺好吗？钱多事少离家近，数钱数到手抽筋，妥妥的人生赢家啊！可人家李德林并不是只想挣个铁饭碗，而是要实现"位极人臣"的抱负，因此眼前这个结果，着实令他心凉了半截。他冷静下来，对北齐政权进行了一番评估，觉得此时已经处于"天保季世"，跟高洋这样的皇帝混下去，也混不出什么名堂来，于是他称病辞官，回到老家闭门读书，过起了清贫却逍遥的隐士生活。

不过，杨遵彦并没有忘记他。两年后，杨遵彦奏请朝廷，说让李德林这样的青年才俊赋闲在家，实在是浪费人才，不如把他召回朝

017

中，让他商议国事。

于是，李德林又成了朝廷命官。

不久，北齐孝昭帝高演即位，李德林被派到晋阳（今山西省太原市）。邺城虽是国都，但北齐真正的权力中心是晋阳。自己被分配到真正的权力中心，李德林心中还是有点小得意的，于是文思就泉涌起来，写了一篇《春思赋》。此文一出，人人传抄，一时间洛阳纸贵，人们都说此文通篇极尽典雅华丽之能。最终，高湛注意到了李德林。

高湛（高欢第九子，北齐武成帝）是高演的弟弟，更是高演的盟友，他全力协助高演废掉高殷（北齐第二任皇帝），夺得皇位。此时高湛已是北齐宰相，权势熏天。他把李德林调回邺城，拜其为丞相行参军。就这样，李德林与高湛的另一个死党高元海共掌机密，进入了决策圈，成为高湛麾下之人。

李德林算是站队正确，因为不久后高演便死了，高湛即位。终高湛一朝，李德林不断得到提拔，一直做到通直散骑常侍，与当时的中书侍郎、副侍中赵彦深一起"别典机密"。

当李德林在官场上春风得意之时，他的母亲病逝，他只得告假丁忧。李德林绝对是个大孝子，在守丧期间，他悲痛得"勺饮不入口五日"。父亲病故时，正值严寒，他还要薄衣赤足；母亲去世时，偏又赶上酷暑，他热得遍体生疮，却依然"哀泣不绝"。朋友陆骞和宋士素看到他这样，就同名医张子彦一起为他调制汤药，可他却拒绝服用。大家都以为他命不久矣，没想到几天后，他竟然奇迹般地痊愈了。所有人都认为，这是孝诚感天，于是新的佳话就诞生了。

拍马屁是个技术活儿

太傅巴叔仁特地上奏朝廷，将李德林这番"感动北齐"的事迹一五一十地叙述了一遍，朝廷对李德林进行了嘉奖。无论是在政务还是舆情上，高湛都太需要李德林了，所以在他守孝刚满一百天时，就来了个"夺情起复"，但李德林以身体太过虚弱为由，奏请辞官回乡。

南北朝、五代十国这种乱世，最不缺的就是变态统治者，高湛算是这个群体中的佼佼者，一面做尽残暴不仁之事，一面热衷于被歌功颂德。上有所好，下必甚焉，底下必有极尽谄媚之能事的大臣，中书侍郎杜台卿就献过一篇《世祖武成皇帝颂》。高湛看后，眉头一皱：老杜虽然写得工整用心，但水平有限，未合朕意啊……

写文章拍统治者的马屁，是个非常考验人的技术活儿，不是你喊几句"陛下治国有方""皇上万寿无疆"，领导就会受用的，要言辞恳切、辞藻雅致、溢美之词与详细案例相结合，才能让看的人相信这是真的。各位读者可以默默衡量一下，你领到的工资中，有百分之多少是付给你提供给老板或客户的情绪价值的。

高湛心想，这不行，想上热搜，还得靠李德林啊，于是派宠臣和士开拿着这个文稿去找李德林，请他重新操刀。李德林马上进献颂书十六章，把高湛写成古往今来无人能及的圣君明主，唐尧虞舜都要望尘兴叹。高湛直读得全身细胞都活跃起来，脸上挂满了幸福的笑容，大声叫好——这才是大手笔啊！当场奖给李德林宝马一匹。

可以说，李德林在暴虐的高湛手下混得风生水起。他一心想着如何把官做得更大，因此不但努力实干，还左右逢源，将人际关系处理得面面俱到，连性格怪异、恃才傲物的祖珽都对他敬重有加。

祖珽的手下看到祖珽很厚待李德林，心中不服，便对祖珽说："李德林是您的政敌赵彦深的朋党，万万不可相信！"

祖珽却说："我还嫌赵彦深待李公不厚呢！以后内省的文件，都可以托付给李公，你们不要再乱说他的坏话。"

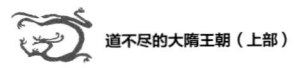

超实用祥瑞

不久,李德林被提拔为中书侍郎。再不久,宇文邕(北周文帝宇文泰第四子,北周的第三位皇帝)东征,北周灭了北齐,宇文氏取代了高氏。

宇文邕是一个很重视人才的君主,灭齐之后,他做的第一件事就是高调招揽北齐朝廷的人才。对于李德林的大名,宇文邕早已如雷贯耳,所以李德林是宇文邕的重点招揽对象。宇文邕进入邺城的第一天,就派小司马唐道和前往李德林家中,郑重邀其相见。

受此礼遇,李德林很感动。在此之前,他效力北齐朝廷,几个皇帝和权臣虽然重用他,但他们皆是史上少有的暴虐奇葩,且身边活跃着一众奸邪妄佞,政治生态十分恶劣。李德林跻身其间,除了能表现一下自己的文才之外,毫无施展抱负的空间。虽然得享高官厚禄,在人前人后也很拉风,但心情未必畅快。他也知道宇文邕是当世少有的有为之君,现在人家主动抛来橄榄枝,焉有推辞的道理?跟这样的主公混,自己定能大展宏图。

李德林马上整理仪容,跟唐道和入行辕中拜见宇文邕,两人在内省谈了三天三夜。宇文邕大为佩服——盛名之下,果有其实!待他起驾回长安时,也把李德林带了回去。到长安后,宇文邕任命李德林为内史上士,主要负责草拟诏书以及其他重要文告,另有一项工作就是遴选北齐人才,充入北周朝廷。

李德林在北周获得了宇文邕极大的信任,超过他在北齐所受的待遇。宇文邕也对李德林的工作十分满意,他曾用鲜卑语对大臣说:"我常日唯闻李德林名,及见其与齐朝作诏书移檄(古代官方文书移和檄的并称,多用于征召、晓谕和声讨),我正谓其是天上人。岂言

第一章

今日得其驱使，复为我作文书，极为大异。"他觉得李德林所撰写的诏书和文告，好到不可思议的地步。

神武公纥豆陵毅答道："臣闻麒麟凤皇（通"凤凰"），为王者瑞，可以德感，不可力致。麒麟凤皇，得之无用。岂如德林，为瑞且有用哉！"意思是：臣听说麒麟、凤凰是王者的祥瑞，要想得它们现世，只可用王者的圣德来感动它们，而不能使用暴力。可这些祥瑞现世之后又有什么用处呢？岂如李德林这样，既是祥瑞，又堪大用！

听听这教科书级别的高情商接话，难怪宇文邕听后大笑道："诚如公言！"

如果宇文邕不那么短命，李德林在北周或许会有一番作为，但宇文邕在灭北齐后不久便英年早逝了。

找对平台跟对人

宇文邕一死，曾经生机勃勃的北周王朝也陷入动荡不安的乱局之中。宇文赟刚一登基，便纵欲无度，一天到晚都在胡作非为，大家都对北周感到绝望。杨坚就是在这样的局势下，开始打造自己的权力基础，做好代周的前期准备的。他求贤若渴，比任何人都清楚李德林是个大才，所以当他成为北周的首席大臣后，就急欲将李德林拉进自己的朋友圈，便派杨惠（北周大将军杨绍次子）去做李德林的思想工作。

李德林经历过好几个奇葩皇帝，可以说是阅人无数，从政经验极为丰富，老早就看出宇文氏大厦将倾，也老早就断定日后必是杨氏掌天下。能得贤主顾茅庐，他自是大喜过望，也懒得说什么场面话，直接鲜明地表达了自己的态度："德林虽庸芃，微诚亦有所在。若曲相提奖，必望以死奉公。"

李德林历侍几朝，深谙明哲保身之道，对朝政虽不敢懈怠，但从

021

未说过以死相报的话。这次他态度鲜明地将自己纳入杨坚麾下，等于将自己的身家性命、政治资本都押在了杨坚身上。他知道，自己现在只有杨坚可以依靠；他更知道，杨坚现在迫切需要死党。

杨坚马上请李德林入府，共商大计，李德林就此成为杨坚的头号谋臣。后来，李德林在杨坚夺位的过程中屡献奇谋，且在为杨坚处理日常事务时表现得精力旺盛、果断周密，各种文书都经他手，从早到晚从不停歇，一天之中，处理的事务超过百件；有时战机紧迫，需要同时处理几件事，他就召来几个秘书，口授文书给他们，居然能出口成章、文不加点、准确无误。

当时，"三大总管"武装对抗杨坚（史称"三总管之乱"），北周五王也在图谋，王谦（北周柱国大将军）又在蜀地响应尉迟迥（宇文泰的外甥），搞得北周大地狼烟四起，千头万绪一齐涌到杨坚面前，全靠李德林处置得宜。因此在这一时期，李德林是杨坚最倚重的得力助手。

李德林这个超级个体，终于找到了可以实现自我价值的平台，以及可以为之效力的领导。

我家门前有棵树

杨坚的另一个得力助手就是高颎。

高颎原是东魏人，自称是渤海人，其父高宾在东魏历任龙骧将军、谏议大夫等职。高宾对高氏把持东魏朝政的做法十分看不惯，最后带着一家老小投奔西魏，先后当过直散骑常侍、抚军将军、大都督。后来，他成为独孤信的属官，并被赐姓独孤氏。在这之后，他做到了郢州刺史，进位骠骑大将军、开府仪同三司，治襄州总管府司录。虽然仕途平顺，但他并没有做出什么值得史家记载的政绩来。北

周天和六年（571年），高宾卒于任上。

高宾虽然表现平平，却生了一个不平凡的儿子。高颎自幼就表现得聪颖、有器度，在才智方面与李德林不相上下，文章虽稍逊李德林一筹，但胜在文武双全。

李德林被看好，因为他自幼就是"别人家的孩子"，"学霸日后定会出人头地"是人们的惯常认知。而高颎被看好，却是因为他家"风水好"。高家门前有一棵柳树，高达百尺，枝繁叶茂，挺拔如盖。人们打他家门前经过，看到这棵非同寻常的柳树，就会想到刘备当年的故事，都会不由自主地叹道："此家当出贵人。"一棵树能决定一个人的前途，不管你信不信，反正古人是信的。

高颎十七岁即被宇文宪（宇文泰第五子，南北朝最杰出的军事统帅之一）引为记室。记室的职责是撰写章表文檄，如果文章写得不好，是万万胜任不了的。不要小瞧章表文檄的重要性，徐敬业起兵反武则天临朝称制时，武则天根本没把他那点武力值放在眼里，但读到骆宾王写的战斗檄文《讨武氏檄》中的"公等或家传汉爵，或地协周亲，或膺重寄于爪牙，或受顾命于宣室。言犹在耳，忠岂忘心？一抔之土未干，六尺之孤何托"时，深蹙蛾眉，她明白这段话对李唐旧臣的煽动作用，因此叹道："有如此才不用，宰相过也！"徐敬业的反叛在历史长河中掀不起一丝波澜，但这篇《讨武氏檄》却名垂史册。

宇文宪是宇文泰的第五子，是当时军中的头号人物，也是南北朝最杰出的军事统帅之一，自然深谙章表文檄对战势、人心的巨大影响，能在他那里当记室，高颎的文章水平不言而喻。

宇文宪是北周平齐的大功臣，高颎也跟着在平齐之役中立了功，被拜为开府。之后，他又同宇文盛一起平定了隰州（今山西省临汾市隰县）的叛乱，但他被提拔的速度远不及后来的同僚李德林。李德林

023

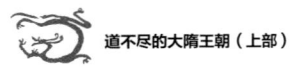

从北齐跳槽到北周，直接进入决策层，而高颎却要从基层干起。高颎没有抱怨职场的不公，他跟随宇文宪经历了几次大战，积累了实战经验，为日后的崛起奠定了坚实的基础。

杨坚辅政之后，睁着那双渴望的眼睛到处寻找人才。他很快就发现，高颎虽然官职不高，但精明强干、足智多谋，若是自己能文有李德林、武有高颎，左膀右臂相互配合才算齐全。事不宜迟，杨坚又派杨惠出马，招揽高颎入麾下。

高颎以高才屈低位，又见识过官场的腐败后，也对北周的前途感到绝望，如今杨坚慧眼识珠，英雄惜英雄，当即抱拳道："愿受驱驰！纵令公事不成，颎亦不辞灭族！"

李德林表态时，只是说"愿以死奉公"，而高颎则把全族性命都押上了，决心比李德林更坚定。杨坚当时暗筑黄金台，极力招贤纳士，但死党也仅限于刘昉、郑译等几个小人。这几个人在搞小动作、把朝局搅得一塌糊涂之事上还是很有本事的，但离王佐之才还差十万八千里，杨坚就更加倚重高颎这匹千里马了。

后来，杨坚与尉迟迥对决，战情吃紧，杨坚集团手下竟无人敢到前线去接手指挥权。这时，高颎主动请缨，在危急关头力挽狂澜，一战破敌，为杨坚稳住了局势，成为大隋王朝的头号开国功臣。

德林失宠

改朝换代后，前朝势力一般会被屠戮殆尽，鲜少有善终者。作为大隋的开国皇帝，杨坚也有这个心思。虞庆则猜透了领导的心思，就投其所想，建议尽灭宇文氏一族。

虞庆则的祖上是匈奴铁弗部赫连氏。南北朝时期，其父赫连祥出任灵武太守，举家入籍灵州（今宁夏回族自治区灵武市），后迁居

京兆栎县（今陕西省西安市临潼区），其家族世代都是北方豪强。虞庆则自幼习武，体伟性悍，武艺精湛，还懂鲜卑语。他最初在北周做官，袭爵为沁源县公，累功任仪同大将军等职，授开府。

高颎和杨惠虽然知道这样做会对杨坚产生很大的负面影响，但他们也知道皇帝的心中所想，只得违心地表示赞同。

站出来力争的，只有李德林。

见昔日的盟友兼手下为自己的敌人说话，杨坚龙颜震怒："君读书人，不足平章此事！"

李德林自从在杨坚麾下效力后，为杨坚解决过众多难题，几乎是算无遗策。此前，只要是李德林提出的建议，杨坚总是"深纳之"，并且纳得心服口服，纳得和颜悦色，从来没有说过这么重的话。这时大骂这位开国功臣是个不足议事的书呆子，可见心头怒火之盛。

骂完李德林之后，杨坚将宇文氏的子孙屠戮殆尽。即便如此，他仍不能释怀。从此以后，李德林这个曾经的文胆便被冷处理，再也不得提拔。对比唐太宗李世民对魏征的重用，杨坚在对待李德林的态度上显得心胸狭窄，暴露了"性至察而心不明"的缺点。

仗义疏财

李德林失势后，另一个人开始在大隋庙堂上熠熠生辉，他就是大名鼎鼎的苏威。

苏威也是个官二代。在杨坚麾下的几大巨头中，李德林和高颎虽然都是官宦子弟，但其父并无作为，而苏威的父亲却不同，人家是大名鼎鼎的苏绰——北周制度的设计师。苏绰虽深得宇文泰的信任，但天不假年，在苏威五岁时便撒手人寰。苏威虽年幼，但据史书记载，他悲痛程度如同成年人。

同李德林一样，苏威也是少年早慧、美名远扬。宇文泰执政时，苏威继承了美阳县公的爵位，任郡功曹。宇文护当了大冢宰后，对苏威十分礼遇，还要将女儿许配给他。能成为当朝权臣的女婿，是很多人求之不得的事，可是熟读史书的苏威明白，专权跋扈如宇文护，终究是得不到好下场的，到时能落个树倒猢狲散的结局都是万幸。为了避祸，苏威逃入山中隐居。

他的叔叔一看，你小子吃错药啦？于是追到山中，又把他逼回了官场。苏威拗不过叔叔，只得经常跑到山中寺院里长住，青灯古佛，读书写字，明哲保身，不闻窗外事。

宇文邕登基后，苏威被封为下大夫，可他像其他智者一样，清楚北周命不久矣，因此拒绝接受朝廷授予他的官职。他不仅懂得乱世中的避祸之道，关键时刻还能尽显道义。

他叔叔的女儿，也就是他的堂妹嫁给了元世雄。元世雄与突厥有嫌隙，居然仗着自己是北周勋贵而跟突厥叫板。后来，北周调整外交政策，联合突厥，共同对付北齐。突厥使臣入朝提出要求：将元世雄夫妇交给他们，他们才会跟北周建立同盟。北周二话不说就把人打包送过去——要杀要剐随你们，别耽误大事！

元世雄这才知道，自己在北周皇帝眼里，根本就是个屁！他的眼里除了后悔、愤恨之外，只剩下绝望了——是朝廷将自己交出去的，无人能救自己了。

这时，苏威挺身而出了。他深知突厥人的心性——反复无常，又爱财如命。当年他们明明跟北周签订了同盟协议，北齐使者带着一大堆黄金过去，他们立刻两眼放光，无耻地撕毁了墨迹未干的协议。所以，苏威决定用财帛将堂妹夫妇赎回来。他变卖了所有的田地，再加上既有的家资，全部送到了突厥那里。突厥人见钱眼开，立马一笑泯

恩仇，把死到临头的元世雄夫妇送了回来。这事让苏威的名望更上一层楼，获得"轻财好义"的评价。之后，他被拜为开府。

可能大家对"开府"这个职务不了解，但经常在读书时读到，比如"开府仪同三司"等。其实，我们完全可以从字面去理解，"开府"就是有权成立自己的府署，可以任命自己的属官，这个权力很大。"开府仪同三司"，就是开府的人享受三公的级别，为正一品。

苏威的开府虽然没有"仪同三司"的后缀，但级别也算很高了，因为北周的开府是军职。当年，宇文泰设置八柱国之后，又仿西周的制度，设置了"六军"，其兵源主要是流入关中地区的六镇军人以及在关中的鲜卑诸部士兵。不久，宇文泰率六军与高欢大战，结果大败亏输。败北而归后，宇文泰不断收编关陇汉人豪族的乡兵部曲，编制成军，建立起一套很有北周特色的兵制。这个系统里最高级别的军官是八柱国，往下依次是十二大将军、二十四开府，由此形成了府兵制。

府兵制最重要的特点是兵农合一。府兵平时是农民，农隙训练，战时从军打仗，参战时的武器和马匹需要自备，全国都有负责府兵选拔、训练的机构。

十二大将军，分属于八柱国。在八柱国中，宇文泰是全军统帅，不需要府下再有大将军；而元欣是西魏宗室的代表，是不能让他有军权的，允许他跻身八柱国之列，只是一种政治挂名而已。于是，剩下六个柱国，每个柱国被视为"一军"，组成"六军"，这样同西周的六军之制就相符了。十二大将军，每人统帅两个开府，于是有了"二十四开府"，苏威就是"二十四开府"之一。

苏威当开府时，宇文邕已死，北周政局急转直下，但他没有再推辞——家产都拿去赎回堂妹一家了，再不当官，就只能喝西北风了。

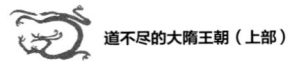

逃兵的酒后忠言

高颎投到杨坚帐下后,多次赞苏威贤明有义,不逊于其父。杨坚对苏威也是慕名已久,见高颎如此赞他,便派人请他入丞相府相见。杨坚将其引入内室,两下一交谈,杨坚只觉"大得我心",于是纳入麾下。

苏威在杨坚那里混了一个多月,看到杨坚正在紧锣密鼓地筹备受禅大事,胆子又缩水了,不告而别,逃到了乡下。

高颎一看,老苏你也太不可靠了吧?关键时刻临阵脱逃啊!

杨坚了解苏威的秉性,只摆了摆手道:"他既然不愿参与我的大事,姑且由他吧,不要为难他了。"

杨坚称帝后,召他入朝,拜为少保,不久又命他兼任纳言。自己当过逃兵,这时要是愉快地接受任命,苏威自己都觉得脸上挂不住,于是上表请辞。杨坚当然知道他这个辞让是装的,便下诏安慰。一番你推我劝,戏做全了,双方脸上都有光。苏威就这样同高颎、李德林等人一起成了刚刚诞生的大隋王朝的股肱之臣。

苏威虽然向来表现得谨小慎微,但他的谨小慎微也是有选择性的(这就好比各位读者在面对同事、客户、邻居时社恐,但在面对一起喝酒、打游戏的哥们时,肯定是各种自在吹牛),他在杨坚面前直言进谏,可一点也不含糊。

有一次,杨坚同独孤皇后饮酒,酒到半酣,来了兴致,把苏威、高颎、杨素、杨雄这几位重臣叫来一起喝,喝到酣畅淋漓的状态时,他对四人说:"太史曾对我说,我命中只能当三年皇帝。三年,三年啊,转眼就到了,想想便郁闷!所以朕才摆酒宴请诸君前来商议,准备在南山险要之处筑好城堡,将来若有变故,咱们就固守那里,诸君以

为如何？"

大家正喝得面酣耳热，突然听到这段话，都呆在当场，不知如何接话。

这时，苏威正色进谏道："陛下，如周文王那样的圣君明主，一生都在修养德行，在其任内，尚有地震等诸灾发生；宋景公对人仁慈，一句话就使他的灾星退避三舍。只要陛下崇尚道德，自会得上苍护佑；如若弃德不顾，只想据险自固，那么即使是最亲信之人，也会有反目成仇的一日。那时您众叛亲离，纵有南山之险固守，恐也难保身家性命！"

在场的几位重臣听后都石化了，你小子喝高了吧？李德林仅为宇文氏说几句话就坐了冷板凳，如今你说这话，是想提前退休啊？

哪知领导听后，非但不觉得被冒犯，还深赞苏威赤胆忠心，当场敬了他一杯酒。

庙堂双璧

苏威虽然五岁就丧父，但父亲的一番话却对他影响至深。

当年苏绰为宇文泰理政时，由于战乱频繁，西魏财政入不敷出。为了保证战时开支，苏绰制定了征税法，但刚制定完，就长叹一声："此法就像拉开的弓，只是为了在战乱之世满足国用，并不是治平之世的做法。以后哪位贤才能让这把拉开的弓松弛下来呢？"

苏绰发这个感慨时，苏威肯定不满五岁，但他硬是记住了父亲的这番慨叹，并以此为己任——父亲拉开的弓，就由我使其松弛下来吧！

看到原生家庭对一个人的影响了吧？

成为开国重臣后，苏威立刻奏请朝廷，轻徭薄赋，杨坚愉快地接受了他的建议。自汉末到隋朝，四百多年的乱世动荡，如今天下初

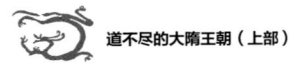

定，百废待兴，自然要与民休息。

既然决定要安社稷，皇家就要作出表率吧？苏威入宫时，见宫中幔帐的挂钩都是银制的，就在杨坚面前力陈节俭的典故和好处。杨坚听后，深以为然，马上下令将这些苏威认为奢侈的装饰品全部去除。

还有一次，杨坚被某个人惹怒，要斩杀那人，众人皆不敢求情。苏威大步入宫，大声劝谏。杨坚怒火更炽，指着苏威厉声大喝："我不但要杀他，还要亲自动手！"说罢，气冲冲地向外走。

苏威毫无惧色，用身体拦住他的去路。

杨坚来了个移形换位，闪身出了宫殿。

苏威仍不妥协，又追了过去，继续拦在杨坚面前。

杨坚见苏威如此坚持，只得一甩衣袖，回到殿内。

坐了一会儿，杨坚怒气渐消，渐渐恢复了理智，意识到自己反应过度了，便派人请苏威入殿，郑重说道："君能这样大胆谏阻，朕真的没有什么可忧虑的了。"说罢，下旨赐苏威两匹马、十多万钱以做褒奖。

杨坚说这话、办这事时，肯定忘记了李德林的进谏。

不久，杨坚又任命苏威兼任大理卿、京兆尹、御史大夫。治书侍御史梁毗认为苏威一人身兼五职，虽说是每日公务繁忙，但为了据位而不举荐贤能，终有私嫌，便上书弹劾他——这种事，相信大家在职场上见多了。

杨坚对梁毗说："苏威抱负远大，勤于公务，故而无精力举荐贤能。再给他一些时日，不要这么着急。"

杨坚对苏威的工作十分满意，曾当面对其说："一旦被重用，就全力施为，毫不懈怠；如果不被重用，就退而隐居，远离官场——这些也只有我和你可以做到。"

可能正是因为杨坚了解苏威的脾气秉性，当初才不计较他的临阵脱逃之举。人各有特质，苏威这种员工，不适合参与草创，但将其放在稳定的大厂里，他就会发挥最大效能。人尽其用，帝王之道也。

至于李德林，一旦你被老板认定"胳膊肘向外拐"，即使你有不世之才，老板也只会轻描淡写地说一句"人才就像韭菜"。

杨坚和苏威这对君臣，此时还在蜜月期。杨坚对苏威深为倚重，史载隋文帝曾对众臣道："苏威不值我，无以措其言；我不得苏威，何以行其道。杨素才辩无双，至于斟酌古今，助我宣化，非威之匹也。威若逢乱世，南山四皓，岂易屈哉！"这段话的大意是：如果苏威没有遇上我，他就无法施展才华与抱负；如果我没有得苏威辅佐，如何实现自己的主张呢？杨素虽才辩天下无双，但在判断古今得失、助我宣扬教化方面，是无法与苏威匹敌的。苏威这种大才若逢乱世，为避祸而做隐士，当真是屈才。

至此，苏威与高颎、杨雄、虞庆则并称"四贵"，高颎成为首席重臣。此时，高颎的头脑还很清醒，他明白位高权重并非福气，更清楚开国皇帝和开国功臣之间总绕不出"功高震主""兔死狗烹"这些历史舞台中的循环戏，便自编自导了一出"自贬以自保"的戏码。他推荐苏威之后，见苏威表现出色，圣上也很满意，就上了一表，说苏威事事皆在他之上，为了国家前途，自己愿意让贤。

杨坚一看：哟，本以为高颎只会战场杀敌，原来还有这种谦让之德啊，那我何不来个成人之美呢？于是准许他卸下仆射之职。可是过了几天，杨坚突然想到："苏威在前朝时，硬是隐居不仕，即使逼他出山，他还是跑到寺院里避世。而高颎居然能让这样的贤才入我麾下，足见其高才。自古以来，举荐贤能者都应得到褒奖，我怎么能让高颎去官离职呢？"于是，又驳了高颎的辞表。

我们很难讲高颎这出"自贬以自保"是真心还是作秀，但结果就是在皇帝面前立了"一心为国"的人设，在同僚面前立了"谦虚淡泊"的人设，收效还是不错的。

就这样，苏威和高颎成了大隋政坛上最强有力的组合。他们强强联合，自然就有人眼红起来，尤其是刘昉和卢贲这两人。

宽大处理

刘昉和卢贲绝对是杨坚集团最资深的铁杆。当年，刘昉和郑译通过上下其手，将杨坚推上大丞相之位，但群臣对杨坚并不服气，不可预见的事情随时可能发生。卢贲以蛮横手段力压群臣，勇闯东宫，助杨坚谋得大权，而且他是最先劝杨坚"顺天应民"的人。

在刘昉和卢贲看来，若给开国功臣论资排辈，他们应当排在高颎和苏威之前，位极人臣，可如今却被边缘化。大政方针由高颎和苏威制定，朝廷日常政务也由这二人主持，他们这些资深铁杆反而靠边站，心里很是不服。

刘昉原是宇文赟的宠臣，在宇文赟时代就"以技佞见狎，出入宫掖，宠冠一时"，只是后来看到杨坚名重一时，又是皇后的父亲，这才转过来投靠杨坚，极力帮助杨坚谋得大权。他和郑译这样做，并不是为了黎民百姓，而是为了日后能继续弄权。哪知，杨坚不是宇文赟，他们那一套在杨坚这里根本吃不开。

杨坚所定的年号"开皇"，在道教中意为"一劫之始"，寓意天地间又一个新纪元的到来。杨坚以此为年号，意在证明他顺应天运，开创了一个新纪元，而他则像至高无上的元始天尊那样普济众生，开劫度人。心有宏图的他明白，得天下可以靠奸佞小人，治天下终须贤臣良将——不管是奸臣还是贤臣，都要为我所用，这才是帝王之道。

对于当日之功，杨坚没忘，也没亏待刘昉等人，让他们安享富贵，也算仁至义尽了。只是这些弄权小人欲壑难填，难以压抑自己对权力的贪念。贪欲促使这些小人达成了共识——必须把高颎和苏威这两个家伙拉下马。

这些小人也不傻，知道在杨坚面前构陷高颎和苏威是行不通的，搞不好谗言还没说完，自己的生命就先画上句号了。一番计议后，他们决定来个"曲线害人"：先是找到上柱国元谐、李询以及华州刺史张宾，说咱们五人联手，把高颎和苏威搞下去，然后共当执政大臣。元谐、李询和张宾早就嫉妒高颎和苏威得宠于圣上，听到这番怂恿，迅速与刘、卢组成同盟，我们姑且称之为"搞事五人组"。五人再一合计，即使集五人之力，仍然无实力与高、苏抗衡，他们决定把皇帝的长子杨勇拉进来。

此时，杨坚已育有五子，除杨勇成年外，其他四子年纪尚小，次子杨广不过十二岁。因此，在杨坚篡周的过程中，他的儿子基本都帮不上忙。早在他任执政大臣时，就立杨勇为世子，拜大将军、左司卫，封长宁郡公。北周大象二年（580年）九月，杨勇又被任命为洛州总管、东京小冢宰，总领北齐之地，后征召回京，进位上柱国、大司马，领内史御正，管理宫禁防卫。以上这些，只是杨坚放杨勇到地方上历练历练，镀镀金而已。

杨坚称帝三天后，就按照惯例，立长子为太子，令他参与军国政事。所有人都觉得，杨勇的接班人地位已经雷打不动了。可是，杨坚其实更喜欢次子杨广。杨广此时还是个正太，史载他姿仪俊美、聪明伶俐，小孩子的各种可爱他几乎都有。杨坚封这个孩子为并州总管，足见对这个二儿子的喜爱。如此明显的偏爱被"搞事五人组"看在眼里，觉得长子杨勇心里肯定不爽。

五人密谋后，决定由卢贲出面，去做杨勇的思想工作。卢贲悄悄对皇太子说："微臣数次想拜谒殿下，只恐陛下责怪，才没有登拜东宫，希望您能明白微臣这番赤诚之心。"还没等他将潜台词转化为实际行动，他策动皇太子谋逆之事就泄露了。至于是如何泄露的，史书没有记载。

杨坚大怒，下令彻查到底，"搞事五人组"立刻慌做一团。最后，刘昉将所有责任推到张宾和卢贲的头上，让两人把这个锅背下来。卢贲等人在北周时期就是人人恨之入骨的奸臣，早就惹得天怒人怨，只不过有捧日之功护身，众臣敢怒不敢言。如今他们自己居然搞出怂恿东宫谋反这种诛九族之事来，此时不杀尔等，更待何时！于是众臣纷纷请旨，诛杀张宾和卢贲二人，以明法度，以振朝纲。杨坚虽然深恨这二人，但到底是旧交，又在关键时刻帮他稳住局面，实在不忍斩了他们，只将二人罢官了事。

郑译虽为奸佞，但他也是助杨坚上位的关键人物，而且早已被奸佞小集团边缘化，没有参与此次谋反，所以有幸全身而退。几个月后，杨坚让他以上柱国之高位致仕，归第前还不忘赐给他大量财帛。

只是郑译不知惜福，不甘心就这样退休回家跳广场舞。他请来道士，设坛作法，希望能为自己消灾祈福，有朝一日重返朝堂。哪知，这哥们在当宇文赟手下时，天天诬告人，连身边的婢女都耳濡目染，慢慢学会了这招。法事刚刚开始，香烟还在半空缭绕，他的一个婢女就已经风姿绰约地来到衙门举报，说他请巫师来诅咒朝廷。

历史已经无数次重复过这样的案例，但凡涉及巫蛊诅咒的，基本都是杀无赦——想想汉武帝时期的巫蛊之祸，多少人为此送了命。大家见终于抓到一个过硬的把柄，于是趁热打铁，各种弹劾就来了，比如说郑译长期与母亲别居，不尽孝道，总之罪大恶极，应数罪并罚。

即便如此，杨坚也只是将其罢官了事，还特别下了一道诏书做说明："译若留之于世，在人为不道之臣；戮之于朝，入地为不孝之鬼。有累幽显，无所置之。宜赐以《孝经》，令其熟读。"意思是：郑译这样的人，让他留在世上吧，是个不道之臣；朝廷若杀了他吧，死后入地狱也是个不孝之鬼。活着浪费社会资源，死了给地府添麻烦，阳间、阴间都嫌他占地儿。对这种人怎么处理呢？赐他《孝经》，命他读熟，做好思想学习。总之就是好好改造，重新做人。

你肯定会问，这就完了？

是的，这就完了。

不幸生于帝王家

杨坚可以宽大处理几个助他上位的权臣，但对于被他废掉的北周末帝宇文阐，尽管这是一个年仅八岁的孩子，却必须斩草除根。

北周退出历史舞台前，仍然跟南陈有使节往来。开皇元年（581年）四月，南陈使者韦鼎等人携国书来到长安。到达这里后，才发现北周已经成为历史。

杨坚听说南陈使团来了，心中一阵冷笑：你们不是想面见北周皇帝吗？可以啊！

他派人引南陈使团来到宇文阐的封邑，与其见面。如果是一般的亡国之君，看到外国使团前来会见，心头定是五味杂陈，可宇文阐只是个小小孩童，被人从皇宫里赶出来，带到这个人生地不熟的地方，心里充满了恐惧与不解。他并不知道，自己已是一个废帝，身上打着特殊的政治烙印，对于新朝而言，他的存在就是原罪。当他见一堆人来看自己时，只是睁着童真的眼睛，懵懂而惊惧地打量着对方。韦鼎一行人的尴尬，可想而知。

杨坚在让宇文阐跟南陈使团见面之后，就派人暗中除掉了这个让他寝食难安的孩子。可怜的孩子，他的不幸，只因他生在了帝王家。

北周皇室被斩草除根后，杨坚不用再想着"筑南山之险以固守"了。很多人以为，他清洗宇文氏后，目光就会锁定南陈……

第二章

雪上加霜　虚弱南陈生变故
长孙定计　彪悍突厥终臣服

杨坚比谁都想灭南陈。

大隋初建，根基尚不稳固，迫切需要一场大战的胜利来树立国威。只有发动对南陈的战争，统一天下，建立不朽功勋，才能让臣子与黎民真正敬服他这个皇帝。况且即使臣民安于现状，完成统一大业是任何一个有雄才大略的统治者的梦想，杨坚怎么可能放弃这个让自己名垂史册的机会？

在登基后的第二个月，杨坚就开始筹划伐陈之战了。他问高颎，谁可带兵南征，高颎推荐了两个人——贺若弼和韩擒虎。

祸从口出

贺若弼（贺若是复姓）是将门之后，其父是北周名将贺若敦。贺若敦十七岁时，东魏和西魏正打得如火如荼，大家都忙着站队。当时贺若敦的父亲贺若统任东魏颍州长史，但他不看好东魏，想把他的老领导颍州刺史田迅抓起来作为投名状，向西魏投降。可当万事俱备时，他又犹豫起来。关键时刻，贺若敦劝父亲做事要果决，当断不断，反受其乱，贺若统这才决然行事，将田迅连同颍州一起献给了西魏，贺若父子由此成为宇文氏集团的将领。

贺若父子都以骁勇闻名。贺若敦投靠西魏后，表现神勇，曾在大战的危急时刻挥刀上阵，连斩七八人，挽回败局。后来，他被分到独孤信的军中。在攻打洛阳之战中，西魏军被敌人包围，大家都吓得面如土色，唯有贺若敦毫无惧色，左右开弓，箭不虚发，硬是稳住了阵脚，令独孤信惊叹不已，遂将其推荐给宇文泰。来到宇文泰帐下后，贺若敦被拜为都督。

有一次，贺若敦随宇文泰到甘泉打猎。由于参与围猎的士兵动作不协调，很多人没有站到指定位置上，造成诸多漏洞，野兽从缺口中逃了出去，惹得宇文泰大怒。大家见领导发飙了，个个连大气都不敢出，再看猎区，只剩下一头惊慌失措、到处乱窜的鹿，而这仅剩的猎物也在众人发愣之际突围。按照以往经验，即使现在大家全力去追，恐怕也追不到了，这场声势浩大的围猎，最后只得空手而归了。领导肯定震怒，那后果……

正在众人绝望之际，贺若敦跃马而出，向那只鹿逃跑的方向狂追过去。那鹿跑上东山，贺若敦便弃马徒步而追，但见一人一鹿在山上奔跑，场面扣人心弦。最后，贺若敦居然在半山腰追上那只鹿，并一把将它擒住。虽然围猎几乎毫无所获，但看了这场精彩绝伦的逐鹿之战，宇文泰不由得转怒为喜，不再问责诸将。

宇文泰后来不断提拔贺若敦，贺若敦也没有辜负自己这身武艺，更没有辜负宇文泰的期望，南征北战，屡建战功。

虽然宇文泰很看重贺若敦，但宇文护却不看好他，很多资历比他浅、功劳没他大的人都成了大将军，唯独他未被提拔。尽管心里不舒服，但贺若敦率军在湘州（据推测，位于今湖北省长沙市一带）与南陈大将侯瑱斗智斗勇，在深陷重围、外无援兵的情况下，居然全军而还。即使如此，宇文护非但没有褒奖，反而以失地战败之罪将其革职。贺若敦本就心中有怨，又受此对待，忍不住口出怨言。隔墙有耳，这些怨言很快传到宇文护的耳中，宇文护大怒，下令贺若敦征还，然后赐死。

临死时，贺若敦向儿子贺若弼交代道："为父平生夙愿就是平定江南，可惜壮志未酬，只能由你去实现此夙愿了。我因舌（言）而死，你要戒之慎之。"说罢，他取出一根针，刺破贺若弼的舌尖，让他血流出口，"诫以慎口"。

贺若敦是真的体会到了"祸从口出"之痛，也清楚儿子在说话方面和自己有着相同的毛病，他希望儿子不要重蹈他的覆辙，只可惜一个人的本性是很难改变的，后来贺若弼还是栽在舌头上——这是后话，暂且不表。

谨记父训

贺若弼是在西魏出生的，算是土生土长的西魏人。他在年少时就"慷慨有大志"，不但骁勇，而且精于弓马、文章，是典型的文武双全之才。这样的人想不出名都难，待他到青年时，他的名声便远播北周。

宇文宪将贺若弼召为自己的记室，不久他便担任小内史，成为太子宇文赟的左右。开始时，贺若弼还记得老爸临终的告诫，把嘴巴管得很严。宇文赟不成器，行军总管王轨实在看不过去，就跟贺若弼商量，把太子的事向皇帝宇文邕反映一下。

史载王轨性格正直、慷慨大度、有远见，但政治情商低得让人着急，他居然在众人面前直接上奏宇文邕道："太子无帝王之才，这事，臣也曾同贺若弼讨论过，贺若弼也有此感。"

宇文邕是北周王朝中难得一见的有作为的君主，极重视对接班人的培养——尽管最后他没能培养出一个合格的接班人来。听了王轨的话，宇文邕大吃一惊，急忙召贺若弼入殿。

王轨见贺若弼稳步进殿，满以为他会赞同自己的话，哪知贺若弼权衡之后，心中决定让这个猪队友入地狱。他躬身对宇文邕道："皇太子养德春宫，未闻有过。"

贺若弼比王轨清醒得多：太子虽然胡来，但他的那些胡来，宇文邕是不知道的，其太子之位已经不可动摇，皇上都还没看透，你做臣子的瞎说什么大实话！一旦太子登基，能有你的好果子吃？王轨啊王轨，你作死没关系，别拉上我啊！

听了贺若弼的话，宇文邕松了一口气，但他并非昏君，他深知王轨的为人，绝对不是一个爱搬弄是非的人，因此黯然不语。

贺若弼和王轨出宫后，王轨怒斥贺若弼做人太不地道，就这么出卖了他，是个反复无常的小人。

面对猪队友的指责，贺若弼坦然道："这不是我的错，而是你的失误。混官场，你怎么连基本常识都没有？太子是未来的皇帝，你我怎敢对他评头论足？评头论足也就罢了，我原以为你会密奏皇上，没想到你居然在大庭广众之下妄议储君。试问，这些话能公开讲吗？"

王轨被驳得哑口无言。

宇文赟即位后，果然诛杀了王轨——又是一个典型的"祸从口出"的案例。史载王轨"立朝忠恕，兼有大功，忽以无罪被戮，天下知与不知，无不伤惜"。

贺若弼后来随大将韦孝宽攻打南陈。这一次，他们气势如虹，一口气攻下十座城池。此战虽是韦孝宽挂帅，但贺若弼攻下的城池最多。再后来，他被杨坚收入麾下。

首轮交兵

再来说一说韩擒虎。

韩擒虎也是将二代,他的父亲名叫韩雄。韩雄年少时就表现得很勇武,精于骑射,后来随宇文泰西迁,身经百战,官至使持节、都督、中徐虞洛四州诸军事、中州刺史,最后卒于任上。

韩擒虎是将门虎子,生得高大威猛,性情慷慨豪迈。虽然外表粗犷,但他并非力大无脑的武夫,经史百家皆有所涉猎,虽不算精通,但也能略知大旨。

宇文泰觉得他孺子可教,便安排他陪伴自己那群儿子。自身条件过硬,又在这样的环境中成长,韩擒虎自然是大器早成。在之后的几年里,他随军作战,屡立战功,被一级一级地提拔,先后任都督、新安太守,最后官至仪同三司,继承了父亲的爵位。

宇文邕率兵灭北齐时,韩擒虎随军作战,他最抢眼的表现并不是挺枪跃马、冲锋陷阵,而是进入金墉城(今河南省洛阳市东),说服北齐临川王独孤永业放弃抵抗,投降北周;之后,他挥师转战,平定范阳(今河北省涿州市一带),因功加授上仪同,并被任命为永州刺史。

南陈军想趁北周军劳师转战、立足未稳之时抢占先机。韩擒虎被任命为行军总管,击溃前来突袭的南陈军,接着又跟宇文忻(宇文邕的主要谋臣)攻下合州,被拜为合州刺史。合州就是今天的安徽省合肥市,这里与南陈的边防军已经呼吸可闻。

南陈军奇袭未果,就不断出兵江北,跟韩擒虎叫板,但每次都被韩擒虎打得大败亏输,这使得韩擒虎和贺若弼成为北周诸将中最有对陈作战经验的将领。因此,当杨坚向高颎征询谁可以担当灭陈重任时，高颎推荐了他二人。于是，杨坚任贺若弼为吴州总管，镇广陵（今江苏省扬州市广陵区）；任韩擒虎为庐州总管，镇庐江（今安徽省合肥市庐江县），要求两人暗中做好南攻的准备。

没想到，南陈的边防军居然先动手了。

开皇元年（581年）九月，陈将周罗睺突袭胡墅城（据推测，其核心范围位于今浙江省杭州市拱墅区的卖鱼桥至拱宸桥一带）并一举攻下。接着陈将萧摩诃突进江北，到处扫荡。

杨坚得报，恼火起来，任上柱国长孙览、元景山为行军元帅，带兵打进南陈境内；任命高颎为全军总协调，对南陈的边防军严加防范，这才将南朝的军队压得缩了回去。

杨坚虽然恨不得即刻就灭了偏安一隅的南陈，但他也知道，这个盘踞于江南富庶之地的敌手还是有点实力的。攘外必先安内，他还需要将国力再提升几个档次，才可以大举南攻。

南陈虽然一时嚣张，但到底国力不足以对抗大隋，自身又无猛将，被杨坚的兵力一压，就不敢再有什么动作了。

大隋与南陈的首轮交兵，就这样不温不火地结束了。

美人泪

这时，大隋周边的势力，除了南陈之外，还有突厥和吐谷浑。

吐谷浑在西北边地，存在感不强，偶尔骚扰一下中原，被修理一番后，又会立马老实起来，所以只是个小麻烦。突厥却向来彪悍，常常一言不合就派骑兵打过来，疯狂掳掠之后，再风驰电掣般地回到老家。宇文泰和高欢对突厥人毫无办法，只得以和亲的方式来换取和平。大隋不是北周，杨坚觉得以自己目前的实力，根本没必要在突厥面前低三下四，所以待突厥开始"礼薄"起来。

突厥向来爱财，看到杨坚给的东西越来越少，心里很不高兴。中原人知道，突厥人一不高兴，就会来烧杀抢掠一番。

本来，杨坚代周之际，正是突厥人搞事情的最佳时期，可恰好此时，佗钵可汗突然病死。他临死前嘱咐儿子庵逻说："我哥哥木杆可汗没有让他的儿子大逻便即位，而是将大可汗的位子传给了我，所以，这个位子应该是大逻便的。我死后，你要让位给大逻便。"

突厥贵族决定遵照佗钵可汗的遗嘱，让大逻便即位，可又觉得大逻便的母亲出身卑贱，而庵逻的母亲出身高贵，且庵逻向来受大家的尊敬，因此都想拥立他当大可汗。

正在众人讨论之时，摄图来了。

摄图也是木杆可汗的儿子，是东面部落的小可汗（当时突厥仍然是部落制度，由很多小部落组成）。他刚一进帐，就将马鞭一扔，高声喊道："如果让庵逻当可汗，我就带着兄弟们拥护他！要是让大逻便当可汗，我马上回到边境，带着武器杀上来！"

摄图本人武力值极高，手下兵强马壮，实力雄厚，谁也不敢得罪他。突厥贵族们一看，那好啊，你们兄弟都是这个态度了，我们还有什么话可说？

就这样，庵逻被拥立为突厥大可汗。大逻便与大可汗之位失之交臂，虽然不敢对摄图怎么样，却不服庵逻，一有机会就当众羞辱庵逻。庵逻性格软弱，受了羞辱只得忍气吞声。最后，他实在受不住，就将大家召集起来宣布，自己无德无能，当不了大可汗，决定将可汗之位让给摄图，他也是木杆可汗的儿子。

大家当然没有意见："木杆可汗的四个儿子中，摄图最贤德，他完全有能力领导我们大突厥！"

摄图一看：呵呵，什么母亲尊贵不尊贵，全是屁话，最后还是实力说了算。他愉快地接受了大可汗之位，号称沙钵略可汗。不过，他还是让庵逻到洛水居住，称第二可汗。

他以为自己安排了庵逻就没事了，但大逻便又过来找他："我和你是亲兄弟，都是木杆可汗的儿子，都有权继承父亲的遗产。现在你当了大可汗，我却什么都得不到，这是什么道理？"

摄图未上位时虽然表现得很横蛮，但当了大可汗之后，就不好继续使性子了，被大逻便这么一质问，也犹豫起来，于是封大逻便为阿波可汗，让他带着自己的部属定居他处，在自己的地盘上实行高度自治。后来，摄图还封自己的一个叔叔玷厥为达头可汗（西面可汗）。

这些可汗各统部众，分居四面。由于摄图实力雄厚，可以力压群雄，诸部落可汗也不敢乱来，这使得突厥在权力更替时，没有出现分裂局面——对于大隋而言，这绝对不是好事。

摄图还没有作出骚扰大隋边境的打算，他的夫人千金公主就先站出来，强烈要求摄图攻打大隋。这个千金公主是宇文招的女儿。宇文招是宇文泰的第七子，被封赵王。当年，北周与突厥和亲，封宇文招的女儿为千金公主，嫁给佗钵可汗。

千金公主虽然是鲜卑人，但她的母亲是汉人，而父亲也深受汉文化的影响，所以她从小就读书识字，精于诗文，工于书画，于历史等方面都有所涉猎，甚至对建筑都有一定的研究。这样一个才女，突然听说自己要嫁到北方的大草原上，天天跟一群莽汉大口吃肉、大碗喝酒，在月光下围着篝火跳舞，内心肯定是极度抗拒的——这可不是她憧憬的诗与远方啊！可这是朝廷的决定，她再怎么不情愿，也得以大局为重。

可她还没来得及过门，佗钵可汗就病死了。她得知后，不禁"漫卷诗书喜欲狂"起来，以为随着那个野蛮可汗的死去，她就可以留在长安，继续过她诗一般的生活了，哪知摄图可汗却还记得她。

突厥等游牧民族实行的是收继婚。摄图抢到汗位之后，立刻派人到长安来，说我继承了叔叔的所有遗产，这个没过门的婶婶当然也得接收，你们赶紧准备准备，把千金公主嫁过来当可贺敦（突厥人称皇后为可贺敦）吧。

当时是大象二年（580年）初，北周处于宇文赟的暴政之下。宇文赟虽然对内暴虐，对外却不敢得罪突厥，因此很爽快地答应了摄图的要求。于是，同年二月，千金公主还是辞别长安，被浩浩荡荡的迎亲队伍接到了大草原上。当利刃般的寒风吹刮着她粉嫩的脸庞时，她必定是心如刀绞；热闹的迎亲乐声萦绕在耳畔，但在她心里回响的是那撕心裂肺的《胡笳十八拍》："我生之初尚无为，我生之后汉祚衰。天不仁兮降乱离，地不仁兮使我逢此时……"

蔡文姬当年被掳北上，之后成为匈奴左贤王的妻子，托身异域，身心饱受煎熬，但她最终还能回归故国；而自己此去，则是永无归期、红颜凋零、老死他乡。

长安，别了。

千金公主甚至不敢回望长安城一眼，只是任泪水浸透衣袖……

摄图抱得美人归，心中自然欢喜，对千金公主也是百般宠爱，只是公主内心的悲愤还没有平复，不给可汗笑脸。嫁到突厥才四个月，就传来宇文赟暴毙的消息。千金公主恨这个堂哥，就是他将自己送到这个只有远方、没有诗的地方！然而，几个月后，又传来一个不幸的消息：杨坚发动政变，自立为帝，且诛杀了宇文氏五王——她的父亲正是这五王之一。

这两个消息在她的心底里汇成四个字——国仇家恨！

这四个字从此刻入了她的骨血中，她的个人情绪立刻全面让路。

她要复仇！

于是，她开始在摄图面前笑靥如花，好像眼里心里只有这个粗鲁的突厥可汗一般。摄图见原来冷若冰霜的千金公主变得温柔如水，哪能不欣喜若狂，立刻心软骨酥在温柔乡里。

千金公主见火候到了，撒娇哭诉道，自己是大周公主，现在杨坚亡我国家、杀我亲人，我能依靠的只有大汗了。

美人在怀，哭得梨花带雨、我见犹怜。这个时候，千金公主就是叫摄图去跳崖，他也会纵身一跃，更何况去给大隋制造麻烦，这可是他们突厥的保留节目。

杨坚那老小子待我大突厥，就像打发叫花子一样，早就该给他点教训了！

摄图翌日便召集众人，严肃道："我乃大周皇帝的内弟，现在杨坚篡周自立，我如果袖手旁观，还有何颜面面对可贺敦呢？"

众人还能说什么？都是举双手表示赞同。

不过，摄图这个套马的汉子并不是彻头彻尾的"头脑简单"，他知道现在的大隋不是以前的北周或北齐，而是北周与北齐的合体，杨坚这人也不容小觑，所以不能蛮干。于是，他又找到北齐残军将领高宝宁，两下合兵，不断骚扰大隋的北方边境。

杨坚被闹得很头疼。这时，他正将主要精力放在内政改革以及对南陈的备战上，无法分出精力对突厥发动一场大规模战争，只得被动防守。他下令在与突厥接壤的边境增修要塞屏障，加固长城，然后派上柱国阴寿镇守幽州（今河北省北部、北京市、天津市北部一带），京兆尹虞庆则镇守并州（今河北省保定市、山西省太原市、山西省大同市一带），各带数万兵力备防。

正在杨坚被动又无奈之际，长孙晟回到长安了。

一箭双雕

长孙晟是标准的鲜卑贵族。可能很多人对他不怎么了解，但对他那对儿女一定很熟悉——儿子是"凌烟阁二十四功臣"之首长孙无忌，女儿就是唐太宗李世民的长孙皇后。

长孙晟是北周开府仪同三司长孙兕的第三子，自幼广涉群书、精于骑射、矫捷过人。他的青年时期处于北周时代。北周虽然崇尚周朝，处处以周朝为模板，但贵族们骨子里仍保留着鲜卑习俗，当南朝人比拼学问和口才时，他们比拼的是武艺。每次比武，只要长孙晟参赛，别人就只能争第二。

长孙晟十八岁时，也只是当上了司卫上士。当时人们只认为他有几分蛮力、骑射了得，其他方面并不了解。只有杨坚慧眼识珠，曾当众握着他的手道："长孙郎武艺逸群，适与其言，又多奇略。后之名将，非此子邪。"英雄相惜，长孙晟自然成了杨坚集团的铁杆成员。

大象二年，摄图迎娶千金公主。宇文赟虽然肆意胡为，但在关系国体的事情上还是很认真的。按照以往经验，与突厥往来时，为了向对方炫耀自己的实力，派出的使团成员都是精挑细选出的骁勇之士（派到南朝的使者，则都是善辩的大学问家）。这一次，宇文赟挑选长孙晟作为副使，护送千金公主到摄图的牙旗下。当时，北周使团共有十多人，个个看上去孔武有力，但皆入不了摄图的眼。而当他的目光扫到长孙晟时，心里激灵了一下，觉得此人很合心意，就经常带着他一起打猎。这猎打着打着，长孙晟在突厥就成了专职的可汗打猎陪同人员，一陪就是一年多。

有一次，两人出游，见有两只大雕一边飞，一边抢肉。

摄图抽出两支箭，对长孙晟说："给你两支箭，你能否将它们都

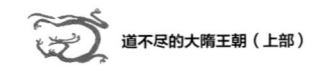

射下来？"

摄图早就听说长孙晟是北周的神射手，有意考他一考。所有人都知道，两只一边飞一边抢肉的大雕由于活动幅度大、轨迹不好判断，将其射下来，几乎是不可能完成的任务。

在众人的注视下，长孙晟接过两支箭，张弓搭箭，瞅准角度，一箭射去，动作一气呵成。利箭带着破空之声，直直射出……

两只大雕为那一块肉已经争到白热化的地步，身体在一刹那正好紧挨在一起，一支利箭就在此瞬间将它们穿成一串，同时从空中掉落下来。

现场寂静片刻之后，彩声雷动。传奇故事里常有"一箭双雕"之说，但现实里并没有人看到过，即使是以骑射见长的突厥人，也没有眼见为实过。这一次，他们终于开了眼界。

摄图对长孙晟更加佩服，他要求突厥的贵族子弟都过来拜长孙晟为师，向他学习一箭双雕的绝技。

长孙晟不但精于骑射，而且性格沉稳、极富谋略。他并没有因得到突厥大汗的信任与赞赏就飘飘然、只知拉风耍酷，而是用心观察突厥人的风俗习性，以及统治阶层的权力结构变化。

摄图虽然强势，但内心潜藏着不安，他那双电光般的眼睛，时刻都在那些有实力的部落可汗的身上扫来扫去。处于高处的人，或多或少都有"高处不胜寒"的恐惧感和孤独感，他们没有真正可以信任的人。那些看似臣服的大小部落，你又怎知它们在何处暗中拉开弓箭对着你？

很快，摄图觉得处罗侯有点异样。处罗侯是摄图的弟弟，虽然只是部落可汗，而且实力弱小，但他肯放下身段去争取民心，这必会引起摄图的猜忌。

处罗侯看到哥哥看向自己的目光里的猜忌越来越明显，也意识到危机。他知道，这样下去，迟早有一天，大汗会除掉自己，他必须留好后路。可是突厥是摄图的天下，他能在摄图的地盘里为自己找到安身立命之所吗？他决定将自己的保险投到北周那里。

经过对长孙晟的暗中观察，处罗侯知道这不是一个只会弯弓射雕的武夫，而是一个极具谋略的政客，只是长孙晟善于隐藏，一般人看不出他的锋芒。于是，处罗侯派出心腹，偷偷跟长孙晟取得联系。

长孙晟也知道很多部落可汗对摄图这个大可汗是口服心不服，正想在他们当中找到一丝裂缝，以便离间。现在处罗侯主动前来跟他结盟，二者一拍即合。长孙晟一有时间就跟处罗侯打猎——自然不是单纯的打猎，而是借打猎之名，将突厥的山川形势、各部落实力等一一记在心里，由此精准地掌握了突厥的内部形势。

巧计离间

长孙晟回到北周时，杨坚已经成为辅政大臣。长孙晟将在突厥获取的情报一一告诉了杨坚。杨坚大喜，提拔其为奉车都尉。可是时隔几年，当突厥不断侵扰大隋边境时，杨坚居然忘记了长孙晟这号人物，只是派人在边境高筑墙，被动防范。

长孙晟知道，杨坚的设防于突厥人而言，根本是形同虚设，于是上书杨坚，详细分析了大隋与突厥的关系，以及突厥内部的情况。

他写道，虽然目前大隋的局势还算稳定，但兴师讨伐突厥，条件还不成熟，但如果就此不理，突厥人会愈发嚣张。幸而突厥的高层并非铁板一块，几个大部落的可汗都与摄图有嫌隙：达头可汗玷厥实力雄厚，且是摄图的叔叔，但自己的地位却不及摄图，心中早已积满了怨念，两人之间的裂痕已经清晰可见，我们只要稍用计策，就可离间他们，让他们叔侄反目；摄图对自己的弟弟处罗侯猜忌日甚，虽然处罗侯尽力逢迎摄图，但兄弟二人都明白，决裂只是时间问题；大逻便是个骑墙的投机分子，他那双眼睛在摄图和玷厥之间扫来扫去，看谁势力大就依附谁，在二者之间朝秦暮楚。

鉴于突厥内部的形势，我们可以来个"远交近攻"，离间强大的部落，联合弱小的势力，具体做法是：派人会见玷厥，说服他同大逻便联合。摄图现在虽然在边境折腾得正欢，但他时刻都在关注着突厥内部的动向，一旦发现大逻便有所动作，就会毫不犹豫地将兵力撤回去，以防备玷厥。如此一来，他们的矛盾就会公开化，你防我，我防你，十多年后，内耗会令他们精疲力竭，到时我们就可以出兵，将他们一网打尽。

杨坚细读这份奏章，越读越兴奋，最后召长孙晟入宫详谈。长孙晟一边说着突厥的各方势力，一边用手画着突厥的山川地形，指出突厥的虚实，阐述具体对策。

杨坚直听得心花怒放，全盘采纳了长孙晟的建议。他马上派都官尚书元晖去会见玷厥，还别有用心地赠给玷厥一面狼头纛，以示对他的"钦佩"——突厥人认为他们是狼的后代，对狼很崇拜，因此他们的牙旗上都绣着狼头。

玷厥自然是喜出望外。既然大隋皇帝如此礼敬于我，中原人讲究"来而不往非礼也"，我自当遣人回访。

这正是杨坚想要的效果。

当玷厥的使者来到长安时，正好"偶遇"摄图的使者，杨坚就在这个"偶遇"里玩了个手脚。按规矩，摄图是突厥的大可汗，他的使者应该享受最高级别的待遇，而玷厥只是部落可汗，他的使者待遇应该在摄图使者之下，可是杨坚偏偏反其道行之，搞得好像玷厥才是大可汗一般。这个安排当然令摄图怒火中烧，他跟玷厥的矛盾更深了。

与此同时，杨坚任命长孙晟为车骑将军，让他携大量财帛，在黄龙道绕了个大大的圈子，买通了这一带的库莫奚、霫、契丹等游牧民族，让他们当向导，最后来到处罗侯的驻地，跟他建立良好关系，让他暗中依附大隋。

就这样，突厥内部被成功分化，摄图处于孤立的境地，大隋北部边境的麻烦被轻而易举地化解了。

史上最傻最天真的野心家

转眼到了大隋开皇二年（582年），也是南陈太建十四年。

这一年对于南陈皇帝陈顼而言，真是致命的一年。

就在这一年的正月，他突然一病不起，连正月的朝贺仪式都无法出席。他的儿子们敏锐地嗅到——权力交接的时刻临近了。

南陈虽然偏安一隅，但陈宣帝陈顼却有着庞大的后宫，记录在册的嫔妃就有二十多个，儿子更是有四十二个之多。皇子可以有四十二个，但太子只能有一人。

陈顼是南陈的第四位皇帝，在位期间，兴修水利、开垦荒地、鼓励生产，使社会经济得到了一定的恢复与发展，《陈书》评价他"器度弘厚，亦有人君之量"，总体来讲，是一个合格的统治者。他在选择接班人方面，遵循了"立嫡立长"的原则，很早就立长子陈叔宝（其母为皇后柳敬言）为太子。

陈叔宝出生时，南陈开国皇帝陈霸先（当时还是南朝梁的臣子）已经跟名将王僧辩平定了"侯景之乱"，成为南朝数一数二的牛人。当时的南朝梁皇帝萧绎为了控制陈霸先，就命其将子侄宗亲都送到江陵（今湖北省荆州市），说是到国都享受优渥生活，实际上是去当人

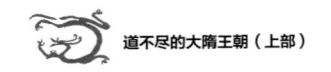

质。作为陈霸先的侄子，陈顼只得举家迁往江陵。

第二年，江陵就被西魏军攻破，陈顼一家被掳至长安。刚出生不久的陈叔宝同他的母亲柳氏，以及异母弟陈叔陵都被扣留在穰城（今河南省邓州市），过着漂泊离乱的生活。

陈叔宝的伯父陈蒨（南陈的第二位皇帝）即位后，陈叔宝一家终于回到了建康（今江苏省南京市），父亲陈顼也被封为安成王，陈叔宝则被立为安成王世子。这一年，陈叔宝十岁。

按说陈叔宝幼年漂泊，应知人间疾苦，但他在被扣穰城期间，已是南陈宗室，北周只想在同陈朝的较量中多一张好牌，让对手有所顾忌，因此并没有苛待他们，生活总归是富足的。待回到建康后，他家贵为皇亲，父亲还是一人之下、万人之上的重臣，陈叔宝的生活就愈发豪奢了。再后来，陈顼称帝，他顺理成章地成为太子。

建康此前饱受战乱，连个像样的东宫都没有。陈叔宝被立为太子时，东宫还没有建成。直到八年后，东宫才正式竣工，陈叔宝这才迁居东宫。在此之前，他一直跟随博学之臣周弘正学习《论语》《孝经》等经典。

陈霸先虽然起自草莽，但其后代都很有文艺范儿。陈叔宝也像前朝的萧子良（齐武帝萧赜次子）一样，醉心文赋，喜欢同才俊交往。于是，大量南朝文士前来投奔他，成为东宫的僚属。一群江东名士，天天在东宫里喝着美酒、高谈阔论，文学沙龙几乎天天举办，后来这些沙龙里的常客都成了陈叔宝朝中的高官。

按理说，陈顼对接班人早有安排，而陈叔宝也组建了自己的班底，陈顼大行而去，权力交接过程应该没有什么波折才对。

但状况仍然出现了。

这个状况，其实在权力交接中屡见不鲜：儿子一大群，每一个都认为自己才是太子的不二人选,那个久据东宫的家伙,早就该被自己取而代之了。

搞事的,是陈顼的次子陈叔陵,其生母为彭贵人。无论从嫡庶还是长幼来看,他都无法成为太子,但他从不放弃。同很多野心家一样,他睁着那双阴险的眼睛,时刻都在寻找机会,剪除陈叔宝的亲信。

陈叔陵很快发现,陈伯固很讨他老爸陈顼以及哥哥陈叔宝的欢心。陈伯固是废帝陈伯宗(陈文帝陈蒨的嫡长子)的弟弟。陈顼虽然发动政变,成功废掉了陈伯宗并让其肉体消失,但并没有让陈伯固遭受株连,还让陈伯固担任朝廷高官,历任翊右将军、使持节、都督诸军事、平东将军、吴兴太守、翊前将军、安前将军、中领军、散骑常侍、侍中等职。

陈伯固是个纨绔子弟(否则陈顼是不会留他一命的),年纪轻轻就嗜酒如命,且只知肆意挥霍,因此在诸亲王之中,他是头号贫困户,但陈顼常常厚赏于他——只要你对江山没兴趣,酒色挥霍那都不叫事儿。

陈伯固嗜酒如命,那程度跟张飞有一拼,而且脾气的暴躁程度比张飞那是有过之而无不及,稍不如意便举鞭猛抽身边的人。更要命的是,他在担任地方长官时,从不理会州中的政事,日常工作就是带着一伙人游玩打猎。陈顼虽然多次批评,但却毫无效果。

后来,陈顼让他担任国子监祭酒,专管太学生,他也像很多江南世家子弟一样,对玄学那一套理论掌握得不错,但由于嗜酒而性懒,学问做得并不精深。即使在国子监这样的斯文之地,陈伯固仍然没有收敛他的脾气,只要发现某个太学生偷懒,就一鞭抡过去,不把对方打得皮开肉绽,绝不罢休。太学生们见他带着又粗又长的皮鞭来巡视,又闻到他身上浓浓的酒气,都怕得要命,不得不埋头做学问,居

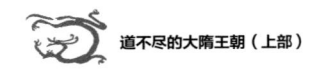

然搞得个个学业突飞猛进，陈伯固也算歪打正着。

陈伯固对属下和太学生来说，固然是凶神恶煞，但对陈顼和陈叔宝来说，却是个小可爱。陈伯固面对他们时，语言幽默，一举一动都充满喜感，颇得皇帝父子的欢心，这让陈叔陵以为找到了突破口——搞定了陈伯固，就相当于卸掉了陈叔宝的一条臂膀。

从陈叔陵的眼光来看，就知道这家伙不是个能做大事的人——陈伯固这样的废物，能当什么臂膀？更可笑的是，他除掉陈伯固的方式居然不是暗杀，而是暗中搜集陈伯固的罪证，希冀光明正大地拿下他。

要除掉这样一个对下只会用鞭、对上只会插诨打科的弄臣，只要暗中豢养死士刺杀他，或是买通近身侍从毒杀他即可，这些方法要高效得多。陈叔陵也不想想，这样一个不具有政治危险性的废物死了，皇帝会深究吗？即使日后查出你是幕后主谋，你觉得你老爸会偏袒一个死人，还是会保全你？

况且陈伯固除了喝酒、打人、挥霍、不理政务外，啥都干不了，你能抓到他什么把柄？以他宗室皇亲的身份，喝酒、打人、挥霍、不理政务，那都不叫事儿，你老爸又不是不知道！即使你可以捏造出陈伯固谋反的罪证，那么与他过从甚密的陈叔宝自然会受到朝廷上下的非议，你觉得你老爸愿意无端生出一场涉及国本的风波吗？

陈叔陵这孩子，真的是史上最傻最天真的野心家了！

临时起事

不久，陈叔陵调任扬州刺史。建康为扬州治所，扬州的重要性是其他州无法比拟的。扬州刺史的很多工作，关涉中书、尚书两省。由于身份特殊，扬州刺史可以随时面圣，因此中书、尚书两省官员都谄媚于陈叔陵，搞得他飘飘然起来，居然玩起"顺我者昌，逆我者亡"

这一套，大搞党同伐异，以致很多人被无端处死。

　　陈伯固虽然天天喝得酒气熏天，但还没有糊涂到底，看到陈叔陵这个样子，也担心自己哪天会遭他陷害而身首异处。这家伙见陈叔陵日渐势大，立刻将用在陈顼父子身上的那套阿谀奉承之技尽数用在陈叔陵身上，把陈叔陵巴结得心情格外舒畅。只要陈叔陵有什么需要，陈伯固都会第一时间投其所好，把事情办得妥妥帖帖。

　　陈叔陵嗜好盗墓，而陈伯固喜爱射雉，这两项都是户外活动，陈伯固便将二者有机地结合起来，只要天气允许，就满脸堆笑地邀请陈叔陵到郊外游玩，如果运气好，碰上一座古墓，两人就玩一把"盗墓笔记"；如果没有发现古墓，就玩射雉游戏。

　　陈叔陵本想干掉陈伯固，但见这个酒鬼这么识相，倒也有些可爱之处，时间一久，便引为知音。于是，人们经常在野外看到两个熟悉的身影，他们有时马头挂着一串野雉，有时则满身泥土，手拎大袋——里面全是盗墓所获。

　　陈叔陵虽然玩得很嗨，但没有忘记他赋予自己的历史使命——干掉哥哥，取而代之。他将心中的想法全盘告诉给陈伯固，邀他共谋大事，日后共享富贵。

　　一朝天子一朝臣，这是一个爬上那一人之下、万人之上位置的机会，陈伯固哪会不从？这时，他已是侍中，又是陈顼身边的红人，便利用自己经常进宫的机会，把所能知道的宫闱之事都透露给了陈叔陵。

　　当陈顼龙体不豫时，陈叔陵很快便得到消息。他知道，关键时刻到了，这个时候，谁在皇帝身边，谁就有主动权。

　　见身薄如纸的父皇躺在床上，气若游丝，陈叔宝马上召陈叔陵和另一个弟弟陈叔坚入宫侍疾。他以为，即使父皇龙驭宾天，有两个兄弟侍奉在侧，自己就可以临危不乱，哪知陈叔陵早就"阴有异志"。

陈叔陵不想错过这千载难逢的机会，刺杀太子，眼下他只能亲自动手了。他虽是手握大权的皇子，奉命入宫侍疾，但入宫时，连一把小刀都不能带，他拿什么来行刺？总不能赤手空拳地把陈叔宝打死吧？只怕他还没动得两下拳脚，就被宫中侍卫拿下了。

他心中焦急，眼睛偷偷四下寻找时，发现几个典药吏在切药。

切药刀也是刀啊！

他怀着无比激动的心情去看那把刀，但发现这刀太钝了，切草药都那么费力，更别说拿来砍人了。用这把刀行刺时，必须一刀致命，不然就功亏一篑了。于是，他故意端着脸训斥说，刀都钝成这个样子了，还能切药吗？让典药吏把刀磨利一点，磨刀不误切药工。

几天之后，也就是正月初五，陈顼终于如陈叔陵所愿，驾崩了。但陈叔陵还是在心中埋怨老爸死得太仓促了，他还没做好准备，只得急命几个左右"于外取剑"。

这个愚蠢的野心家，只发展了陈伯固这一个猪队友，别人对他的阴谋是一无所知。他命左右"于外取剑"，左右并不知道他要用利剑来砍死哥哥，只取来他平常入朝时所佩的朝服剑（仪式用的装饰性木剑）。他拿着轻飘飘的木剑，怒火万丈，却又不敢发作，只在那里暗中咬牙切齿。

当时在场的还有陈叔坚。此人的政治敏锐性相对较高，见二哥的这些反常之举，知道他要搞事，便暗中密切注视陈叔陵的一举一动。

正月十一日，在陈顼的遗体入殓时，陈叔宝俯伏痛哭。

陈叔陵见陈叔宝此时毫不设防，知道这是最后的机会了。说时迟那时快，他举起切药刀，向陈叔宝砍过去。这一刀砍得虽然精准，正中陈叔宝的脖颈，但刀还是太钝了，而且陈叔陵的臂力也不够，所以陈叔宝的脖颈并未断，只是被砍出一条刀痕。

第二章

史载陈叔宝被砍得"闷绝于地",如果他就此再"闷绝"几秒钟,陈叔陵仍有可能得手。可是现场还有其他人,其中包括陈叔宝的母亲柳皇后。

看到儿子被袭、昏倒在地,柳氏不顾一切地扑上来护住儿子。

陈叔陵这时已经慌乱,又用那把切药刀在柳皇后身上砍了几下。这几刀仍然砍得毫无致命力,不但没将柳皇后砍死,还让陈叔宝争取到了时间。在这万分危急的时刻,陈叔宝醒了过来,陈叔陵又朝已经醒来的陈叔宝砍过去。

这时,又一个人出现了——一个老妇人,她是陈叔宝的乳母吴氏。乳母可说是孩子的第二个母亲,吴氏见"儿子"遇险,也奋不顾身地扑过来,死死地抓住陈叔陵的手,硬是没让他砍下那一刀,陈叔宝才得以爬起来。

陈叔陵眼看陈叔宝要跑,也急红了眼,奈何举刀的手被吴氏死命抱住,难以砍下,只得伸出另一只手扯住陈叔宝的衣服。人在危急时刻的爆发力是惊人的,陈叔宝使出吃奶的劲儿,终于挣脱而逃。正在这时,陈叔坚也冲上来,双手扼住陈叔陵的脖子,在陈叔陵慌乱时夺去其手中的刀。

陈叔陵几次砍杀都无效,精神已经崩溃,身心俱疲,任陈叔坚将他像一条死狗一样拖到柱子旁,用他自己的袖子把他捆在柱子上。

此时,陈叔宝已在吴氏的搀扶下逃出去躲避。陈叔坚不敢擅自处置陈叔陵,就到处寻找陈叔宝,请示如何处理陈叔陵。

借着这样一个空挡,陈叔陵清醒过来,知道自己不能坐以待毙。他低头一看,自己只是被用袖子绑住,稍一挣扎就挣脱了。他发疯般冲出龙云门,乘车飞驰回东府城,召集随从,共举大事。他下令阻断通向台城(旧址在今江苏省南京市鸡鸣山南,本是三国时代吴国的后苑城,

057

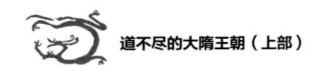

东晋成帝时改建。从东晋到南朝结束，这里一直是中央政府和皇宫所在地，既是政治中枢，又是帝王荒淫享乐的场所）的青溪道，将东府城的囚犯都放出来，给这些人因功受赏的机会。

当然，仅靠这些囚犯是不够的，陈叔陵又派人前往新林（今江苏省南京市西南），征调他原来指挥的部队。最后，他换上戎装，登上城西门，开展征兵工作，招募城中百姓入伍。他又想到，只是招募底层百姓入伙是不济事的，他必须得到百官的支持，于是又派人去做王公大臣们的思想工作。大半天忙活下来，不但王公大臣们对他的拉拢毫无兴趣，连底层百姓都没几个应召的。陈叔陵在那里左顾右盼，结果是"莫有至者"。

不过，还是有一个人跑来支持陈叔陵，这人就是陈伯固。

陈伯固觉得既然自己已经成为陈叔陵的死党，那就只能追随到底了。他听说陈叔陵已经举事，二话不说，单骑急奔而来，充当陈叔陵的左膀右臂。

这时，陈叔陵手下有一千来人，但他并不敢带着这一千来人去战斗，只想占据府城自守。

此时自守，就是等死。

其实，对于陈叔陵来说，机会仍然存在。

由于他的举事毫无征兆，陈叔宝对此毫无准备，所以台城内并没有布置什么军事力量。现在朝廷的军队主要部署在沿江一带。也就是说，现在台城内十分空虚。如果陈叔陵能一咬牙，带着这一千人高喊口号杀进台城，赢面还是很大的，可他却缩头自守。

陈叔坚知道问题真的很严重。此时，陈叔宝还处于负伤且惊慌的状态，无法主持大事。陈叔坚只得奏请柳皇后，派太子舍人司马申以太子的名义，召萧摩诃入见，萧摩诃临危受命。

政变平息

萧摩诃不但是陈霸先时期的老将，也是当时有数的几位猛将之一。领命后，他带着几百人的部队直奔东府，屯驻在城西门。

陈叔陵见老将出马，心中恐惧，便派手下韦谅送一套鼓吹给萧摩诃，并转告他"事捷，必以公为台辅"。

萧摩诃在心头冷笑，你小子跟我玩这个，还太嫩！他故作为难地对韦谅说："事关重大，我不得不小心，必须请王爷最信得过的亲信前来，当面跟我说，我才敢相信。"

陈叔陵再怎么蠢也知道萧摩诃在骗他，可他又怕失去这个机会，一咬牙，将两个最重要的亲信戴温和谭骐派了出去。结果可想而知，两个倒霉蛋被萧摩诃送到台城，斩首示众于东府城，警示众人，追随陈叔陵的下场就是这么惨。

陈叔陵智商虽然不在线，但还残存着自知之明，知道自己无论如何都不是老将萧摩诃的对手。他站在城头，望着城外。萧摩诃的几百号人部署在那里，根本不成规模，但就是看得他心惊胆战、胆气尽失。

寒风就那样吹着，陈叔陵控制不住身体的颤抖。他脸上的皮肉不断收缩着，连他都觉得自己这张"王爷的脸"已经严重走形。他转头四顾，身边几个侍卫如行尸走肉般站着，呆望着远方，眼中既无焦点，也无光。他无力地垂下脑袋，一步一晃地回到府中。此时，他的内心世界除了绝望之外，再无其他。

回到府中，他倒在榻上，闭着眼，像个将死之人。突然，他睁开双眼，眼中凝聚着凶光。如果你以为他是要做困兽之斗，找萧摩诃拼命，那你想多了。

他将自己的王妃和七个宠妾召来，布满血丝的眼睛一一检视着她们，然后咆哮着将其全部赶到井边，丢进井里淹死，可怜红颜薄命。一千多年后，明朝崇祯皇帝在李自成军攻入紫禁城前砍杀那些不肯自尽的妃子，这些女子的命运，同那些在早春的刺骨寒风中葬身井底的女子的命运是同样悲惨的。

逼死妻妾之后，陈叔陵带着步骑几百人逃出城，打算渡过秦淮河，逃到新林——那里还有一支属于他的部队，他希冀那支部队可以为他抵挡一下追兵，争取一下时间，让他逃到北朝去。可他还没跑出去多远，就碰上了官军。

陈伯固见朝廷大军隆重开到，情知不妙，就躲进小巷中。

陈叔陵大怒，你个贪生怕死之辈，还想让我给你打掩护不成？！

陈叔陵掉转马头，追进小巷，用刀抵住陈伯固，逼得他只得"有难同当"。可是士兵们不愿当炮灰，纷纷丢盔弃甲而去。不消片刻，逃命路上就只剩下陈叔陵和陈伯固两个废物了。此时，两人已经吓得面如土色、六神无主，不知向哪个方向跑才能逃出生天。

萧摩诃的部将陈智深已经带兵急驰而来，看到这两只没头苍蝇，心头大喜——大好的立功机会啊！他跃马挺枪，将陈叔陵一枪挑落下马。另一个将军陈仲华快马上前，手起刀落，斩下陈叔陵的首级。陈伯固虽然从这二人手下逃走，但不到半天就被大军围住，最后死于乱刀之下。

一场政变就此平息。

事后，南陈朝廷将陈叔陵诸子全部赐死，手下全部诛杀；陈伯固的诸子则被贬为庶人。

接下来就是陈叔宝宣布即皇帝位。因后颈挨了陈叔陵重重一击，他那白嫩的脖子虽未被砍断，但也受了重伤，称帝之后，他卧病在床，母亲柳太后居于柏梁殿垂帘听政，直到陈叔宝伤愈才还政于他。

就这样，南陈开启了陈后主时代。

给熊孩子当监护人，太难了

在南陈发生这场无厘头政变之时，杨坚也在为自己的庙堂谋篇布局。

北周的灭亡，不管是体制方面还是人事部署方面，都给杨坚攒了经验值，他认真汲取了教训。体制方面前文已经聊过，而在人事布局上，他认为宇文氏亡就亡在朝中无重臣执掌、边镇无猛将镇守上。朝中有苏威、高颎、杨雄、虞庆则等人为他分忧；地方上，杨坚要布置自己的铁杆亲信，他认为这是最可靠的保障。

这话说起来容易，实施起来难——谁是最可信的人？身为皇帝，虽然每个人都对你说他的忠心日月可鉴，可他的忠诚度到底有多少，你能目测么？你又不能真的挖出他的心胆来看看是否是"赤胆忠心"，所以皇帝们有一个通病——多疑。杨坚带着这种心理去考察群臣，能找到几个信得过的人？

考察来考察去，最后觉得只有自己的儿子才是最可信的。

可是诸子尚且年幼，他最钟爱的次子杨广也才十三岁，你能指望几个孩子去镇守地方吗？令人想不到的是，杨广还真的这样做了。

太子杨勇是唯一成年的儿子，兼管北部边境，专门对付突厥。杨坚专门设置了河北道行台，让杨广担任河北道行台的尚书令；再在益州（今四川省一带）设置西南道行台，任命年仅十岁的第四子杨秀为尚书令。杨坚的意图是让杨广和杨秀各统御一方，作为羽翼，辅弼朝廷。他当然知道这两个皇子，小的那个可能连印玺都还拿不稳，哪能治理一方、拱卫中央，所以又挑选了一批能臣充当这两个儿子的僚属，帮他们处理军政事务——这其中还有监护人的成分。

杨坚给杨秀安排的两名监护人，一个叫李彻，另一个叫元岩。这二人虽然能力有高下，但都以为人刚直而负有盛名。

杨坚也给最疼爱的次子杨广配备了两名监护人：一个叫王韶，原为灵州刺史，现被委任为杨广的尚书仆射，也就是行台的二把手；一个叫李雄，原来是鸿胪卿，现被委任为杨广的兵部尚书，主持行台的军事工作。

虽然李雄是名义上的二把手，居于王韶之后，但大隋仍然处于战时状态，而且杨广的辖区又与南陈接壤，是军事要地，所以李雄的重要性居于王韶之前。

李雄出身官宦世家，祖上几代都靠学问博取名功，到了他这里，硬是丢掉家学传统，苦练骑射。哥哥李子旦劝道："你日日骑马射箭，乃莽夫所为，非士大夫之业。"

李雄大笑道："此言差矣！自古英雄无不文武兼备，我虽愚钝，倒也读了几卷圣贤之书，为的是能文能武、报效国家，而不是为了墨守章句、训诂他人。"

李子旦被他驳得哑口无言。

后来，李雄果然凭借军事才能脱颖而出，随名将达奚武等人先后平定汉中（今陕西省西南部）、兴州（今陕西省汉中市略阳县），因功拜骠骑大将军、仪同三司。之后，他转战各地，战功赫赫。当年韦孝宽经略淮南时，李雄以轻骑数百来到硖石（今安徽省淮南市凤台县西南、寿县东北一带），靠那张嘴去做思想工作，居然连下十余城，因此被任命为濠州刺史。杨坚在给杨广挑选监护人时，考虑到李雄不但文武双全，而且有对付南陈的经验，是辅佐宝贝儿子的不二人选。杨坚在给李雄发委任状时，当面拜托道："吾儿更事未多，以卿兼文武才，吾无北顾之忧矣。"可见杨坚对他的期望与器重。

杨广和杨秀都还是贪玩的孩子，成为一方老大之后，首先想到的是利用手中的权力追求奢侈享乐。李彻、王韶等监护人总是拒绝执行幼主的无理要求，幼主动怒，他们便负荆请罪，说即使殿下砍他们的脑袋，他们也不能遵命。有时，两位幼主绕开监护人自行其是，他们闻知后，连忙赶赴现场，苦口婆心地规劝，弄得这两个小王爷对他们心生畏惧，不敢乱来，慢慢变得什么事都先跟他们商量，待他们点头之后才敢去做。杨坚对这群贤臣良将甚为满意，下令重赏。

又得辅政，又得给熊孩子当监护人，我辈打工人对此都不禁感叹——实在太难了！

礼不伐丧

当时，隋朝边境的大将元景山得知南陈起了内乱，便率兵出汉口（今湖北省汉口市），派手下上开府仪同三司邓孝儒带四千兵马攻打甑山（据推测，位于今湖北省汉川市境内）。南陈的镇军将军陆纶慌忙带领水军去援甑山，但被邓孝儒击败。

本来南陈边防军就已经很虚弱了，再加上皇室内讧，更是搞得人心惶惶，看到隋军打来，基本都是无心恋战。涢口、甑山、沌阳（以上皆位于今湖北省境内）等处的守军看到陆纶被打败，便不约而同地选择弃城而逃。

南陈朝廷大惊，可又拿不出对策，只得派人到长安割地请和。很多朝臣认为，南陈已经虚弱到不堪一击的地步，皇帝应该一声令下，命大军杀将过去，一统江南。可高颎认为，目前南征条件仍不成熟，南陈虽在军事上很孱弱，但这些年来，陈顼用心发展民生，南陈的综合国力还是摆在那里的；而杨坚称帝不到一年，权力基础尚不坚实，再加上突厥方面还未摆平，长孙晟的策略正在实施，哪能半途而废？

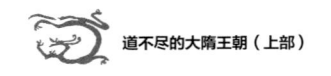

所以，眼下必须集中力量对付突厥，打得他们一时三刻不敢冒头后，才可全力南征。

高颎建议接受南陈的请和，理由很冠冕堂皇——礼不伐丧。也就是说，按照礼制，不讨伐有丧乱的敌国。这个理由将大隋置于道义的制高点上，倍儿有面子！

杨坚采纳了高颎的建议，隋陈边境再次进入相安无事的状态。

两千死士阻突厥

突厥是典型的游牧民族，全民皆兵，作战灵活性是中原军队无法比拟的。因此，跟他们对垒，隋朝边防部队的行动也必须十分灵活，瞅准机会，能出手时就出手。

开皇二年（582年）四月，大隋大将军韩僧寿抓住一个机会，突然出兵，袭击突厥的鸡头山（今甘肃省庆阳市），把突厥打得大败亏输；接着上柱国李充又在河北山（今黄河包头段以北）打跑了另一支突厥兵。

北齐残余势力——前营州刺史高宝宁（他的故事，详见拙作《道不尽的南北朝》）见两支友军不给力，不由恼火起来，率自己所部以及部分突厥兵，大举进犯平州（据推测，位于今河北省秦皇岛市卢龙县）。

突厥连吃两次败仗，摄图的威信直线下跌，他心下大愤，便对全突厥进行了一次动员，集合五个可汗的部落共四十万兵力，越过长城，向南进发。

六月十三日，突厥的一支偏师同大隋的上柱国李光相遇，被李光狠狠修理了一番。突厥人见李光有两下子，就掉转矛头，攻打兰州（今甘肃省兰州市）。凉州总管贺娄子干率兵迎战，在洛河一带（今甘肃省境内）将其击败。

虽然前期打了几次小胜仗，但这只是突厥的偏师，他们的主力部队此时正在摄图的率领下火速进犯而来。杨坚知道此次摄图举倾国之力南下，摆出的是决战的姿态，如果不小心应对，北方的大片领土就会被突厥骑兵横扫——真的到了这一步，只怕初生的大隋国运会因此一蹶不振，他必须重视加重视、小心复小心。

他命太子杨勇屯兵咸阳（今陕西省咸阳市），还命令虞庆则屯弘化（今甘肃省庆阳市庆城县），以防备突厥。

这是什么样的部署？

这是杨坚的"最后一手"：准备在突厥冲破前线、向长安奔袭时，让这两支部队成为长安的最后屏障。由此可见，当时长安高层已经十分震动。

此时，摄图率十万主力，旋风疾驰，已经杀到周盘（今甘肃省东部，陕甘宁三省区的交汇处）。大隋的行军总管达奚长儒情报有误，还不知摄图的主力已经杀到，只带了两千人马，计划在别道袭击突厥，可在半路上就与摄图的大军迎头相遇，想躲都来不及。

只见突厥部队狼旗高举，铁骑遍野，扬尘蔽空，大隋的区区两千人马与之硬拼，无异于以卵击石。

危急时刻，有人给达奚长儒出主意："老大，虞庆则将军就在左近，快快向他求救吧！"

虞庆则就屯兵于弘化，周盘就在弘化境内，突厥大军杀来，与达奚长儒相遇，虞庆则焉能不知？还用派人去求救吗？何况大敌当前，弯刀所泛的寒光晃得人胆战心惊，等援军到来，这两千人的人头早都送完了。

啥也别说了，只能靠自己了。

真实情况是：虞庆则此时已经得到情报，但他怕突厥势大，不敢轻举妄动，只闭目心念道："达奚长儒啊，你自求多福吧……"

死亡近在咫尺，谁不害怕呢？达奚长儒回头看了一眼众将士，个个皆是一脸惊恐。他知道，谁都可以将内心的恐惧摆在脸上，唯独自己作为主帅，是万万不能的。他骑在马上，神色慨然，带着大家且战且退。

将帅这个时候稳住心神，大家才能回过神来——反正是个死，不如放手一搏，说不定还有一线活下来的希望。于是，众人迅速收拾好心态，跟着达奚长儒拼死战斗。

突厥兵仗着人多势众，不断地向隋军发起冲击，多次将隋兵冲散，但在达奚长儒的组织下，隋兵一次又一次地聚拢在一起，顽强抵抗，硬是在三天之内拼了十四场。很多隋兵的兵器都磨废了，但仍斗志昂扬，赤手空拳地跟敌人死磕，打得手都露出骨头来。这两千死士，居然杀敌一万多人！

刚相遇时，突厥兵觉得用铁蹄踏也能将这两千隋兵踏死，可打了三天三夜，这群人仍在浴血奋战，身上似乎有使不完的力气——他们是人还是鬼啊？！

突厥兵被磨得气馁起来，喊杀声渐渐弱了下去，进攻也越发疲软，最后竟自行撤去。

漫天沙尘的战场，慢慢尘埃落定。尘埃缓缓地落在仍兀立如山的大隋将士的脸上、身上。看到敌人终于远去，他们的泪水从眼眶里奔涌而出，在积满血与土的脸上冲出一道道深刻的泪槽。

此时，八成战士都已阵亡，活下来的人大多身负重伤。达奚长儒身被五创，其中重伤两处，但这些伤没有白负——此战意义重大，既阻挡了突厥主力南侵的步伐，也大挫了突厥的锐气。杨坚论功行赏，拜达奚长儒为上柱国，即使这样，他的功劳还有剩的，于是荫及他的一个儿子。

谋臣抵万军

在达奚长儒同突厥主力死战的同时，屯乙弗泊（位于今青海省境内）的柱国冯昱、守洮州（今甘肃省定西市临洮县）的兰州总管叱列长叉、屯臨州的上柱国李崇，也跟突厥发生了激战。他们手中的兵力虽然比达奚长儒多了数倍，而且可凭险固守，但无一例外地败给了突厥，所守之城尽失。突厥大破隋朝北部防线，纵兵从木硖、石门（今宁夏回族自治区固原市西南、西北）两路深入。于是，武威、天水、金城、上郡、弘化、延安（以上皆位于大隋的西北边境）等地，须臾之间便沦丧于突厥的铁骑之下，牲畜等财物被劫掠一空。

长安已在突厥的兵锋之下。

就连摄图都没想到，此次军事行动可以进展得如此顺利且神速。他立于帐外，眺望长安，心情无比激动。此刻，什么也拦不住他的勃勃野心，他要继续南下，将长安城里的财富与美女都掠回草原。

长安乃中原王朝的核心，如果可攻占长安，这可是前所未有的胜利啊！

大隋更没有想到，突厥居然如此生猛，而自己的边防军主力居然一触即溃。杨坚想重新部署兵力，但已经来不及了。彷徨无计之时，长孙晟又登场了。

在长孙晟的斡旋下，先是玷厥不愿打了。当摄图雄心万丈地下令全军南进之时，玷厥突然表示，自己热爱和平，要打你自己打去吧，我带着兄弟们回草原放歌纵酒了。他令旗一挥，本部落的人马便带着此次劫掠来的财物凯旋了。

摄图气得要吐血，可玷厥的力量是五个部落可汗中最强的，他不愿合作，还真不能拿他怎么样。摄图不想放弃这个机会，要率剩下的部队继续南侵，不打到长安绝不回头——少你一个玷厥，地球照样转，四季仍然分明！

哪知，他正在作出安排，又一个意外情况出现了。

这个意外情况也是长孙晟制造的。他不仅收买了玷厥和大逻便，连摄图的儿子染干也被他玩得团团转。他密见染干，对他说，据可靠消息，不光玷厥他们不愿跟你老爸合作，铁勒等几个部落更加阴险，他们已经暗中勾结，准备偷袭你老爸的营帐。我此前跟你玩得很好，不忍心见你老爸遭遇不测，这才偷偷告诉你，信不信由你。

染干一听，立刻向老爸汇报。

摄图这人吧，你不能说他智商不在线，他并非彻头彻尾的莽夫，但真要玩计谋吧，他自然玩不过中原这些谋臣。何况这些天来状况百出，各个部落都与他貌合神离，这一点他还是清楚的，因此疑心已经越来越重，现在听儿子这么一说，之前的雄心壮志立刻归零，心头的惧意疯长，二话不说，下令撤兵而归。

几十万突厥大兵，烟尘滚滚而来，就这样被忽悠回草原了。

杨坚不由长舒一口气——如果没有长孙晟的妙计，后果真是不堪设想。将帅无能，会累死三军；谋臣有策，亦可抵得过千军万马。

可见，高颎反对南征，真是有先见之明。

肃清残余

靠着长孙晟的妙计，突厥大军虽然被忽悠回去了，但这只是暂时的。突厥的铁骑依旧凶猛，突厥人的欲望依旧强烈。退回草原不久，他们便再次将目光投向南方。开皇三年（583年）二月，突厥的小股部队又开始不断骚扰大隋边境,让杨坚不堪其烦。

已经沉默很久的吐谷浑见突厥把大隋狠狠地虐了一把,觉得大隋不过如此,何不也南下捞点油水,于是进攻洮州。

洮州刺史皮子信早上起来,发现城外全是吐谷浑的部队,正大喊着要围攻城池,他不由大怒,带着兵马就冲出去干仗。

吐谷浑虽然没有多少对隋作战的经验,但皮子信对吐谷浑的作战经验更少。两军一交手,隋军被打得大败,皮子信本人也殒命战场。

吐谷浑兵一看,哟,这胜利得来全不费功夫啊,于是自信心爆棚,继续前进,很快遇到汶州总管梁远的部队。吐谷浑兵这下乐了,又可以捡装备了!可梁远不是皮子信,他指挥自若,把吐谷浑军打得一败涂地。吐谷浑兵这才知道,不同的将军带的兵真的不同,那就期望下一个遇到的是软柿子吧,于是转头去打廓州(今青海省海南藏族自治州贵德县),但仍然不胜。他们这才相信,刷存在感真的不是他们的强项,还是回去窝着吧。

突厥不是吐谷浑,他们是打赢了不收手,打输回去歇口气转头再来,总之南侵这个保留项目,突厥人玩得不亦乐乎,令杨坚忍无可忍。他意识到,如果不下决心搞定突厥,大隋就永无宁日,他一统神州的远大理想就永远停留在梦的阶段。他一咬牙,任命杨爽为行军元帅,率诸将讨伐突厥。

杨爽是杨忠的幼子,也就是杨坚的同父异母弟。杨忠死时,杨爽才六岁,是杨坚的皇后独孤氏把他养大的,所以二人名为兄弟,实如父子。

在杨爽出发前,杨坚专门下了一道诏书,要求杨爽在征伐过程中,对突厥要"义兼含育,有降者纳,有违者死,使其不敢南望,永服威刑"。可见,杨坚这次是下了决心的,举全国之力,要一战解决突厥。

　　杨爽率兵，分八路出塞。最先与突厥交锋的是杨爽的行军总管李充。李充由朔州（今山西省北部）出塞，于开皇三年四月在白道川（今内蒙古自治区呼和浩特平原）跟摄图撞了个正着。

　　面对突厥最精锐之师，杨爽思索着战略。

　　李充对杨爽道："近来突厥屡屡来犯，每次都易于得手，不免轻敌，我们可趁机派精骑突袭，必定大获全胜。"

　　大家一听，都觉得这个方案很冒险。敌人众多，摄图又那么强悍，如果突袭失败，大隋必然士气大跌，倒不如集中兵力，跟他们一决胜负。

　　众将之中，只有长史李彻支持李充。眼下突厥势大，合五汗之师，足有几十万兵力，而且机动性强，按常规打法，一战一战地死磕，就得随敌人的活动轨迹不断调动自己的兵马，别说打突厥了，自己就会把自己累死。

　　李充和李彻都知道搞突袭是目前最好的选择，战机转瞬即逝，他们也懒得跟同僚进行无意义的讨论，组织了五千精骑兵，急速奔向突厥大营。

　　摄图深恨自己被忽悠撤军，错失攻占长安的良机。近来不断侵扰大隋边境，屡屡得手，令他坚定地认为，隋朝已经无人了，战场上的主动权牢牢握在自己手中，是否发兵、想取得多大的胜利，完全由自己说了算。哪知，在他正安然地喝着马奶酒、琢磨着何时再出战时，李充的部队已经杀将过来。

　　摄图连组织战斗的时间都没有。突厥人只见隋兵喊杀着冲入大营，又听不到大汗的命令，都慌成一团，四处逃散。

　　摄图是战场上的老手，见此情形，知道自己无法收拾局面，便一摔喝到一半的马奶酒，连用黄金打造的盔甲也顾不得取，直向帐外窜去。他本想到围栏里牵一匹马，凭着自己的精湛骑术风驰电掣而去，哪知牵马都来不及，只得滚到草丛中藏身。此时正值牧草繁茂之际，便于掩护，他在草丛中一阵狂跑，这才保全了性命，而营中士兵死了大半。

这就是《隋书》记载的"白道川之战"。突厥此战战败后，各种问题爆发出来，最先令摄图头疼的是粮食的严重短缺。

大家知道，中原人打仗，大军未动，粮草先行，打的基本就是后勤保障。但突厥这类游牧民族基本上不屯粮草，物资没了就去抢，玩的都是游击战，他们对占领土地和城池并无兴趣。现在被李充一战打散，原来抢的那点粮草都成了李充的战利品，吃饭立马成了大问题。万般无奈之下，突厥人只得将死马的骨头磨成粉来充饥。

接着，令摄图更头痛的状况出现了——瘟疫！大饥必然伴随大疫。因为人员的大量死亡，突厥的战斗力急转直下。

杨坚此次北伐，张的网很大，除了直面突厥主力之外，还专门派幽州总管阴寿率数万步骑出卢龙，打击另一个麻烦人士——高宝宁。

高宝宁作为北齐的残余，能活到现在，并不断给大隋边境制造麻烦，全靠突厥当他的后盾。这些年来，他挂靠突厥生存，当大隋边防军稍一松懈，他就率兵出击，捞点战果；当大隋的部队打过来，他要么向突厥求援，要么直接向突厥境内逃窜。

现在阴寿的部队压来，高宝宁自知不敌，便又来老一套——向突厥老大求救。可摄图自己才刚从草丛里爬出来，身上的草腥味还没散尽，营中士兵一边咽着苦涩的骨粉，一边痛苦地呻吟，自命尚且不保，哪有精力管他？高宝宁只得逃往大漠以北。

阴寿此次的任务是彻底清除高宝宁的势力。高宝宁跑路后，阴

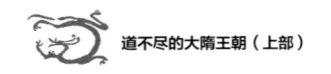

寿马上发出通缉令，重金悬赏，求高宝宁的首级，同时派人实施离间计。离间计在敌人惶惶不可终日的时候使用，成功率最高。眼下高宝宁如丧家之犬，手下个个想着如何自保，只要你给他们一条生路，他们什么都做得出来。

如惊弓之鸟的高宝宁一刻也不敢停歇，发疯般地往契丹人那里逃。他以为大隋只恨突厥，不会对契丹怎么样，可半路就被部将砍下脑袋，死于自己人之手。

大隋终于肃清了北齐的残余势力。

火候未到

与此同时，还发生了一段插曲。

南陈的郢州城主张子机对南陈日渐失望，写信给大隋，说愿意向天朝献城投降，敬请批准为盼。

郢州（治所位于今湖北省武汉市武昌区）是隋陈之间的战略要地，易守难攻，拿下郢州，就可以以此为基地，放舟东下，一路乘风破浪，直抵建康。

按理说杨坚肯定会笑纳张子机献上的这份大礼，但他拒绝了，给出的理由是：目前两国交好，接纳对方的降将，有违道义。

作为一个篡权自立的皇帝，还怕"缺德"？

真实的原因是，他现在的主力部队都投到北方去打突厥了，如果接受了张子机的投降，万一陈叔宝恼了，派兵前来攻打，他能两面作战吗？

"肉"的确很肥，只是还没烹到恰到好处的火候，暂时吃不了。

大隋最牛谋臣+外交家

此时,北方前线仍然狼烟四起。

开皇三年五月,大隋秦州总管窦荣定率三万部队出凉州(今甘肃省武威市凉州区),跟突厥的大逻便在高越原(今内蒙古自治区阿拉善右旗东部和甘肃省民勤县西北一带)对垒。

大逻便色厉内荏,威胁自己兄弟时很有胆色,但对外作战时却屡战屡败,最后不得不高挂免战牌——老子就不出战,你能奈我何?

这一招,搞得窦荣定一时间无计可施。

正在这时,史万岁求见。史万岁原是大将军,因罪被发配到敦煌戍边,从将军降为放哨小兵。他本以为此生就此无望,没想到大隋和突厥在此发生战争,战斗陷入僵局。这哥们武力指数爆棚,是冲锋陷阵的好手,眼下正是他大显身手的好机会。于是,他主动请缨,请窦老大允许他戴罪立功。

窦荣定早就听说过此人,一见之下,果然名不虚传。现在正是用人之际,他马上答应了史万岁的请求。

窦荣定遣使对大逻便说:"尊敬的阿波可汗,两国交战,子弟兵何辜,焉能忍心令其命丧疆场?不如我们改变一下对战方式,不再让双方士兵拼杀,只各遣一名勇士对战,以定胜负,如何?"

大逻便一听,这个可以有啊!窦荣定是不是太想和我作战,都想疯了?单打独斗,你们中原人是我们突厥人的对手吗?也好,让你们明明白白什么叫"不作死就不会死"!

于是,他爽快地答应下来:讲话算数,别反悔啊!然后手一挥,派出部将中武艺最高强的一个,向隋兵挑战。

窦荣定也手一挥,史万岁应声纵骑而出。

两人互不搭话，高呼着向对方冲杀。兵器相交，双方都为自己的出场人物喝彩。在如雷的喝彩声中，但闻史万岁一声断喝，寒光暴闪，手起刀落，便将对方骑士斩于马下。突厥士兵无不目瞪口呆。大逻便不敢再言开战，派人前来请和，然后率军火速离去。

隋军当然不愿就此罢休。长孙晟也在窦荣定军中，这位"大隋最牛谋臣+外交家"，此前就做过大逻便的思想工作，成功离间了大逻便与摄图，如今见大逻便引军而去，便派人对其说："尊敬的阿波可汗，摄图每次南侵，皆大获全胜，而您刚入隋境便败北而逃，这对于你们突厥人来说是奇耻大辱。原本您与摄图实力相当，现在摄图常胜，深得民众崇拜；而您常败，已沦为突厥之耻，日后摄图要除掉您就师出有名了，还望您三思——若摄图果真发难，您还是他的对手吗？"

大逻便本来就是一个投机者，也深知摄图的为人，听了这番话之后，马上派人到窦荣定军中，与长孙晟见面。

长孙晟对大逻便的使者说："你已经知道，达头可汗（玷厥）已同大隋同盟，这些天来都在配合大隋军的行动，而摄图对此无可奈何。阿波可汗何不也依附大隋天子，并同达头可汗联合，你们两强联手，摄图就不敢对你们怎么样——这才是万全之计！如果阿波可汗一定要逃回去，甘心丧兵负罪，屈就摄图，后果如何，我也不敢说了。"

使者回去报告，大逻便听后深以为然，于是立刻遣使跟随长孙晟入朝请和，表示从此以后永远做大隋王朝的"二层机构"。

长孙晟的离间之计和统战工作，又大获成功。

众叛亲离

摄图知道自己与兄弟、叔伯之间的冲突早晚会摆到明面上，也深知大逻便是一个政治投机分子，之前他想集中精力对付大隋，所以只是密切关注这些部落可汗的动静，尚未有所行动。当他听说兄弟、叔伯已经背叛自己、跟敌人结为同盟时，愤怒瞬间占据了他的大脑。

老子打不过隋兵，难道还干不过你们！

失去理智的摄图直接攻打北牙（大逻便的根据地），一阵横扫后，将大逻便的守军全歼，还一刀砍死了大逻便的老母亲。

这下，仇结大了。

老巢已经一片破败，大逻便只得向西投奔玷厥。

自从上次自行退兵后，玷厥与摄图的矛盾已经公开化。他看到大逻便狼狈而来，向他哭诉摄图的罪行，勃然大怒道："既然他不仁，连你的母亲都不放过，那就休怪咱们不义了！你收住眼泪，我为你作主！"他即刻给了大逻便一支部队，让他东进攻打摄图。

大逻便那些失散的将士听说老大回来了，纷纷前来寻找组织，大逻便的队伍一下壮大到十万骑，士气大盛。

摄图当初横扫北牙，只图一时快意，没想到会造成这个局面，但也只得仓皇应战，连战几个回合，屡战屡败。实力大不如前的他，真的抗不过对方的强强联合。大逻便乘机收复了失地，实力大增。尚未从"白道川之战"的创伤中恢复过来的摄图，情况就更加危险了。

有个贪汗可汗，此前由于势力弱小，部落被摄图吞并，失了可汗的头衔，一直等待复仇的机会。这时看到摄图势孤，便也投奔玷厥，共同对抗摄图。

突厥原有五个可汗，即大可汗摄图，以及玷厥、大逻便、贪汗可汗、地勤察可汗（摄图的堂弟）这四个小可汗。现在玷厥、大逻便和贪汗可汗结成反摄图同盟，摄图势单力孤，只得去找地勤察可汗，希望这个堂弟能在他困难时与他并肩作战，共渡难关。哪知，由于此前

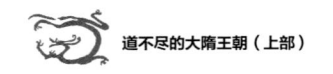

摄图太过霸道，地勤察可汗一直忍气吞声，早就怀恨在心，现在也率部投奔了大逻便，摄图派去劝说地勤察可汗的使者扑了个空。

摄图如今是众叛亲离，他在大汗帐中破口大骂，却不反躬自省，让他落得此般境地的人，正是他自己。

李崇殉国

既然矛盾已经发展到这一步，那就决一死战吧！兄弟相残，使得大草原上弥漫着血雨腥风。

这时，突厥各部都想拉拢外援，而且不约而同地想到了眼下最强的外援——大隋，于是争相派出使者，向杨坚表白：曾经有一份真诚的友邦之情放在我面前，我没有珍惜，等我失去的时候，我才后悔莫及，人世间最痛苦的事莫过于此。如果上天给我一个成为大隋臣属的机会，我会对大隋说三个字——我爱你；如果非要在这份爱上加个期限，我希望是一万年！

突厥人那硕大的脑袋瓜为啥就不想想：长期以来，你们仗着自己的铁骑强悍，无数次侵扰大隋边境，甚至大举南下，大肆烧杀掳掠，搞得杨坚焦头烂额、无暇南征，他焉能不恨你们入骨？如今你们兄弟相残，大隋正是坐收渔利的时机，他怎么可能会帮你们任何一方？

恨归恨，话还是要说得冠冕堂皇。杨坚笑意盈盈地对突厥使者说，这既是突厥的内政，也是可汗兄弟之间的事，我大隋不便插手。待最后，突厥定有王者出，我大隋自当尊重突厥人民的选择。

突厥人恼羞成怒，你们中原人玩我们是吧？之前的殷勤都白献了！既然你不识抬举，那还是打吧！

一言不合，突厥就又去围攻幽州了。

幽州总管李崇这时手下只有三千人，跟敌人激战了十多天，隋

第二章

朝这边伤亡惨重，李崇最后率孤军来到砂城（位于今内蒙古自治区境内）。突厥兵又像狼群一样紧追而至，把砂城围得密不透风。砂城年久失修，城墙早已荒颓，难以御守。李崇率军坚持了一天，到了晚上才发现，城内已经弹尽粮绝。

饥饿最能激发人的斗志，李崇的人深夜劫掠敌军的营寨，抢到一些牛羊，暂时填了填肚皮。突厥兵自此加紧了夜晚的防守，如此一来，李崇的部队每次都得付出极大的代价，才能抢到一些吃的，部队就这样持续消耗着。最后一次劫营后，只剩一百多号人了，而且很多都身负重伤，不堪再战。即便如此，李崇仍顽强地撑着。

突厥人敬他是条汉子，想将他招降过来。如果他肯归顺突厥，便封他为特勒。突厥的官制虽不比中原的官制严密，但也分为二十八等，据说一等官叫作叶护，二等官叫作叫设，三等官就是特勒。这个官职虽然排在第三，但长期以来都由可汗子弟世袭，因此十分尊贵，主要职责是掌内典机要，主抓外交事务，经常性工作是奉命出访，谈判军国大事。这些工作，需要深厚的学问、内敛的智慧，以及机敏的应变能力，而这些又恰恰不是突厥人的所长，所以后来他们的用人政策也开始松动，让非突厥人来担任这个职务。他们知道李崇是大隋的高官，很有才干，能争取到他，当然是再好不过了。

可是李崇能答应吗？任何人都可以投降，唯独他不能，因为他还有一个身份——皇室亲家，他的儿子李敏是杨坚的女儿——乐平公主杨丽华的女婿。

不愿投降的李崇也知道，自己难逃一死，他对手下道："我李崇丧师失地，罪该万死。今天只得战死沙场，为国捐躯，以谢圣恩了。待我战死后，你们可以向突厥投降，然后找机会逃回大隋。如果有幸能面圣，务必将我的话转告陛下！"说罢，他提枪上阵，冲向敌军，连砍二人。突厥人见他宁死不屈，也便放弃招降的打算，万箭齐发，李崇壮烈殉国。

李崇死后，他的儿子李敏承袭了他的爵位。李敏幼时就很得杨坚的宠爱，如今成了他的外孙女婿，但官阶仍不高，杨坚就下诏在其成婚时，赐假一品羽仪，让其礼同公主。尽管如此，杨丽华仍觉不足。

有一次，杨坚设宴，李敏得以侍宴。杨丽华事先对女婿说："我把天下都让给了我的父皇，现在我只有一个女婿，一定要为你弄个柱国当当。如果皇上封你别的官位，你千万不要答应。"

李敏进见时，杨坚果对其说："朕准备封你为仪同。"

李敏并没有起身谢恩。

杨坚不由一怔，意识到这个职务确实有点低了，于是又提高了一级："仪同确实不妥，那就开府吧。"

哪知，李敏仍然低着头，还是没有起身谢恩。

杨坚见此情形，马上明白，李敏是不可能有这个胆量的，一定是自己的女儿事先提点过他，要为他谋得更高的职务。他赶忙道："公主有大功于我，我怎么能对她的女婿吝惜官爵呢？再提一级，封你为柱国！"

李敏这才起身跪拜谢恩。

突厥称臣

李崇一死，突厥算是挽回了一点面子。

亲家殉国，杨坚为了面子，也不能善罢甘休。他派高颎和虞庆则出马，高颎从宁州道（据推测，位于今甘肃省）出，虞庆则从原州道（今宁夏回族自治区固原市原州区）出，夹击突厥。

摄图一直抵抗到第二年九月。这几个月来，他屡战屡败，自知再打下去，会落个兵败身死的下场，昔日不可一世的他，只得放下身段，派人请和。

为复仇而挑起争端的千金公主也意识到，复仇无望了。与其让战争无休止地进行下去，使双方大量的子弟兵横死战场，不如罢兵讲和。于是，她向杨坚表示，愿改姓杨，以女儿之礼侍奉上朝。

杨坚清楚这个女子的身世，明白他们之间有着血海深仇。但为了大义而认仇人为父，此女子的胸襟令一众须眉都要叹服。杨坚感念其德，封其为大义公主。

如此一来，突厥松了一口气，杨坚也松了一口气。

大隋与突厥之间的局势缓和下来，杨广建议父皇乘突厥松懈之际出兵，定可一举攻灭突厥。杨广认为这个草原上的民族没有城府，一说讲和，就会放松警惕。

小孩子家想不了太多，而杨坚自然不会采纳这个幼稚的建议，因为他知道，突厥是打不死的。当年柔然比突厥弱小得多，北魏多次出兵，横扫漠北，也没有将柔然彻底清除，最多只是将其往大漠深处多赶了一程，来年他们又席卷而来。眼下刚刚打服突厥，应采取怀柔政策。穷寇莫追，将其逼到死路上，对方拼死反抗，于大隋而言，又是一场麻烦。

况且刚封了大义公主，马上就撕毁和平协议，显得杨坚还不如一个女子讲道义，以后谁还敢与大隋打交道？再者，突厥内部已经分裂，几个小可汗与摄图水火不容，并愿意当大隋的附庸，对摄图也可形成牵制。如果现在发兵灭了摄图，就会引发几个小可汗的危机感，到时他们联合起来跟你死磕，于大隋而言又是一场消耗。好不容易换来与突厥的稳定局面，杨坚接下来要集中精力搞好内政，待国力提升之后，一举拿下南陈。

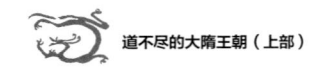

就这样，大隋和突厥宣布建立友好的外交关系。

摄图俯首称臣后，给隋文帝上尊号为"圣人莫缘可汗"，简称"圣人可汗"。《隋书》解释"圣人可汗"的含义是"自天以下，地以上，日月所照，唯有圣人可汗。今是大日，愿圣人可汗千岁万岁常如今日也"。也就是说，杨坚既是圣明的隋朝皇帝，又是摄图名义上的君主。

摄图还写信给杨坚："从天生大突厥天下贤圣天子伊利居卢设莫何沙钵略可汗致书大隋皇帝：皇帝，妇父，乃是翁比。此为女夫，乃是儿例。两境虽殊，情义如一。自今子子孙孙，乃至万世，亲好不绝。上天为证，终不违负！此国羊马，皆皇帝之畜。彼之缯彩，皆此国之物。"

信的大意是：皇帝陛下，您现在是我夫人的父亲，也就是我的父亲。我是您的女婿，当然算是您的儿子。两国虽然风俗、文化、礼仪不同，但内心的情义却是一样的。从今以后，两国子子孙孙乃至万世，都亲好不绝。现在我向您发誓，请上天作证，突厥的牛羊驼马，都是皇帝陛下的牲畜；贵国的缯彩绢帛，也是我国的财物。

这哥们名号的前缀一大串，不花点时间，还真记不住，都可媲美中原皇帝又香又长的谥号了。杨坚收信之后，回信道："大隋天子贻书大突厥沙钵略可汗：得书，知大有善意。既为沙钵略妇翁，今日视沙钵略与儿子不异。时遣大臣往彼省女，复省沙钵略也。"

杨坚的回信简单多了，他只强调了他们的父子关系，说要派人去看望一下"女儿"，顺便看望一下"女婿"，满口的长者语气，把自己提到一个全新的高度。接着，杨坚派虞庆则携信出使突厥，还给他配了一个得力助手——长孙晟。出使突厥，没长孙晟这位大隋首席外交官，是万万不行的！

当虞庆则的仪仗抵达时,摄图早已在牙帐前布下重重仪仗。突厥王旗在朔风中飒飒翻卷,黄金狼头徽记在阳光下折射出慑人寒芒。突厥最精锐的附离亲军列阵如林,甲胄映着大漠孤阳,头盔下鹰目如炬,战马衔枚的响鼻在寂静中此起彼伏。更令人瞠目的是,帐前陈列着为数不少的财宝,来自西域的奇珍异宝与中原的错金器具交相辉映,就连漠北罕见的南海珊瑚都如同血色荆棘般在沙丘间怒放。这森严军阵与奢靡珍宝交错的奇观,恰似一柄镶满宝石的弯刀,既示以兵锋之利,又耀以金玉之华。

虞庆则一看,这家伙在向天朝使者耀武扬威,看来他心里还是不服啊。

入帐后,摄图果然坐着同虞庆则一行举行会见。按理说,他现在是大隋的臣子,见到天朝使者,必须起身行礼如仪。当然,他还是找了个理由,说身体不舒服,但紧接着又说:"我突厥也有个习俗,从我父亲那辈以来,从不跪拜任何人。"

虞庆则立刻反驳道:"大汗可以不拜任何人,但必须拜大隋天子的节符!"

面对虞庆则的要求,摄图并不理会。

大义公主饱读经典,知道冒犯皇帝天颜的后果。双方若僵持起来,来之不易的和平局面可能瞬间便化为泡影。她偷偷对虞庆则说:"可汗性如豺狼,若再跟他争,他会不计后果地'咬人'。"

虞庆则也犯难了。他是天朝使者,出使胡地,任务就是宣扬天朝国威,现在突厥不肯向天朝行礼,这让天朝颜面何在?但若逼迫对方,他真的耍起横来,只怕自己会下不来台。

唉,现在才体会到,外交工作真不好做啊!

在虞庆则脑袋一片空白之际,长孙晟出来救场了。他对摄图说:

"突厥和大隋皆大国，礼相匹敌。现在可汗不肯起身跪拜，我等哪敢强求？不过，可汗的可贺敦是大隋皇帝的女儿，这没有错吧？"

摄图答道："可贺敦确实是大隋皇帝的女儿。"

长孙晟说："那么，可汗就是大隋皇帝的女婿，女婿怎么可以不拜妇翁（岳父）？难道不尊妇翁也是突厥的习俗？"

这虽然是长孙晟的套路，不过这个套路不仅有理，也给摄图留了面子，还在面子上蒙了一层亲情的面纱。摄图本就无城府，笑着对他那群虎背熊腰的手下们说："看来不跪拜一下妇翁是不行的。"说着便起身下跪，伏地叩头，接受了杨坚的玺书，并按礼数，将文书顶在头上。

可过了一会儿，摄图又觉得自己吃了大亏，受了奇耻大辱，心头一阵翻腾，似乎胸腔都装不下心中的羞愧，与一群部下抱头痛哭起来。几十号大汉放声大哭，粗犷的哭声在草原蔚蓝的天空中回荡。他们的哭声似北风卷过枯草，粗粝的悲声惊起营外猎猎盘旋的草原鹰，它们振翅搅碎的流云，化作点点暮雨洒向苍茫大地。

虞庆则望着金帐中蒸腾的羊脂烛火，唇角泛起若有似无的笑意。他轻抚腰间玉带，忽然振袖而起："大隋天子圣德昭昭，可汗何不执臣礼以献赤诚？"

此言一出，穹庐四壁悬挂的狼髀骨簌簌作响。摄图摩挲着金杯上的猞猁纹，浓眉渐渐绞成铁索："敢问虞公，这'臣'字作何解？"

帐中三十六个附离武士的铠甲泛起的冷光更甚了。突厥叶护趋前耳语，声音却清晰如刀刮骨："汉家所谓'臣'，便是咱们的库尔，是给主人捧马镫的奴仆。"

摄图掌中金杯应声凹陷，葡萄美酒沿着指缝蜿蜒成血痕——刚刚他跪拜符节时，分明看见那蟠龙纹饰里藏着杨坚嘲弄的眼睛。

"哈哈哈哈！"在长久的沉默之后，摄图突然仰天长笑，震得帐顶金铃齐鸣："能做圣人可汗的库尔，是长生天赐予我的荣耀！"

他将泪往眼眶里收了收，解下镶嵌着熠熠珠宝的腰带，重重拍在虞庆则案前："这珠玉与一千匹乌孙天马，不及虞公教我礼仪的恩德！"

摄图不仅赠给虞庆则珠宝和千匹宝马，还将表妹许配给他。当虞庆则手捧婚书时，他百感交集：以往战场拼杀，换来的不过是半车铜钱；如今自己拥有的财富数不胜数，掌中婚书上的数十小字更胜十万雄兵——原来征伐也可以不在弓刀之上，而在唇齿之间。

第三章

重制律令 奠盛世之基
修大兴城 开长安之盛

杨坚即位建政后，虽然一直心念着完成统一大业，但由于他的权力基础不够牢固，再加上内政尚且凌乱，北周遗留下的政治架构已经不适应时代的发展了，所以他在与周边势力周旋的同时，也将大量的精力投入到政治架构的改革中。

开皇新律

首先，杨坚决定废除北周的六官制，恢复汉魏官职，同时以"律令制"重构法律体系。

"贵族制"是典型的贵族封建制，政权基本由贵族把持，权力分散于执政大臣手里，国力也分散于关陇贵族与地方豪强手中，王权被削弱，朝廷的虚弱程度可以参见历代北周皇帝的生存状态。

杨坚采用的律令制，"律"就是当时的刑罚，"令"就是有关行政、官制、税制等方面的法令。律令制这种以"律"与"令"为支柱的政治架构，将贵族排除在权力核心之外，具体做法是"弃周氏官仪，依汉魏之旧"。不过，杨坚并没有真的要恢复汉代或者魏晋时代的制度，他只是以复古为幌子，废除北周的官制而已。

开皇元年（581年）年底，杨坚就以周法"条流苛密，比于齐（北齐）法，烦而不要"为由，命令高颎、郑译（杨坚只是让郑译回家过了几天退休生活，之后便又起用了）、杨素、裴政等人共同制定新法。

在这个团队里，裴政是"法学达人"，熟悉前代的典章和律令。他将魏晋以来的旧律，以及齐、梁的律令沿革汇集起来，加以梳理、筛选，观其在各个朝代中的因循变革，取其适应当时时代的律令与规定，编订为新律。

裴政虽是当时的"法学权威"，但他并不专断。他手下有十多个人，遇到问题，他都召集大家开会讨论，集思广益，最后作出决定。这次律令革新的最大特色，就是终结了除死刑（隋朝以前，死刑通称为"大辟"）外的肉刑。

相信大家都听过"缇萦救父"的故事，对肉刑也有所了解，只是并不具体，我们简单举几个例子。

第一，黥。就是在犯人的脸上刺上记号或者文字，读过《水浒传》的朋友对这个刑罚应该很熟悉。

第二，劓。就是将犯人的鼻子割掉。

第三，刖。就是砍掉犯人的脚。

第四，宫。就是将犯人的生殖器阉割掉，太史公司马迁就遭受过宫刑。

裴政认为肉刑惨无人道，遂将以上五刑改为：笞刑五（鞭打十到五十下）、杖刑五（杖击六十到一百下）、徒刑五（剥夺自由、强迫劳动一至三年）、流刑三（流放二千里至三千里）、死刑二（分为绞、斩二等）。

新律虽保留了死刑，但废除了"枭首"（处死犯人之后，将首级挂于木杆上示众）及"车裂"（将犯人车裂于市）等死刑执行方法，还制定了八议、申请减罪、官品减罪、纳铜赎罪、官职抵罪等条款，以优待士大夫。

此外，使用酷刑刑讯逼供的做法也受到了限制，新法规定拷打不能超过二百下，就连刑具、枷杖的大小也有了明确限定。

更可贵的是，赋予了百姓一定的申诉权：有冤屈而县里不受理的，百姓可依次向郡、州提出申诉；如果郡、州仍不受理，可直接向朝廷提出申诉。

这部新法最大的亮点，就是针对各种具体罪行，明文规定了具体的处罚方式。不要小看了这个细节，此前的刑罚是很粗放的，对量刑轻重根本没有明确规定，全凭审判官员个人的情绪好坏。现在有了明文规定，官员就不能乱来了。

开皇三年，杨坚下诏，施行新法，史称《开皇律》。在诏书中，他特别强调："夫绞以致毙，斩则殊形，除恶之体，于斯已极。枭首、轘身，义无所取，不益惩肃之理，徒表安忍之怀。鞭之为用，残剥肤体，彻骨侵肌，酷均脔切。虽云往古之式，事乖仁者之刑。枭、轘及鞭，并令去之。贵带砺之书，不当徒罚；广轩冕之荫，旁及诸亲。流役六年，改为五载；刑徒五岁，变从三祀。其余以轻代重，化死为生，条目甚多，备于简策。杂格、严科，并宜除削。"

开皇四年（584年）十二月的一天，杨坚审阅刑部奏章，发现每年断狱结案仍有几万起，于是考虑《开皇律》是否仍然过于严厉，所以才有这么多人犯法获罪，便下令纳言苏威和礼部尚书牛弘等人修订律令，删除了原律令中的定罪八十一条；流罪一百五十四条；徒、杖等罪一千余条，只保留了各种治罪条款五百条，总共十二卷。经过这次修订，大隋的律法日趋完善，"自是刑网简要，疏而不失"。

开皇新令

说完了开皇新律,再来聊聊开皇新令。

杨坚对中央机构进行了一番改革,用"三省六部制"替代了北周的"六官制"和"六军制"。杨坚设立了尚书、门下、内史、秘书和内侍五省,但只有尚书、门下、内史三省负责实际工作,是真正的行政中枢,这就是隋朝的"三省"。三省的分工为:内史省负责决策,长官称内史令;门下省负责审议,长官称纳言;尚书省处理日常政务,置尚书令、左右仆射各一人。三者分担行政的不同阶段,互相牵制,共同向皇帝负责。三省的长官都是丞相,以往的"独相"变成了"群相",相权被削弱,皇权得到了强化。

除三省外,隋朝又设了吏、礼、兵、民、刑、工这"六部",分别处理相应事务。其中,吏部负责人事,礼部负责礼乐文教,兵部负责军政武备,民部(唐朝时避李世民的名讳,改称户部)负责财赋民政,刑部负责司法刑狱,工部负责土木营造、工程水利等。

鲜卑族是北方的游牧民族,向来被中原人划入胡人之列。当他们进入中原时,由于汉人势力太大,要想长治久安,就必须吸纳汉人进入权力体制内,最后这些被吸纳的汉人形成了著名的关陇集团("关陇集团"的说法是陈寅恪先生提出的,这一理论首次出现在他的《隋唐制度渊源略论稿》中)。

当然,能进入朝廷担任要职的,基本都是关中的豪强代表。为了在关中站稳脚跟,让中原人认可自己,西魏实际掌权者、北周政权的奠基者宇文泰经过思考,发现西周向来是中原汉人最仰慕的王朝,周朝制度的开创者周公长久以来都是汉族政治人物的偶像。于是,他以周制作为西魏的官制,以此来证明其权力的正统性,而在兵制上却保留了鲜卑部落的体制，使军队的战斗力得到加强。从这方面来说，宇文泰是很有政治智慧的。他靠这套体制在关中站稳了脚跟，拉拢关陇集团，同他一起与北齐斗得不亦乐乎。最后，宇文泰的第四子宇文邕灭了北齐，统一了北方。

能达成这样的效果，这一政治架构肯定有其可取之处，杨坚不愿意沿用它，原因在本章开头已经提过——这种政治架构已不适应时代的发展。杨坚出身关中高门弘农杨氏，是正统的汉人，根本不用打着周公的旗号来搞正统性证明。他果断宣布大隋告别北周的体制，恢复传统的皇帝制度。

杨坚通过自己革新后的政治架构大封群臣。其中，高颎被任命为尚书左仆射兼纳言。纳言作为官名，据说在帝舜时代就已出现，是"九官"之一，主要职责是传达命令、接待宾客。从字面上看，纳言就是"居高位而广纳群言，广征贤论"之意，负责集中社情民意，悉达天听；同时向民众传达圣意。官名虽不霸气，但权力很大，是门下省的最高长官，负责全面审核各项政策，是当之无愧的股肱之臣。

李德林担任内史令。内史令的职责是起草各类文件，制定各种政策。杨惠为左卫将军，主管禁军。不久，杨坚又提拔苏威任纳言。三省加上杨惠负责的军事机构，成为大隋的四大栋梁，推动着新政治架构的运作。这一政治架构一直持续到开皇九年（589年）天下一统。

此前政治体制的弊端之一就是人才的选拔问题。在科举制创立之前，人才的选拔主要是西汉创立的征辟制与察举制（皇帝听闻一个人的才名，直接征召为官，这就是征辟制；地方官员向朝廷举荐贤良，这就是察举制，也被称为"举孝廉"），以及三国曹魏创立的九品中正制。征辟制与察举制在创立之初起到了一定的发掘人才的作用，但渐渐就走偏了，成了地方官员结党营私的最常用手段，也是促成东汉末期地方豪强崛起的因素之一。而九品中正制更是造成了"上品无寒门，下品无士族"的局面，使得两晋的朝政被几个世家大族把持，读书人的上升通道几乎被堵死。当时的政治场，可以用"死气沉沉"来形容。

无论是征辟制、察举制，还是九品中正制，都将权柄下移给了世家豪门，皇帝受制于权臣，甚至被权臣架空。为了加强中央集权，杨坚进行了一次改革：地方长官以外的官吏，也要由中央派遣；文官的任期为三年，武官的任期为四年；官吏本人不得在籍贯地任官。这就抑制了地方豪强的势力，并最大程度地降低了官员在地方上构建朋党、发展个人势力的可能。

开皇二年（582年）十一月，南道行台兵部尚书杨尚希给杨坚上了一份奏章，直陈眼下郡县太多，是以往的数倍。有的地方不到百里，却同时设置几个县，弄得县太爷多如牛毛。更离谱的是，某些地方丁户不满千，却同时归属两个郡管辖，造成了"民少官多，十羊九牧"的情况。这种情况会带来诸多弊端与隐患，比如责任划分不明、官府不作为或办事效率低、遇事相互推诿等。冗官冗员，必然会加重国家财政负担，直接导致苛捐杂税猛如虎的问题，百姓一旦不堪重负，就会揭竿而起，造成社会动荡。

苏威认为杨尚希之言关乎社稷，杨坚也认识到问题的严重性，果断将之前的州、郡、县三级行政等级划分改为州、县两级，将小的郡县合并为大的郡县；只保留重要官职，裁撤冗员。如此一来，官府行政效率低、冗官冗员、财政开支大等问题得到了缓解，更多有才干的官员也得以脱颖而出。

我们如今回顾这场一千多年前的朝廷人事改革，这些举措在我们的笔下、口中被轻描淡写地表述出来，但在当时，实行难度不是一般

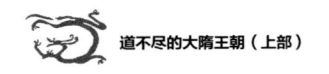

的大，因为它触及既得利益集团中太多的人与势力，但杨坚还是坚持了下来。

科举制的发端

精简了机构，征召人才的权力也收归了朝廷。如此一来，选拔人才的机制也必须重新制定。杨坚早就意识到九品中正制的弊端，经过长时间的思虑，开皇七年（587年），他发布了一道诏令，修改了察举制，让选官制度有了科举制的倾向。

关于科举制是否诞生于隋朝，历来说法不一。

科举，即分科拔举人才之意。有专家由此认定，汉朝从某种程度上讲，就已经实行分科举士的制度了，根据是汉文帝二年（公元前178年）诏举贤良方正以来，历代的察举诏令都大同小异，没有本质区别。而且汉朝也有一整套"分科举人、考试进用"的制度，当时就有秀才、明经、明法、贤良方正、孝廉等多个科目的选拔。汉朝的对策、试经也是考试的门类。反对"科举制始于汉朝"、认为"科举制始于隋朝"的人，主要依据是汉朝没有设立进士科。

此外，主张"科举制始于隋朝"的人又持有两种观点。一种观点认为，科举制始于大业三年（607年），当时杨广定"十科举人"，这"十科"分别是：以孝悌有闻、德行敦厚、节义可称、操履清洁、强毅正直、执宪不挠、学业优敏、文才秀美、才堪将略、膂力骁壮。而其中的"文才秀美"一科，即为进士科，这被认为是科举制发端的标志。

另一种观点认为，科举制始于开皇七年（587年），依据是那年杨坚发布了一道诏书，命各州每年向朝廷推荐三名人才，但没有人知道当时采用何种方式推荐人才。如此一来，又有学者否认隋朝"设立进士科"或"有进士"之说,理由是:首先,他们查遍史料,只是看到这些文献中记载了开皇年间和大业年间所举的众多科名,却未见进士科名,也未见进士科考试之实;其次,在唐以后的文献中所载的隋代进士有房玄龄、温彦博、侯君素、孙伏伽、张损之、杨纂等六人,可是再进一步考证的话,这六名进士不是因文献缺乏而无从查考,就是查无实据,基本都是以时制比古制,将隋代以秀才、明经科察举为官说成进士科登第。在唐代的文献里,有进士科始于隋的记载,但也有始于唐的说法。

我们可以推测的是:杨坚在否定察举制之后,要求各州向朝廷举荐三名人才,各州在选拔时,应该会有测试;人才被举荐到朝廷后,应该也会有相应的考试。在我看来,杨坚所推行的人才选拔方式,虽然没有同察举制彻底脱钩,但算得上是科举制的出发点。

严防外戚

杨坚靠外戚身份夺得皇位后,也怕日后外戚会复制他的模式,夺了他的江山,因此登基之后,杨坚一直对外戚严防死守。外戚干政,向来是皇帝们的心腹大患,但这个问题又防不胜防。汉武帝为了防止外戚干政,索性杀了即将即位的汉昭帝的生母钩弋夫人,但也只是治标不治本。北魏效仿汉武帝的做法,立了个规矩:儿子被立为太子的女人,必须处死,这就是所谓的"子贵母死"。

杨坚的担心并不是多余的,因为外戚干政这一问题完全有存在条件——他的独孤皇后是一个很强势的人物,是历史上有名的"河东狮"。独孤伽罗皇后是独孤信的女儿,家世显赫,她从小就表现得谦恭而有胆识,雅好读书。当年宇文赟要拿她的女儿杨丽华开刀,别人都不敢作声,只有她跑到宫中向宇文赟求情,"诣阁陈谢,叩头流

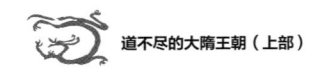

血"，救了女儿一命，也救了整个杨氏家族的命。试想，如果宇文赟杀了杨丽华这个皇后，他还能不将屠刀一挥到底，把杨氏斩尽杀绝吗？

不仅如此，独孤皇后极具政治智慧，在才干、胆识、气魄上更胜须眉，她提出的建议，常常令杨坚叹服。早年间，当杨坚在政治的惊涛骇浪中艰险度日时，独孤皇后始终坚定地陪伴、支持着丈夫。在杨坚对是否要代周自立犹豫不决时，关键时刻，又是独孤皇后派心腹入宫向丈夫进言："大事已然，骑兽之势，必不得下，勉之！"

与其做权臣身败名裂，不如改朝换代，自立为帝，开创一番事业，成为一代雄主！

妻子的话既点破了杨坚的处境，也点醒了他的心智，更给了杨坚支持与勇气，他顿下决心——开基立隋！

可以说，杨坚之所以能坐稳皇帝的宝座，独孤皇后功不可没。对于这样一个贤内助，杨坚是又宠又怕，把自己变成了历史上有名的惧内皇帝。想当年，少年夫妻两情相悦、琴瑟和鸣，又有建功立业的共同志向，相濡以沫。情到浓时，夫妻俩誓无异生之子，相约白头，永不变心。不管是出于爱还是出于怕，杨坚也算兑现了自己的誓言，与妻子携手走过了近五十年的风雨人生，育有五子五女，在独孤皇后去世前，他不敢宠幸其他女子——至少不敢明目张胆地宠幸。

杨坚称帝三天后，即册封独孤伽罗为皇后。从此，夫妻共同为大隋帝国呕心沥血。独孤皇后也成为中国历史上少有的、对皇帝保持强烈影响力的皇后之一，当时的人们就尊杨坚和独孤皇后为"二圣"，武则天搞的"二圣临朝"，可能就是在效仿独孤皇后。

杨坚每次临朝，独孤皇后都与他同辇，并排而坐，然后陪着杨坚到坐朝的大殿门口，这才止步。如果仅此而已，也没有什么。她虽未进殿，却安排宦官监视杨坚的一举一动，如果发现杨坚在处理朝政时出现什么错漏，她就立刻让宦官传话，加以指正。待退朝后，她又与杨坚一同返回后宫。

由此可见，独孤皇后在当时拥有多大的发言权，连皇帝都要在她的掌控之下行事。

大臣们见风使舵，集体巴结皇后，上表说："按照《周礼》的规定，诰命的封赏应该由王后授予，臣等恳请朝廷按照古礼执行。"

对于大臣们的谄媚，杨坚万分恼火——这不是在为皇后争取权力，又是什么？！现在是封诰命，接下来就可以封大臣了！

怒归怒，杨坚在惧内的阴影中走不出来，怒火只敢在肚里燃烧，表面上是万万不敢冒出火来。

幸亏独孤皇后是明白人，她直接叫停了这个请愿："妇人干政，由此而始，我不能开这个头。"

她的表弟崔长仁任大都督，仗着自己是外戚，便胡作非为起来，到了可以被判死刑的地步。

杨坚说，算了吧，他是皇后的表弟。

独孤皇后却说，法乃国之大事，岂能徇私枉法？

于是，崔长仁被押赴刑场砍头。

独孤皇后虽然强势得令杨坚"惮之"，但她还是深明大义的，一心一意为大隋着想。她掌管后宫，厉行节俭，杜绝奢靡之风。有一次，杨坚生了病，需要胡粉（一种具有杀虫、败毒作用的中药）一两，众人在宫中翻箱倒柜地找，找到杨坚的病都自愈了，都还没找着。还有一次，杨坚想赏给刘嵩之妻一件织成的衣领，宫中居然没有。这样的皇后，让杨坚又爱又怕又敬，他虽然时刻提防着外戚，但对独孤皇后却有着深深的信任。

对于独孤皇后的兄弟，杨坚可就不怎么客气了。独孤皇后的几个

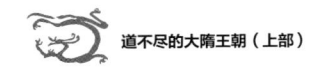

兄弟虽然也当官，但他设了底线——官位不能超过刺史、将军。

对待自己的外家（母亲的娘家）吕氏，杨坚管得就更严了，只给经济待遇，绝不给政治待遇，连结交朝臣都不允许。

知人善任

杨坚对外戚严密防备的同时，也做到了知人善任。

官员梁彦光在治理地方时，百姓口碑很不错，杨坚下诏予以表彰，并赐给他一束绢和一把御伞，要求天下官吏以他为榜样。不久，杨坚调梁彦光为岐州刺史。由于岐州（今陕西省宝鸡市凤翔区）民风质朴，他采取"无为而治"之策。每年，他报给朝廷的户口、垦田和赋税都是各州第一。

待梁彦光来到相州（今河南省安阳市与河北省临漳县一带）后，开始推广他在岐州的做法，哪知在相州摔了仕途中的一大跤。相州的治所是邺城，也就是北齐的国都。北齐灭亡之后，官员们随宇文氏迁入关中，只有手工业者、商人、乐户留在邺城，民风奸诈刻薄，喜欢造谣生事、打官司、闹纠纷。这群人看不起梁彦光，给他起了个绰号叫"著帽饧"，意思是"戴帽的饴糖"，讽刺他是一个不会当官的人。杨坚听说后颇为不满，这个老梁是怎么搞的，为何突然变得无能起来？本着"能者上、庸者下"的原则，他便罢了梁彦光的官。

过了一年，杨坚想起梁彦光来，思忖这个曾经的百官楷模要是真的无能，能将岐州治理成全国模范州吗？在相州只是发挥失常而已，于是重新起用他为赵州刺史。但在面圣时，梁彦光却请求继续在相州当刺史，这就叫"在哪里跌倒，就在哪里爬起来"。看着他那坚定的眼神，杨坚当即允准。

看到梁彦光又来到相州，人们不由都乐了：你小子受辱还受上瘾了不成？呵呵，这一次该给你起什么绰号呢？大家回去喝几杯，集思广益……

哪知，这一次，梁彦光不再是"著帽饧"了。他曾经的淡泊无为已全然不见，取而代之的是杀伐决断。在那帮人还没给他想出新绰号时，他就雷厉风行地出台了一系列严厉政策，开展了一轮轰轰烈烈的整顿民风运动，从严、从重、从快地处理了一批刁民。审理案件时，那双眼睛更是炯炯有神、明察秋毫。那些平日里蛮横惯了的地头蛇惊得目瞪口呆，要么偃旗息鼓、大为收敛，要么背井离乡、潜逃他处，社会风气在短时间内就大为好转。

梁彦光知道，若要真正实现大治，光靠严刑峻法是不行的，还必须抓好教化。在进行了一轮民风整治工作之后，他开始大办教育，在州内各地兴建学塾，礼请名儒任教，自己还亲自主持考试，奖励勤奋用功的学生；坚决开除那些不求上进的学生。对那些被州郡举荐的秀才，他亲自到邺城外设宴饯行，并赠予路费（从邺城到长安还是很远的，当时出行主要靠车马与步行，路上要花费非常多的时间、精力与财力）。

如此双管齐下，曾经乌烟瘴气的相州变得风清气正，大家对这个曾被他们嘲笑为"著帽饧"的刺史刮目相看，将其尊为父母官。

杨坚求贤若渴，看到梁彦光这样的能臣，心中大感欣慰。他的目光继续下沉，努力从基层官员中发现人才。他很快发现，新丰令房恭懿也是个理政能力很强的官员。每年考核，房县令的政绩都是三辅地区（京兆、左冯翊、右扶风这三个地方，辖境为今陕西省中部的广大地区）中最好的。杨坚赐房恭懿四百匹绢帛，他将所得的赏赐都分给穷困的百姓；不久，皇帝又赏赐他三百石米，他仍悉数用来赈济穷人。当时，每月初一，雍州所属县令都要朝谒天子，杨坚每次都指名房恭

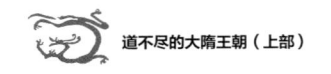

懿单独面圣，并叫他坐到御榻前，虚心向他征询治国理政的方略。

后经苏威举荐，房恭懿被破格提拔为泽州司马，因政绩卓越，又被赏赐百匹绢帛、一匹良马。再后升任德州司马，在职的一年多时间里，卢恺又上奏朝廷，说房恭懿的政绩乃百官之最，杨坚遂又赏赐绢帛百匹，还特意将各州长官召集起来，对他们说："房恭懿志存体国，爱养我民，此乃上天宗庙之所。朕若置而不赏，上天宗庙必当责我。卿等宜师范之。"之后还下诏曰："德州司马房恭懿出宰百里，毗赞二籓，善政能官，标映伦伍。班条按部，实允金属，委以方岳，声实俱美。可使持节海州诸军事、海州刺史。"

只可惜不久后，国子博士何妥上奏说，房恭懿是尉迟迥的余党，不应在朝为官，苏威、卢恺二人相互勾结，故意隐瞒这一点而举荐他。杨坚闻奏大怒，房恭懿竟然因此获罪，被发配岭南充军。虽然时隔不久他就被召回京师，但走到洪州（今江西省南昌市）时就病逝了。虽说杨坚有知人善任的一面，但始终走不出"多疑"这个帝王们的通病。

不管怎么说，几个"正面典型"一立，几番提拔与褒奖执行下来，官场的风气开始向好，州县官员见贤思齐，努力提升个人政绩，国家逐步由大乱走向大治。自汉末起饱受四百余年祸乱的中华大地开始焕发生机，变得欣欣向荣，百姓获得了难得的喘息。

提拔文臣的同时，杨坚不忘抑制武将的权力。

魏晋南北朝时期，各州刺史基本由武将出任。武将权力过大，是造成数百年乱世的祸因之一。侍御史柳彧深知其害，在杨坚打算任命和干子为杞州刺史时，他上书反对道："当年汉光武帝带着二十八将，身经百战，以定天下。但功成名就之后，这些武将就不再担任重要的职务。臣刚刚接到陛下的诏书，看到任命和干子为杞州刺史。和干子之前任赵州刺史时，赵州百姓编了一首歌谣：'老禾不早杀，余种秽良田。'意思是：枯老的稻禾不及早割去，稻种脱落就会使良田荒芜。百姓盼望和干子早日离任，他们才能过上太平日子。和干子乃武将出身，善于冲锋陷阵、攻城略地；至于治理地方、断狱听讼，他就难以胜任了。陛下若想表彰老臣，可以多赐财帛；如果让他们出任州牧，以武将之风去治理地方，必会贻害百姓，让国家蒙祸。"

杨坚览奏后，深以为然，马上改变决定，让和干子回京当个领空饷的高官，并如法炮制，架空了一批武将。

就这样，武将的权力得到了一定程度的扼制。

长安故城

大隋建立时，全面继承了北周的疆土与府库物资。宇文氏西迁关中之前，关陇一带长期遭受战乱，早已是一片荒芜。曾是首善之地的长安衰败不堪，连皇宫都十分狭小，毫无天朝大国的气派。

杨坚心里很不爽——这样的皇宫，如何彰显盛世气象，如何配得上自己开国明君的至尊地位？他觉得应该重新规划一下皇宫，但此时大兴土木肯定是不合时宜的——刚刚结束与突厥的战争，又在全力筹备南征，国家财力紧张，皇帝此时想改善居住条件，也得寻个借口。不过，借口还是很好找的。

杨坚的借口是——宫里多妖异。至于有什么妖异，皇帝语焉不详，别人也不敢问。后来，杨坚又宣布自己做了个梦。这个梦也没有什么让人惊艳的情节，就是他梦到了现在的都城被洪水淹没，这可是苍天示警啊，再加上前些时候多次出现的妖异，这个地方肯定是不能住下去了。

这些理由如果放在现在，那基本就是笑话。但在当时，这样的理由还是能唬住人的。

众所周知，现在的西安古时候叫作长安，但这个长安并不是汉晋时期的长安，而是隋唐时期的长安。汉晋时期的长安叫作"汉长安"或"长安故城"。

这两个长安距离并不远，先说说汉长安吧。

汉长安是关中重镇，处于关中盆地腹地，东面是"一夫当关，万夫莫开"的函谷关，西面是连绵起伏的六盘山，南面是气势磅礴的秦岭，北面是沟壑纵横的黄土高原。

打开地图我们可以看到，秦岭南北皆大山，放眼望去，重峦叠嶂，虽是一派壮观景象，但生存条件就不那么优越了。幸亏在高原、大山之中，还有一片关中盆地，不但土地丰饶，而且几条大河汇集于此，对发展农业极为有利，称得上"西北部的天府之国"。

秦国本来是困于西北一隅的弱小诸侯国，在其开局之初的百年内碌碌无为，只是周王室的"弼马温"，在历史舞台上跑个龙套。秦国国君发现，秦国壮大不起来，不是老秦人不够努力，而是他们所处的地理环境限制了发展。如果老秦人一直困于关中，老实巴交地靠山吃山，他们就永无出头之日。于是，几代秦国国君将"东出"定为国策，努力向东迁移，不断蚕食东部的土地，连国都都随之东迁，经过几百年的奋斗，最终定都咸阳。咸阳离汉长安并不远，也是关中平原的腹地。老秦人开发这片平原之后，秦国发展迅猛，国力迅速提升。而且由于四面有高山阻隔，东部的函谷关又是扼住东西部要道的咽喉，使得秦国能在与山东（崤山以东）诸国的对抗中立于不败之地。即使诸国在交锋中处于上风，对秦兵穷追猛打，也只能打到函谷关。秦国败兵退入函谷关之后，把关门一闭，诸国大军就只能在关外叫喊挑衅，却无法攻关，围一段时间后望关兴叹，怏怏而返。秦国国君立于关上，望着他们撤离的背影，嘴角微微上扬。

更让秦国高兴的是，关中西部的陇山南麓一带还有一片辽阔的草原。那里水草丰美，是绝佳的牧场，自秦开始的诸多王朝都将这块地区划为监牧地，也就是国有牧场。这个牧场可以给汉长安提供大量肥壮的军马，即使北魏孝文帝迁都洛阳，这个牧场仍然是北魏最重要的军马基地。总之，秦国能一统六合的关键因素之一，就是他们占领了丰饶而又易守难攻的关中平原。

后来，混混刘邦能击败贵族项羽，也与萧何成功经营关中平原、为刘邦源源不断地提供后勤保障有关。可以说，谁占有关中，谁就占有了天下。

再后来，汉长安作为全国政治、经济、文化的中心，人口日益增长，生产资料需求量大增，已经超出了关中平原的负荷量。当时的交通条件无法和今天同日而语，运输这么多物资，要消耗大量的人力、物力，而且作为扼守关中天险的函谷关和潼关一带的交通又极其险峻，运输在这一带几乎陷入停滞状态。

即使是正常的年景，要保证关中地区的生活供给，已经十分不易了，若是遇到灾荒之年，汉长安会毫无悬念地爆发大饥荒。

一旦陷入饥荒，皇帝和大臣们会到另一座城"就食"，这座城就是后来的洛阳。

洛阳位于华北平原的西面，是汉长安东面最繁华的城市，从华北和江南运来的货物都是通过水路在这里集结，再通过陆路艰难地送往汉长安，供养关中。这样一来，洛阳就成了汉长安的桥头堡，是东西两部的连接点。

其实，当初刘邦立国时，也曾考虑到汉长安的短板，有过定都洛阳的念头，但因为张良、娄敬等人的反对而作罢。张良等人反对的理由也是基于当时的形势：定都汉长安，可以有效地防范山东诸侯的造反。秦朝刚刚灭亡，参与灭秦的力量大多是六国的贵族。张良本人就是韩国贵族的后裔，他最初的理想是恢复韩国，只是后来遇到了刘邦，这才改变了初衷，希望天下一统。而其他六国贵族就未必有这样的觉悟了。所以，还得严防死守六国力量的死灰复燃。洛阳交通方便，但作为四战之地，太容易被攻打，要是全国有变，新生的大汉王朝会立刻陷入四面楚歌的境地。最终，刘邦只得皱着眉头把国都定在汉长安。

汉长安城位于今日西安的西北，经过汉朝几代皇帝的经营，它才有了规模，但规模越大，物资供给等问题就愈加突显。

东汉建立后，光武帝刘秀将都城定在了洛阳。

你可能要问了，刘秀为什么不怕人家造反，兵逼洛阳，难道刘秀不知兵法？刘秀当然精通兵法，不信可以参阅一下昆阳之战。只是经过西汉二百多年的经营，山东六国的贵族早已湮没于历史，再加上推恩令的颁布，刘姓诸侯大多成了土财主，再也没有造反实力，兵逼洛阳的可能性已经大大降低。

此外，刘秀起兵，跟他打天下的都是南阳（今河南省南阳市）、颍川（今河南省禹州市）一带的人，为他提供财物支持的是冀州（包括今北京市、天津市、河北省、山西省、河南省北部，以及辽宁省与内蒙古自治区的部分地区）的人，因此南阳、颍川和冀州就是他的基本盘，东汉王朝就是靠这几个区域上的豪强世家支撑起来的。这和西汉初期的情况有着巨大差别。

为刘秀打天下的"云台二十八将"中的几个头号人物，如邓禹、吴汉、岑彭等人，都是南阳人。南阳靠近的是洛阳而不是长安，他们当然愿意将国都定在洛阳。况且经过王莽之乱，汉长安已遭严重破坏，附近还存在反对刘秀的残余势力。在汉长安建都，对于刘秀而言，反而不安全了。此外，交通问题也是刘秀定都洛阳的关键因素。从地理位置上看，洛阳居于天下正中，水系发达，交通便利，利于发展经济。

如此一来，汉长安就不断被边缘化。到了五胡十六国时期，汉长安更是长期处于暴乱之中，城郭被毁，百废待兴。如果不被高欢所逼，西魏也不可能在汉长安建都。从西魏到大隋初立这段时期，人们虽然仍在使用西汉时期的长安皇城，但其逼仄破败的程度可想而知。

综上所述，杨坚不愿意在汉长安城继续住下去也就可以理解了。当他透露这个想法时，首先得到了纳言苏威的赞同，他当即当众劝杨坚在离现在的皇城不远处营建新都。

苏威的建议正中杨坚的下怀，但表面上的"程序"还是要走的，戏还是要做的。杨坚表示，刚刚受命于天不久，不宜大兴土木。可在半夜里，他便召苏威和高颎入宫，就迁皇城事宜进行了彻夜长谈，君臣三人在这个晚上就此事达成了共识。

接下来就是具体操作了，仍然是"程序"先行。

第二天早朝，通直散骑常侍庾季才上奏："臣昨夜仰观天象，又对照图记观察，揣摩出上天之意——陛下必须迁都。此城从汉至今，将近八百年，已经严重老化，水质咸卤，不宜饮用。望陛下上应天意，下顺民心，尽快制订迁都计划。"

杨坚"愕然"一番，然后对苏威和高颎说："这么灵验啊！"

有了"上天指示"，别人还敢说什么？大臣中资历最深的太师李穆看这情况，知道自己必须出来表态了，于是跟着上表请求迁都。

杨坚览表后大悦，对众臣道："天道聪明，已有征应；太师人望，复抗此请，无不可矣。"上天有德，太师有望，既然上天与太师皆是此意，那朕岂可拒绝这样的请求？

好了，面上的"程序"搞定，开启"基建模式"！

营建新都

经过一番考察，杨坚决定在渭河南岸、龙首山一带修建新都，新都取名为大兴城（杨坚在北周时曾被封大兴郡公），唐朝时易名为长安城。这一工程不同于扩建，它是要在一片空地上从零开始建设。工程在开皇二年（582年）六月十四日动土。杨坚任命高颎为大监（项目总负责人），宇文恺为副监。

从"宇文恺"这个名字就可看出其鲜卑贵族的身份。他的父亲是北周的名臣名将宇文贵。宇文贵的另一个儿子宇文忻也是一员名将，南征北战，屡建战功。宇文恺虽然出身鲜卑武将世家，但他没有像父兄那样跃马疆场、立功显名，而是醉心于做学问。他自幼博览群书，精熟历代典章制度和多种工艺技能，对建筑学尤其感兴趣。

本来，杨坚在决定将宇文氏灭族时，就将宇文恺列入了"大清洗名单"，但因他的哥哥宇文忻在关键时刻拥立杨坚，站队正确，再加上他们虽然姓宇文，但跟宇文泰一族关系还是很远的，杨坚便将宇文恺的名字从名单中划掉了，他这才死里逃生。之后，杨坚让宇文恺主持宗庙的建设，宗庙落成后，加封其为甑山县公，食邑千户，对他的才华推崇备至。

眼下兴建新都，朝廷任命高颎这个左仆射为大监，主要是为了表示对这一重大工程的重视，整个工程从规划到建设，真正的总负责人是宇文恺。

大兴城这座从零建设的全新城市，开皇二年六月破土动工，当年十二月就基本竣工了。次年三月，杨坚举行了迁都大典，带着大家欢欢喜喜地入住新城。

大兴城有多大呢？全城占地八十四平方公里，由宫城、皇城、城郭组成。整个城市从设计到建设，必须考虑到地形、水源、交通、军事防御、环境美化、城市管理、物资供应等因素，还要兼顾作为全国政治中心、经济中心、文化中心、军事中心的多方面因素。这些因素组合起来，就是一个极为庞大复杂的系统工程，宇文恺竟然在短时间内就基本解决了。

人们常说"罗马不是一天建成的"，听起来罗马城好像特别宏伟壮丽，然而罗马城占地只有约十三平方公里，比起大兴城来，实在是不可同日而语。

最令杨坚满意的是，宇文恺在设计中，汲取了邺城和洛阳城的规划经验，在"方整对称"的原则下，沿南北中轴线，将宫城和皇城置于全城的重要位置，而城郭则围绕在宫城和皇城的东西南三面，分区整齐明确，将皇权的威严体现得淋漓尽致。为了突出皇家的至尊地位，使得公私有别，宇文恺将宫室区、官署区与住宅区严格分开。后来，清人徐松在谈到大兴城的建设时就说："自两汉以后，至于晋、齐、梁、陈，并有人家在宫阙之间。隋文帝以为不便于事，于是皇城之内惟列府寺，不使杂居，公私有辨，风俗齐整，实隋文之新意也。"

大兴城的排水系统也极具科学性，宇文恺在规划时就考虑到全城的供水和排水问题。大兴城位于渭水南岸，西临沣河，东南又有灞水和浐水，水源得到了保证。宇文恺开凿了三条水渠，引水入城。这三条水渠即城南的永安渠、城东的龙首渠，龙首渠又分成两条支渠。三条水渠分别流经宫苑，再注入渭水，这样的设计避免了内涝。

这一系列水利工程不仅有效地解决了全城的排水问题，还方便了生活物资的运输。宇文恺还在水渠两岸种植柳树，在城东南修建曲江芙蓉园，使得沿渠一带"碧波红蕖，湛然可爱"，这一带也是大兴城景色最美之处。

大兴城的城市布局

再来说说大兴城的布局。前面已经说了，大兴城由宫城、皇城和城郭组成。这些建筑群是如何布置的呢？

城的北面是宫城，是皇帝居住和办公的场所。这样的安排与《周易》有关，《周易·说卦》认为："离也者，明也，万物皆相见，南方之卦也。"意思是，在八卦当中，离卦不是"离开"的意思，而是象征着光明，其代表方位是南方。为什么南方象征"光明"呢？有看法认为，我们处于北半球，当太阳位于天空正中时，它照耀着南方，使万物显明，让人看得清楚分明。皇帝取法离卦，坐北面南地接见群臣，听取他们的汇报，处理天下事务，寓意"面对光明而垂拱天下"，这就是所谓的"圣人面南而听天下，向明而治"。

皇帝不能"面北"还有一种说法，这个说法同自然现象无关，而是跟"北"字的文化含义有关。"北"字的本义是"背"或者"相背"。许慎在《说文解字》里对"北"的解释是："北，乖也。"两军作战时，被大破的一方在逃窜时，往往是背对敌人。如此一来，"北"就有了"败逃"的含义，"败北""追奔逐北"等词由此而生，所以皇帝是万万不能"面北"的。

不过，宫城不是全城的最北面。大兴城北到渭水一带，这里还有一个区域，也用城墙围起来，叫作禁苑。禁苑里林木茂盛、池水清澈，放养着各种飞禽走兽，环境十分优美，是专供皇帝狩猎的场所。此外，这一带还驻扎着保卫宫城北门的北衙禁军。禁苑的存在，使得宫城正好处于整个大兴城的正中位置。

宫城之南就是皇城。这个区域集中了大量的官厅衙署，朝廷各职能部门都在这里办公。但大兴城并不是一个单纯的行政城市，而是一个综合性大都市，有官也有民。安置了官府之后，接下来就是民居了。

居民区不能称为"城"，而要降一级，称为"坊"。坊在皇城的东、西、南三面，官员对皇帝北面称臣，百姓则对官府北面俯首。

大兴城的另一个设计模式，也成为日后历代王朝规划都城时遵循的模式，就是东西对称。宇文恺画了一条中轴线，这条中轴线从玄武门（宫城北门）经朱雀门（皇城南门），一直向南延伸，直到明德门（大兴城的南门），使整个大兴城呈现东西对称格局，所有布局皆以此为准则展开。即使是商业场所，也按照这一原则，分别设置东市和西市。

在宫城和皇城之外，坊也被规划得井井有条。大兴城南北有十一条街道，东西有十四条街道。这些纵横交错的街道，使城市看上去像一个棋盘。最宽的大街是从皇城正门朱雀门直通明德门的中轴线大道，宽一百五十米——这个宽度即使放在现在，也是非常宽阔的。道路两边设有人行道和排水沟，并种满了柳树。另一条主干道从皇城前横贯而过，与中轴线大道在皇城前交叉，然后连接东边的春明门和西边的金光门，街道的宽度是一百二十米。这条道路虽然不比中轴线大道宽，但其北面是官府的办公场所，官员上班皆行此道；南面是商业中心的东市和西市，人员、物资往来频繁，使得这条主干道成为大兴城内最繁华的街道。在这些纵横交错的"棋盘"中分布的，就是百姓居住的坊了。

古代社会，除了宋朝之外，其他朝代都实行宵禁制度，也就是不允许百姓夜晚上街（上元节除外），违者叫"犯夜禁"，将受到笞刑等惩罚。一般太阳一落山就敲静街鼓，百姓们要赶紧回家，鼓声一停，你还在市场里，这就算违法。

坊是居民社区，四周都用三米高的土墙围起来，大坊有四个坊门，小坊有两个坊门。从坊门进去之后，经过坊内的街道和小巷，可以走进各家各户。平民的住宅，户门是不允许向街道和小巷的方向开的。每个坊都设有一名负责人，被称为"坊正"，坊门的开合由坊正负责：每天日出时分开门，日落时分关门。如此一来，百姓只能在日出之后才能出坊，日落之前一定要回到家里。

坊和宵禁的设立，目的是管理百姓，防止他们聚众造反，但达官显贵们凌驾于其上。官府明文规定，世家贵族以及寺院可以不受坊规管辖，他们的住宅可以直接面向街道开设大门，由自己随意开关。

大兴城发展起来之后，城里的东街和西街各有五十四个坊（最后发展成多少个坊，说法不一，有观点认为可能增至一百一十四坊）。大坊的周长足有四公里，小坊也有两公里。坊的设立，其实就是将当时的乡村管理制度复制到城市而已。乡村的管理单位称为"里"，相当于村。里的面积要大很多，一般是一百户为一里。而坊的结构就比较紧凑了，围墙里的人口通常是以万人为单位的。

随着时间的推移，大兴城鲜明地分成两个区域：东街是达官显贵的高级住宅区，西街则成了庶民聚集的地方。

人口一多起来，交易规模也就随之增多，商业就发达起来，"市"便应运而生。大兴城里的市，形制与坊相当，也是一个周长约四公里的正方形，也是用土墙围起来。因为市是商贸区，不是居民区，所以内部的街道不像坊那样是"十"字形的，而是"井"字形的，"市井"一词就是由此而来的。

市的大门，四边各开两门。坊的大门由坊正管理，而市的大门则由市署掌管。当时管理市场的一共有两个部门，一个是市署，另一个是平准署，它们的分工不同：市署负责管理整个商业贸易；平准署负责平抑物价、调控市场，掌管官府物资的买卖，管理官营市场。

市署除了掌管钥匙、实施严格的门禁制度外，还同现在的工商局一样，负责监督商品的质量、价格、交易的公平性等。大家对"公平秤"都不陌生吧？早在一千多年前的隋朝，市署就在每年的八月统一检验所有的秤。

有了这些市，大兴城才真正发展为国际大都市，外国商人来此居住、贸易。到了唐代，长安城（即大兴城）获得了进一步发展，成为当时世界上最繁华的都市之一。随着城市的繁荣，市民的文化娱乐也就跟着丰富起来，到了唐代中后期，逐渐突破了坊制和市制的限制。

尽管没有多少文献记录隋唐时期长安城里市民的日常生活，但一则唐传奇还是可以让我们领略当时长安显贵们生活的一面。这个唐传奇叫《任氏传》，说的是长安城里的坊间故事。通过这个故事，我们可知唐朝时已经有夜市店铺、成衣店、出租屋，在升平里还有胡人的饼子铺（出售胡饼，即芝麻烧饼），并且可以一直营业到凌晨。

不过，大兴城的设计也存在缺陷。

首先，城市规模过大，不切实际。尤其是城南四列的坊，经过隋唐两代三百多年都还没有足够的住户，显得萧条冷落。宋代史地学家、方志学家宋敏求在考察长安城之后说："自朱雀门南第六横街以南，率无居人第宅。"他还特别作注："自兴善寺以南四坊，东西尽郭，虽有居者，烟火不接，耕垦种植，阡陌相连。"城中土地居然被居民开垦为田地，城南人烟稀少但阡陌纵横。由此可知，城市化是一个自然且漫长的过程，不是你把城市空间做大，城市就会飞速发展的。

其次，道路虽然宽广，但由于赶工期、抓进度，所以尽是土路。一到雨雪天气，满城便泥泞不堪。情况严重时，连大臣上朝都得叫停。为了排水，路面被设计成龟背形，中间高，两侧有宽深为两米多的水沟。虽然有发达的排水系统，但由于城内地形起伏较大，排水仍很困难，以致暴雨过后，很多房子被浸泡在水中。坊墙多为泥墙，大水一泡，经常发生坍塌。

再次，交通问题不便。一旦漕运不畅，城中粮食供给马上就会陷入紧张。杨坚在修建大兴城时，也考虑到了这一点。他一边修城，一边下诏，命西起蒲州（今山西省永济市）、陕郡（今山西省境内），东至卫州（今河南省北部）、济州（今山东省中西部）的黄河十三州招募丁壮运米；又在卫州建造黎阳仓，陕郡建造常平仓，华州（今陕西省渭南市华州区）建造广通仓，由水路依次转运，漕运潼关以东地区和晋州（今山西省境内）、汾州（今山西省中部）的粟米供给大兴城。后来的历史证明，这个办法仍然解决不了大兴城的物资供应难题。

最后，军事防御存在短板。大兴城的城墙宽度是九米至十二米，高度约五米。如果敌人倾力攻城，这样的城墙是很难坚守的。后来李渊只用十一天的激战就打进大兴城，唐玄宗才听到安禄山攻破潼关的消息就仓皇逃离长安，也正是这个原因。

当然，作为当时世界上最大的都城，大兴城有如此规模和建设成就，还是可圈可点的。大兴城的设计和布局，不仅对中国后世的都城建设有着深远影响，而且对日本、朝鲜的城市建设也影响至深。日本的奈良、平城京等城市，都是仿效大兴城的布局而建造的。平城京东西三十二町，南北三十六町，每隔四町便有大路相通，形成整齐有序的棋盘状；宫城也位于城北正中，四周以官衙和贵族宅邸围绕，这些都体现了大兴城的布局特征。这些带有明显汉文化特征的设计，出自一位鲜卑族设计师之手，可见各民族之间的相互交流与彼此影响对政治、经济与文化的促进作用。

第四章

江南宫阙　不尽玉树后庭曲
遭疑谋逆　百战名将终伏诛

再来看看南陈的情况。

陈叔宝平息弟弟陈叔陵的政变后，对那几个为自己拼命的人还是很激赏的。他在登基之后，马上任命护驾有功的弟弟陈叔坚为骠骑将军、开府仪同三司、扬州刺史；萧摩诃为车骑将军、南徐州刺史，封绥远公，并把陈叔陵的万贯家产都赏赐给了他；又任命司马申为中书通事舍人。

上述三人成了南陈决策圈的成员。在这三人当中，司马申虽然排名最后，但却最受陈叔宝的信任。

司马申其人

司马申，字季和，河内（今河南省沁阳市）人。此前虽无名声，但资历很深，在南梁时代就当过开远将军。据说他风度翩翩，十四岁时就下得一手好棋，当时的大名士阴子春极欣赏他，一见到他就同他下棋。

梁武帝跟前有个大红人名叫朱异，而朱异的贵人之一就是阴子春。当少年司马申和阴子春下棋时，朱异就在旁边观棋。朱异也是棋中高手，但司马申的一些妙着令朱异都大为惊奇。后来，朱异和司马申也成了棋友。和高俅靠踢球攀上宋徽宗这棵大树一样，司马申也是靠一手好棋步入仕途的。他不久便成为南梁邵陵王的主簿，之后又成为后来的梁元帝萧绎的手下，被其任命为开远将军。"侯景之乱"时，司马申随南梁名将王僧辩攻城，所献计策均被王僧辩采纳，由此博得王僧辩的青眼。王僧辩叹道："此生若要策马疆场，或许不是所长，但若派他安抚众人守城，必定会有奇绩。"

南陈开国皇帝陈霸先干掉王僧辩后，司马申转为南陈的臣子，先后在多地为官，接着升入朝廷内任职，而后当上东宫通事舍人。在陈叔陵之乱中，正是他急驰而出，召萧摩诃率兵前来救驾，由此取得陈叔宝对他的感激与信任，让他掌管朝廷机要。

司马申觉得自己是拯救了朝廷和皇帝的大功臣，开始飘飘然，仗着皇帝的宠信，作威作福起来，一旦看谁不顺眼，立马到陈叔宝面前进一番谗言，不把那人诬陷到倒台，绝不罢休。此人不但棋艺了得，察言观色的本领更是一绝，能随陈叔宝的神情变化适时说出皇帝想听的话来。朝中的大臣大多是机会主义者，见他权势熏天，便纷纷前来依附。依附者，可升官发财、加官晋爵，于是搞得一大批朝臣脑子里琢磨的是如何巴结司马大人，而非自己的政务。

可怜拳拳老臣心

有意思的是，陈叔宝同司马申商量政事，居然是司马申反对陈叔宝，而陈叔宝很少反对司马申。陈叔宝认为侍中、吏部尚书毛喜乃国之栋梁，且是先皇的旧臣，准备提拔他为仆射。

毛喜是南陈的五朝元老，年轻就以好学出名，尤擅草书和隶书。早在"侯景之乱"时，他就随陈霸先守京口。萧绎为了控制陈霸先，就征召陈霸先的子侄到江陵入侍——其实就是充当人质。陈霸先托付毛喜陪同陈顼同往江陵。到江陵之后，萧绎任陈顼为领直，毛喜为尚书功论侍郎。陈霸先在陈顼出发时，就交代他道："汝至西朝，可谘禀毛喜。"可见陈霸先对毛喜的信任，也可见毛喜不是一般人，否则陈霸先不可能交此重托。

毛喜就是从这个时候成为陈顼最亲密战友的。后来江陵为西魏所破，陈顼和毛喜都被宇文泰送到长安，成为西魏的人质。陈蒨即位后，毛喜和陈顼得以回归南朝。

毛喜在北周当人质时，面上安于人质生活，暗中对北周的情况进行了全方位的了解，知道北周目前国势正盛。他回到建康后，不断向陈蒨进谏和好之策。陈蒨为此派周弘正出使北周，同北周修好。之后，毛喜又奉命去迎接陈叔宝回朝。

陈顼对毛喜甚是倚重。陈顼当骠骑将军时，就让毛喜当他的府谘议参军，领中记室，府上的所有文件都由毛喜起草或把关。

陈蒨死后，陈顼成为首席大臣，但韩子高、到仲举二人不服，暗中谋事。毛喜知道后，对陈顼说："请简选人马，配给韩子高，同时赐予韩子高铁和炭，使他的部队可以修缮武器、盔甲。"

陈顼一脸惊讶："韩子高谋反，应当捉拿才是，我们为何要助纣为虐？"

毛喜答曰："先帝刚刚大行，边寇尚多，社稷尚未稳定，而韩子高仗着是前朝的红人，阳奉阴违，如果您此时派兵捉拿他，恐生变故，倒不如先稳住他，假装对他推心置腹，让他失去警惕，到时想奇袭他，只需一个壮士之力。"

陈顼一听，果然妙计，就按计而行，果然轻松拿下了韩子高，铲除了一个大麻烦。

陈顼即位后，毛喜被拜为黄门侍郎兼中书舍人，典掌军国机密，成为陈顼的股肱之臣。据说第一次北伐前，陈顼就命令毛喜起草作战计划。毛喜一共提出十三条军制，深受陈顼的赞赏。南陈太建三年（571年），毛喜即使在服母丧期间，仍被夺情起复，兼任明威将军。服丧期满后，又加散骑常侍、五兵尚书，参掌选事（参与选拔官员的事务）。

南陈太建五年（573年），陈顼在拿下淮南时对毛喜说："我想进兵彭城和汴城，你觉得可行吗？"

毛喜明确表示难以成功："目前我们刚拿下淮左，边地尚未太平。而宇文氏刚并吞北齐，锐气正盛，我们实在无法与之争锋。以疲敝之兵深入彭、汴，会让我们处于不利的境地，何况放弃舟船之利而选择陆战，这是在去长就短啊！我看不如先安抚百姓、保住边境、停止兵戈、与其修好，同时励精图治、广招贤才、提升国力，到时再顺时而动，这才是长久之策！"

淮南之胜令陈顼头脑发热，没有听从毛喜的建议，而派南陈最能打的吴明彻出征，果然大败，连吴明彻也成了对方的俘虏。南陈国力由此急转直下，走向衰败。事后，陈顼对毛喜道："卿之所言，验于今矣。"

这个时候才知毛喜的用心，又有何用？

终陈顼一朝，毛喜一直是陈顼最信任的心腹。在陈叔陵之乱中，中庶子陆瑜就命令南北诸军悉听毛喜指令，可见毛喜堪称南陈的定海神针铁。

陈叔宝对毛喜这位老臣也算敬重，提拔他为执政大臣，绝对是正确的选择。这位德高望重、性格刚直的元老，从来不买司马申的账，于是成了司马申必欲除之而后快的眼中钉。他对陈叔宝进谗言道："陛下，提拔毛喜，臣本无异议，可毛喜曾在先帝面前说陛下酗酒成性,还建议先帝赶走东宫属僚,这些难道陛下都不记得了?"

耿直忠臣,一心为国,不计个人利弊——如果陈叔宝是明君,就知道毛喜敢在先帝面前直言,恰恰是毛喜的可贵之处。可惜,陈叔宝是中国历史上出了名的昏君,听此谗言,就打消了提拔毛喜的念头。

毛喜不知道陈叔宝已对他心存芥蒂,仍然保持着直臣之风。

陈叔宝刚刚伤愈,准备亲政,特意在后殿设宴以示庆贺。他让吏部尚书以下的公卿在宴会上赋诗,玩得十分畅快。陈叔宝喝得酩酊大醉,他吐着酒气,命毛喜也赋诗一首。

先皇刚刚宾天,国丧期间,哪能饮酒作乐?毛喜看到陈叔宝大宴群臣、醉生梦死,早已痛心不已,现在陈叔宝居然叫他赋诗,他能从命吗?他正要起身劝谏时,陈叔宝正好醉得酣睡过去。在场之人看看陈叔宝,又看看毛喜:老毛啊,你就赋诗吧,陛下虽然已经醉得不省人事,但你赋诗之后,我们会帮你记着的。

毛喜虽然性格刚直,但并不是毫无政治情商的愣头青,他知道如果此时陈叔宝尚且睁眼看着他,他倒可以劝谏一番,大不了惹怒天颜,被治个罪,自己也算无愧于先帝;如果现在他不赋诗,明天这群奸佞就会在司马申的带领下集体向陈叔宝进谗言,他灵机一动,手抚胸口,大呼心痛,然后装作昏厥,最后被抬了出去。

陈叔宝酒醒之后,对吏部尚书江总说:"朕很后悔召毛喜来喝酒。他其实硬朗得很,一点病都没有,只是想阻止朕设宴作乐而已。"由此来看,陈叔宝的智商并不低,也是能看清事情本质的。

说罢,这个昏君还觉得气不过,马上找来司马申,对其说:"毛喜负气使性,太不给朕面子了。朕想放任他的仇家——鄱阳王陈伯山为其兄长报仇,是否可行?"

鄱阳王陈伯山是陈文帝陈蒨的第三子。因为陈顼篡位,杀刘师

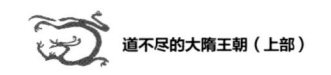

知、韩子高、到仲举父子以及陈蒨的第二子陈伯茂,都是靠毛喜出谋划策,因此陈伯山视毛喜为不共戴天的仇人,只是忌惮皇帝才隐忍下来,不敢有所动作。如果陈叔宝稍有暗示,他就会马上动手。

陈叔宝话音刚落,司马申马上附和道:"反正此人终不为陛下所用,杀掉正好耳根清净,请陛下尽快行事,免得夜长梦多。"

幸好中书通事舍人傅縡在场,仗义执言,护卫老臣:"万万不可!如果允许鄱阳王杀害毛喜,那将置先帝于何地?"

是啊,你爸篡位,你杀你爸的谋臣,那你爸岂不成了乱臣贼子,该开棺戮尸?那你陈叔宝岂不成了乱臣贼子之后?

傅縡的话让陈叔宝恢复了理智,但他仍恨恨地说:"那就将他安置到一个小郡中,不让他再参与朝政了,朕真的不想再见到他!"

就这样,毛喜被贬为永嘉内史,官位直接降了几级。看着毛喜离去的背影,陈叔宝一时间大悦。本就人才凋零的南陈朝廷,更加无人可用了。

不靠谱的弟弟,不靠谱的哥

在陈叔陵之乱中,首功当属陈叔坚,他也因此在事后被任命为首席大臣。在陈叔宝养伤期间,朝廷事务基本由陈叔坚代理。陈叔坚年纪尚轻,突然手握重权,内心难免浮躁起来,肆无忌惮地挥霍着权力,这让陈叔宝很恼火——陈叔陵这个弟弟弑兄篡位,要夺他的命;陈叔坚这个弟弟恣意妄为,要毁他的江山。陈叔宝开始埋怨他的老爸,您能不能给我留个靠谱的弟弟啊?

陈叔宝亲政后,忙不迭地下诏,让陈叔坚去当江州刺史,别在朝中瞎折腾了。诏令才下发没几天,陈叔宝又觉得江州刺史的位子太重要了,要是让陈叔坚这个贪恋权力、胡作非为的家伙控制了江州(辖境为今江西省大部），会埋下诸多不稳定因素，于是又提拔陈叔坚为司空。这是一个荣誉头衔，级别虽高，但无实权。即便架空了弟弟，陈叔宝还是不放心，一段时间后，又把陈叔坚的司空头衔免掉了。

自己的官位被哥哥变来变去，最后连虚衔都没了，陈叔坚的心理阴影面积急速扩大，也开始埋怨他的老爸，您能不能给我留个靠谱的哥哥啊？

陈叔坚年纪轻，手无实权，更无党羽，除了窝在角落里画圈圈之外，还真没其他事可做了。但他不甘心就这样被边缘化，自己也是先帝的子嗣，凭什么权力这张大饼没他的那一份？他要东山再起！

如何东山再起呢？

他别无他策，只得寄希望于厌魅之术。一听这个名字，大家就知道这是一种迷信活动了。古代人想搞死他人时，常用这种手段，最经典的例子就是汉武帝时期的"江充巫蛊案"。只不过陈叔宝没有这么大的胆子，要咒死他的皇帝哥哥，他只是请来几个"大师"，祭日月以祈福——在不危害哥哥的同时，让自己得福。

陈叔坚手中的权力虽然被剥夺得一干二净，但他到底是敏感人物，时刻处于监视之下。他搞厌魅之术这些勾当，当然瞒不过那些锐利的眼睛，这些人第一时间密报陈叔宝——陈叔坚诅咒陛下！

对于这一密报，陈叔宝如获至宝。哈哈，老弟啊老弟，你要是安分守己，我也拿你没有办法，可是你居然搞巫蛊这一套，这下谁也救不了你了！

诅咒皇帝，罪当凌迟，但陈叔坚是宗室，最后的体面还是要留的。陈叔宝下令将陈叔坚软禁起来，等待正法。

陈叔坚就死前，陈叔宝派人宣读敕书，谴责陈叔坚的大逆不道。没想到陈叔坚这时还挺镇静，没等对方宣读完敕书便说："我并无恶意，只是想尽量亲近陛下，以求改变自己的处境，没想到触犯了朝廷法令，实在是罪该万死。我死后，一定会在阴间见到陈叔陵。到时，我再向他宣读陛下的敕书，在九泉之下谴责他的谋逆行为。"

这哥们虽然年轻狂妄，让自己陷入绝境，但这番话说得还挺有水平，既没有为自己辩护，也没有为自己邀功，只说是到九泉之下为哥哥谴责陈叔陵，这就让陈叔宝记起陈叔陵之乱——当时如果没有他陈叔坚，现在世上还有你陈叔宝这号人吗？

这话果然击中了陈叔宝的心，他觉得自己这样做确实有点不念旧情，于是赦免了陈叔坚，但在政治上依旧边缘化这个对自己有潜在威胁的弟弟。

穷奢极欲

在这一时期，大隋对南陈还是很客气的，杨坚还派薛道衡出使南陈，以加强双边关系。薛道衡出发前，杨坚特意交代道："当识朕意，勿以言辞相折。"意思是，要保持低姿态，不要像往常那样，将外交对话搞得像辩论赛一样，一定要在言辞上争个高低。

杨坚这是在故意示弱，故意示弱的下一步就是将对方一击致命。昏庸的陈后主并没有意识到这一点。他见大隋使者如此谦逊，就觉得外部环境已经大好，自己可以高枕无忧了，应该趁着这个来之不易的太平时期尽情享受。

享受这种事儿，最是宜早不宜迟的。南陈至德二年（584年）十一月，陈叔宝在南陈国力严重衰退的情况下，在光昭殿前又修建了临春、结绮、望仙三阁。千万不要一看到"阁"字就以为这三座建筑的规模不大。告诉你，这三座阁都高数十丈，连延数十间，窗、牖、壁带、悬楣、栏杆等构件都是用沉木、檀木等名贵木材制成，由于使用得太多，以至每有微风吹来，楼阙香味飘散，数里之内皆可闻到。奢华至此，陈叔宝仍觉不足，又用黄金、玉石、珍珠、翡翠等物加以装饰，楼阁门窗都外挂珠帘，室内设有宝床宝帐；布置在其中的玩赏之物，无不瑰奇精美、稀世罕见，很多都是近古以来所未见的。他还在阁下积石为山，引水为池，杂植奇花异草，将这三座新阁衬得恍若人间仙境。这般"烈火烹油，鲜花着锦"，皆由民脂民膏堆积而成。

这个宏伟壮丽的建筑群落成之后，陈后主自己居临春阁，张贵妃居结绮阁，龚贵嫔、孔贵嫔居望仙阁。这三座建筑虽然各自为阁，但楼阁之间设有复道，可以互相往来。后来，陈叔宝觉得王美人、李美人、张淑媛、薛淑媛、袁昭仪、何婕妤等后妃都很可爱，就允准她们来三阁中享乐。

陈叔宝虽不知稼穑之艰难，但文才还算"出众"，他的靡靡之音与声色犬马搭配起来，那是天衣无缝。他在宫人中发现了一个人才——袁大舍，此女词风瑰靡艳丽，甚讨陈叔宝欢心，陈叔宝因此拜她为女学士。

陈后主就这样每日在琼楼玉宇中纵情声色，将朝政打包丢给吏部尚书江总。如果江总是个治国之才，陈叔宝这样做也未尝不可，但江总担得起治国重任吗？

浪得虚名

据说江总是晋代名臣江统的十世孙、南朝江湛的五世孙，确实家学渊源。但他出生时，家道中落，七岁丧父的他，不得不寄居外祖父家，好在他自幼聪敏好学、性情纯厚，深得舅父的喜爱。他的舅父名叫萧劢，是当时的大名士。萧劢对这个外甥充满了期待，曾对江总说："你的节操品行出众，仪态举止更是与众不同，将来你的名声会高于我。"江总得到大名士舅舅的鼓励,就更加发奋了。外祖父家藏书有几千卷,他整日埋头于书堆中,立志要出人头地。

功夫不负苦心人,十八岁那年,江总步入仕途,任武陵王府法曹参军。武陵王萧纪是梁武帝萧衍的第八子,江总很快引起萧衍的关注。当时,萧衍刚刚创作完《正言》,正在酝酿《述怀诗》。江总也参与了这首诗的创作。萧衍读了江总的诗后,大为赞赏,立刻将他调到朝廷任侍郎。他到建康任职后,由于得到萧衍的垂青,朝中那一帮名士型官僚,如尚书仆射张缵、度支尚书王筠等人,都跟他结成忘年交,对他大加推崇。江总在这一时期平步青云,最后成为太子舍人。如果他按这个速度持续往上爬,进入南梁高层就是指日可待,可惜没多久,"侯景之乱"爆发,南梁内部大乱。

在位初期还曾颇有政绩的萧衍急得如热锅上的蚂蚁,但此时朝中已无人可用。情急之下,萧衍将太常卿的职务塞给只会耍笔杆子的江总,让他坚守社稷。侯景攻破台城之后,江总逃了出来,辗转几年后才到会稽,暂且在龙华寺栖身。在这里,他又做起学问来,但很快就听说他的舅舅萧勃坐镇岭南,于是收拾行囊,向南投奔而去。

萧绎称帝并平定"侯景之乱"后,又想起江总来,下诏任命他为明威将军、始兴内史。江总接到诏书后,准备赴江陵,哪知还没有动身,江陵就沦陷于西魏之手,他只得继续当岭南客。

南陈天嘉四年(563年),南陈朝廷征江总为中书侍郎。他在朝中的几个职位上变动了一圈,最后任太子詹事。此人好诗赋,也好酒,和陈叔宝臭味相投,两人大生相见恨晚之感,一有时间便凑在一起彻夜畅饮,喝得天昏地暗。

本来,陈顼让江总去陪太子陈叔宝,是因为江总有好学不倦的名声,文学才华又高,可以带动一下太子,哪知他却天天跟太子"好喝不倦",喝完之后还要猎色。为了讨陈叔宝的欢心,江总收了一个姓陈的良家女子,专门接待太子,陈叔宝便经常身着便服偷溜到江大人府中寻欢作乐。

两人如此胡闹,能瞒得住陈顼才怪。陈顼没想到堂堂名士竟是这样一个货色,盛怒之下革了江总的职务,但不久又让他担任侍中兼左骁骑将军;没几天,又让他当左民尚书兼左军将军。江总才到任没几天,就因为工作不得力而再度被免官。除了能写一些无病呻吟的诗赋外,这人是要人品没人品、要能力没能力,纵然在文学上才华横溢,也只不过是南北朝时期一个典型的空谈之士。

虽然江总在每个职位上都待不久,但太子詹事一职对于他来说是一个转折点,他因此与储君成为"牢不可破"的酒肉朋友。不久,陈顼驾崩,陈叔宝登基。陈后主刚一即位,就给江总来了个火箭式上升,提拔其为礼部尚书、领左骁将军、参掌选事,没几天就让他转为散骑常侍、吏部尚书。这还不算完,紧接着就拜其为尚书仆射,参掌选事职务不变。如今,这位空谈家成了高高在上的执政大臣。

有宋徽宗这样的昏君,自然有蔡京这样的佞臣。陈叔宝本就是酒色之徒,也就有江总这样浪得虚名的弄臣投其所好。本就孱弱不堪的南陈,在这对昏君佞臣的带领下,不可阻挡地向着深渊坠去。

亡国之音

以前,陈叔宝在东宫时虽然酒色无度,但怕被陈顼发现,所以他和江总还不敢闹得太肆意,如今他二人一个是九五至尊的皇帝,一个是位极人臣的宰辅,南陈的天下都是他俩说了算,便再无所顾忌了。他俩把都官尚书孔范、散骑常侍王瑳等当时有名的文人十多人叫到阁中来,一边喝酒,一边开文学沙龙,玩得"复无尊卑之序"。这么一路玩下来，这个沙龙的成员就都有一个很接地气的称号——狎客。

话虽如此，但毕竟是一群有文化的狎客，玩得还蛮风雅的。每次举行沙龙活动时，陈叔宝就让以张贵妃为首的八个美女陪坐。先叫八个美女"襞笺制五言诗"（襞笺即"折纸"，也就是让八个美女各自折纸写一首五言诗），再叫以江总为首的"十狎客"当场写和诗，谁写得慢了就要被罚酒，最后将所有诗作拿出来品评，挑选其中最为艳丽的谱上新曲，命一千多人歌唱，分部演出。一千多人的大合唱，这场面得有多壮观？这群狎客卖力地附庸风雅，许多闻名于后世的靡丽之作就诞生了，比如《玉树后庭花》《黄鹂留》《金钗两鬓垂》《临春乐》等。这些词曲都"绮艳相高，极于轻薄。男女虽和，其音甚哀"，其中最为后世所熟知的便是《玉树后庭花》：

丽宇芳林对高阁，新装艳质本倾城。
映户凝娇乍不进，出帷含态笑相迎。
妖姬脸似花含露，玉树流光照后庭。
花开花落不长久，落红满地归寂中。

这些诗赋大多是赞美在场嫔妃的容色。在面临大隋这个强敌时，南陈本应君臣同体、上下一心、清明吏治、发展国力、保境安民，但统治集团却倾八斗之才、五车之学去赞美酒色，酣歌无度，醉生梦死，不亡焉有天理？

宠冠后庭

这群狎客中，最得陈叔宝欢心的是江总；而在八个美女中，最得宠的便是张贵妃张丽华。

第四章

在中国历史中,张丽华颇有艳名。她虽天生丽质,但出身低微,父亲只是一个小卒,归田后,带着她和她的哥哥以织席为业,勉强糊口。正常来讲,张丽华长大后,不过嫁与村夫为妇,终老一生,但老天爷却让她天生丽质难自弃,东宫的一次选秀改变了她的命运。

张丽华十岁那年,东宫为太子的良娣龚氏(后来的龚贵妃)选侍女。张丽华被选入东宫后,马上引起陈叔宝的注意——昏君都是这个特点,对治国人才没有一点敏感性,但十分善于发现美女。据说张丽华的秀发有七尺长,甚是动人。她虽没读过书,也未学过歌舞,但她举止可人、冰雪聪明、辩才极佳、记忆力超强,在宫中打磨一段时间后,便通晓诸般才艺了。十七岁时,她为陈叔宝生下了第四子陈深。陈深子凭母贵,深受陈后主的喜爱。

正得盛宠之时,情商极高的张丽华也不忘分一杯羹给其他人。她经常去发掘宫中的其他美女,然后推荐给陈叔宝,无论是陈叔宝还是被推荐的后妃,都盛赞她贤良淑德。

张丽华还有个特长,就是"厌魅"之术。她经常在宫里举行不合礼制的祭祀活动,聚集众多巫女击鼓跳舞,装神弄鬼。而这对于陈叔宝这个昏君来说,却是"大识朕意"。

陈叔宝把几乎全部精力投入荒淫无道的享乐之中,自然就怠于政事了。但他到底是皇帝,奏章总是要批阅的,可他又时刻不想离开"可爱的"张丽华,便吩咐将所有奏章交给宦官蔡临儿、李善度,由这两个宦官呈送给他,他就可以靠着松软的垫子,让张丽华坐在他的大腿上,两人一同批阅奏章了——不要觉得这个画面很浪漫,如果你是南陈的子民,生活在水深火热之中,还会有此感叹吗?

两个宦官办事不得当,常常漏掉这个、忘记那个,但张丽华却能过目不忘,将政务写成条款,无所遗漏。她不仅帮陈叔宝批阅奏章、提出处理意见，还将目光放到皇宫之外。她经常派人出宫察访，然后转述给陈叔宝，外间的一言一事她比很多官员还要更早知道。如此一来，陈叔宝对她的宠爱就"冠绝后庭"了。

陈叔宝对张丽华言听计从。外戚中有人不守法度的，只要请求张丽华施恩，张丽华就让蔡临儿、李善度先将事情上奏，自己再说情，没有办不成的。由此，张丽华的权势熏灼四方。

在这样的政治生态中，最容易趁势而起的便是外戚与宦官。政治投机分子们纷纷巴结最得宠的张丽华和孔贵妃，朝廷的赏罚、政令居然都出于宫掖；太监和谄媚之徒内外勾结，互相引荐，卖官鬻爵，贿赂公行，一众奸妃、阉党、佞臣将南陈朝廷搞成了"官帽批发零售市场"。他们党同伐异，使得正直之臣毫无立足之地，朝廷法度完全废弛。

南陈朝廷奸佞当道，关于这个短命王朝的奇葩事，我们在此就不一一详述了，大家感兴趣的话，可扫码阅读《南陈的政治生态》（见图4-1，第137页）。我们还是尽快将目光投向大隋。

突厥的彻底臣服

南陈君臣在作死的路上狂奔，让杨坚很放心，他得以继续专注内政，同时做好分化突厥的工作。

此时的突厥，仍然是摄图当老大，可他与那些小可汗们已经彻底决裂。此时，阿波可汗大逻便的实力已经十分强大，势力范围已东抵都斤山、西到金山，而这片广阔区域中的龟兹、伊吾、铁勒等国或部落也成了他的附庸。此时的大逻便已经完全可以与摄图分庭抗礼，甚至说更胜一筹了。

杨坚心中暗喜——这可是牵制摄图的最大力量啊！他马上遣使会见大逻便，算是承认了他西突厥领袖的身份。

于是，草原游牧民族的势力对比越发复杂化：不但有突厥内部的阿波可汗大逻便、达头可汗玷厥当带头大哥，天天作势跟摄图较劲，就连东边原来跟摄图没有多少冲突的契丹也悄然崛起，不断给突厥人制造麻烦。

曾经不可一世的摄图越发坐卧不安起来。左思右想之后，他觉得还是要求助于大隋，就派使者向杨坚告急，说他在漠北的生存已经越来越艰难，请大隋允许他率众迁到漠南，在白道川（今呼和浩特平原，又称前套平原）暂住。

杨坚看到摄图被逼到这个地步，知道分化突厥的战略取得了进一步成功，突厥内部不可避免地要发生火并了。杨坚冷静分析了当前形势：虽然突厥的各方势力都争先恐后地向大隋称臣，但并未真心臣服。突厥人皆是强大时侵扰大隋，弱小时谄媚称臣，但相比较而言，摄图这个粗汉子更好打交道一点，因为大义公主对他的影响是不容小觑的。最终，杨坚选择扶植摄图，以牵制其他几个突厥可汗。他不仅答应了摄图的请求，还派儿子杨广带领大军去充当后盾，并给摄图部落提供物资保障。

结果不出杨坚所料，相比杨坚，摄图此时更恨大逻便。他刚缓过一口气来，就带兵攻打大逻便，将其打得抱头鼠窜。哪知，另一方势力阿拔可汗看到摄图带着全部军力去打大逻便，便乘虚袭击摄图的后方，成功地俘获了摄图的妻儿老幼。阿拔可汗得到了美丽的大义公主，心里乐开了花——他忘了摄图身后还有一个如日中天的大隋，大义公主毕竟是杨坚的义女。

皇帝尊严受到侵犯的杨广下令大军出击，阿拔可汗被打得大败亏输，向大漠深处逃窜。杨广将获得的战利品全部赏给了摄图。

之前摄图对杨坚还心存恨意，而现在，他心悦诚服了。他请求从此以后，以砂碛为界，与大隋永世修好，永远充当大隋在北方的附庸，并上书表示："天无二日，土无二王，大隋皇帝真皇帝也，岂敢阻兵恃险，偷窃名号！今感慕淳风，归心有道，屈膝稽颡，永为藩附。"

为了表达自己的诚意，摄图还主动派他的第七子库合真入朝（就是当人质）。开皇四年八月，库合真来到长安。

杨坚下诏称："沙钵略（摄图）称雄漠北，多历世年，百蛮之大，莫过于此。往虽与和，犹是二国，今作君臣，便成一体。情深义厚，朕甚嘉之。荷天之休，海外有截，岂朕薄德所能致此！"

随后，杨坚举行郊、庙大祀，告知天地、祖先，并命令将此事通告远近，大隋与突厥的从属关系正式确定。以后大隋给突厥的诏书，"自是诏答诸事并不称其名以异（不称其名，表示对突厥的尊重）"。大义公主也被赐杨姓，编入皇室属籍。杨坚还在内殿宴请库合真，拜其为柱国，封安国公，并引其拜见皇后，大加赏赐，以示亲和。

杨坚这一系列操作，给足了摄图面子，摄图从此之后"岁时贡献不绝"。

西梁谢幕

这时，大隋与南陈之间还有一个弱小的势力，就是还在高举南梁旗帜的西梁。这个势力是由萧詧（梁武帝萧衍之孙，萧衍长子萧统的第三子）建立的，一开始就作为西魏的附庸而存在，西魏亡后，它又成了北周的附庸。

萧詧依附西魏后才发现，儿皇帝比孙子都孙子，很快便郁郁而终。萧詧死后，他的儿子萧岿即位。萧岿没有他老爸那样的心性，安守江陵这一亩三分地，从不敢说影响大局的话，因此北周对他很放心。杨坚称帝后对他也很放心，西梁小朝廷这才得以存续，只不过要仰大隋的鼻息。

萧岿即位后，自知以目前的实力，就算自己有曹操、司马懿之才，也无法复兴大梁王朝了。以杨坚的雄心，不可能允许西梁长期独立于大隋的版图之外，杨坚对西梁的兼并，如达摩克利斯之剑一般悬于他的宝座之上，他只能安分守己不折腾，当一天皇帝，就算赚一天的。

萧岿就这样无为而治，西梁境内倒也政治清明、社会稳定。萧岿将大量时间用在做学问和著书立说上。他在位二十三年，于开皇四年驾崩，太子萧琮即位，继续当大隋的附庸。

梁武帝萧衍晚年识人不明，把侯景当成宝贝，引狼入室，最终落了个台城身亡的下场。他的儿子们完美地遗传了他的基因，做起学问来，高分；搞起政治来，低能。境内还没有平定，外敌还在虎视眈眈，萧氏的子孙们居然只顾着争权夺利、自相残杀。最终，萧墙之祸让萧氏的大梁王朝从历史舞台上谢幕了。传到萧岿这里，他倒是深刻理解"不作死就不会死"的道理，保境安民，在夹缝中求生存。如果萧衍之后能由萧岿即位，他当个守成之主应该还是没有问题的。

萧琮的资质比他的父亲萧岿更好。据说萧琮生得一表人才、风流倜傥，而且生性仁厚、待人大度，不仅学识渊博，还善于骑射。他曾经做过一个表演，令人伏在地上举起靶子，他飞马而射。这是一个极危险的动作，箭稍一偏，就会射中伏地举靶的人，而萧大帅哥纵骑飞奔之时，连发十箭，无一虚发。那些举靶的人对主子的身手也极为信任，没有人为此感到害怕。杨坚迁都大兴城时，当时还是西梁太子的萧琮就作为西梁特使前去大兴城朝贺。而萧琮即位后，杨坚还赐玺书给他，勉励他要自我克制，对百姓广施恩惠，以礼治国安邦。

萧琮虽然文武双全，却生不逢时。强敌环伺之下，西梁仅守着江

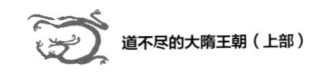

陵那片弹丸之地，连动弹一下都无从借力；而杨坚又是一代雄主，大举南下、一统神州只是时间问题。萧岿命好，做了一辈子皇帝；而萧琮命运如何，只在杨坚一念之间。

萧琮在即位之年，便派大将军戚昕率水军袭击南陈，但没有成功。不管目的是施展抱负，还是讨好大隋，这都是一个作死之举。杨坚对萧岿向来是放心的，对萧琮还在观察之中，见他对南陈展开军事行动，便立马警觉起来。

萧琮派他的叔叔萧岑到大兴城入朝时，杨坚就将萧岑留下，虽然封了个大将军，实则就是当人质。这还不够，他又设置了江陵总管——要知道，江陵是西梁仅有的地盘。北周曾设江陵总管，主要是为了对付南朝，兼顾一下江陵；后来萧岿很听话，杨坚就撤了江陵总管，现在再设江陵总管，目的就是监视萧琮。

西梁的君臣当然知道杨坚的用意，但弱国不但无外交，连生存的权利都无法掌握在自己手中，萧琮只得认命。危急之际，他手下的大将军许世武竟然派人去跟南陈的荆州刺史陈侯慧取得联系，请南陈派兵来袭江陵，他作为内应打开城门，放南陈大军进来。哪知这个密谋还未实施便败露了，许世武被萧琮诛杀。

一个弱不禁风的附庸政权，一个弹丸之地的蕞尔小国，内部仍然存在这样那样的争斗和杀戮，可见有权力的地方，就会钩心斗角、杀机四伏。

于杨坚而言，西梁是断乎留不得了，但他没有直接下令废除萧琮的皇位，毕竟当年萧岿要求归顺时，是杨坚自己坚持留下这个南梁残余政权的，手段太过简单粗暴的话，自己面上也挂不住，况且萧琮也没犯什么错误。不过，这难不倒杨坚这个政治场上的老油条，欲加之罪何患无辞嘛！

开皇七年（587年）八月，杨坚下令，召萧琮入朝。

萧琮也知道杨坚意在何为。他接到命令后，不敢有任何拖延，带着群臣二百多号人赶赴大兴城。

杨坚接着走出第二步：以大梁皇帝在外为由，派江陵总管崔弘度去守江陵，以防南陈偷袭，说白了就是武力接管江陵。

当然，如果崔弘度的大军进驻江陵后，什么事也没有发生，杨坚就宣布废西梁的话，也称不上顺理成章，所以在这样的情况下，必须要有点事情发生。

如果萧琮还在江陵，可能对隋兵入境还能忍得住，可现在坐镇江陵的是萧琮的叔叔萧岩，这两人觉得国破家亡近在眼前，不能坐以待毙。其实，西梁早就在某种意义上亡国了，杨坚给这个附庸这么多年的自治，使得萧氏一族中的某些人活在幻象之中，还以为自己生活在大梁帝国。如今见隋兵大举开来，一个个急于保住宗庙社稷，便派都官尚书沈君公连夜奔赴荆州，向南陈请降。

南陈的荆州刺史陈慧纪当然不会放过这个立大功的机会，他马上带兵开到江陵城下，接应萧岩。萧岩等人率领西梁官员及十多万百姓，投降了南陈。此举正中杨坚下怀，他立刻宣召，废除西梁帝祚，封萧琮为上柱国，赐爵莒国公。

至此，在江陵一隅苟延残喘三十二年，共传中宗宣帝萧詧、世宗明帝萧岿、惠宗靖帝萧琮三世的西梁正式退出历史舞台。

谋反三人组

陈慧纪的南陈军在江陵掀不起大风大浪，西梁这个无足轻重的小朝廷，杨坚几乎都是用业余时间搞定的。此时，他仍然用心于北部，派出大量部队修建长城以及长城沿线的军事堡垒。

在形势一片向好之际，一些小插曲令杨坚甚是恼火。

首先是开皇五年（585年）三月，洛阳城里有个叫高德的男人，不知半夜做了什么梦，早上起来就给杨坚上书，提出N条强军富国的建议。仅仅是提强军富国的建议，杨坚大概率会龙颜大悦，即使不会接受，但也不至于震怒。可这厮居然要求杨坚退位去当太上皇，把皇位传给太子杨勇。

杨坚压着心头的万丈怒火，努力做着表情管理，让自己尽量显得沉稳大度："朕承天命，抚育苍生，日旰孜孜，犹恐不逮。岂效近代帝王，传位于子，自求逸乐者哉！"如果是其他皇帝，肯定会把高德抓起来，然后追查幕后主使，最后来一次大清洗。幸而杨坚没有追究，此事也未引起什么风波。

高德的这个提议，其实对杨勇是极为不利的。当时杨坚正在制订部署，准备让杨勇坐镇洛阳。高德在这个时间点上提这个建议，令人很难不把疑点放在杨勇身上。

接着便是梁士颜和宇文忻联合搞事。

这两人都是当时的名将。梁士彦当年跟随韦孝宽打过北齐，也打过南陈，接着打尉迟迥，在每一场大战中的表现都可圈可点，杨坚也把他当自己人看，在搞定尉迟迥之后，就让他取尉迟迥而代之，当了相州刺史。可是不久后，杨坚又怕梁士彦坐大，就将其调回长安，封了个上柱国的虚职，你想想被架空的梁士彦心里能高兴吗？

宇文忻和杨坚自幼就有交情。宇文忻是一个天生的将才，小时候一群孩子玩打仗游戏时，他就将孩子们召集起来，按他的要求"排兵布阵"，在他的指挥下"令行禁止"；十二岁时，他就能骑马奔驰，左右开弓，百发百中；成年之后，性格更加慷慨豪迈，曾放豪言道："自古名将，唯以韩、白、卫、霍为美谈，吾察其行事，未足多尚。

若使与仆并时,不令竖子独擅高名也。"大意是,如果韩信、白起、卫青、霍去病这几个名将跟他同时代,他完全可以秒杀他们。这话虽然狂傲,但大家仍然敬他是当世豪杰,就连韦孝宽都对他青眼有加。

后来,在宇文邕伐齐之战中,宇文忻的表现十分抢眼,好几次连宇文邕都准备打退堂鼓了,都是他力谏而止,最终取得了胜利。当年宇文邕攻打并州,由于协调失误,自己冲进城中时,其他部队还未跟上,自己被敌军包围,幸而脱身,但一时间令士气大跌。宇文邕和几乎所有将领都决定撤兵,只有宇文忻坚决反对:"大丈夫顶天立地,要敢于死里逃生、败中取胜!何况我们大势还在,对齐作战,一路皆势如破竹,岂可舍大好局势抱头而回?"宇文邕被他说得重拾信心,终于一鼓作气拿下晋阳,横扫北齐。灭齐之后,宇文邕提拔宇文忻为大将军。后来,宇文忻同王轨一起大破南陈的吴明彻,因功被提拔为豫州总管。

宇文忻虽然姓宇文,但他跟杨坚的交情很铁。在所有人都知道杨坚必定会取代北周的情况下,他不仅没有敌视杨坚,还不惜背叛自己的宗族,坚定地站在杨坚一方。杨坚任北周丞相时,"三总管之乱"爆发,宇文忻被任命为行军总管,跟从韦孝宽平定尉迟迥之乱。在作战即将失败的形势下,宇文忻作出关键决策,反败为胜,最终令尉迟迥兵败自杀,他因功晋封为英国公,增邑三千户。

杨坚后来回忆起这场关系到他生死存亡的大战时,不无感慨地对宇文忻说:"尉迟迥倾山东之众,运百万之师,公举无遗策,战无全阵,诚天下之英杰也。"从此以后,杨坚把宇文忻当成自己最亲密的政治盟友之一,让他参与国事决策,还能"出入卧内"。杨坚禅代之际,宇文忻也是其支持者。杨坚称帝后,拜宇文忻为右领军大将军,宠信有加。

宇文忻精通兵法、治军严整，很快成了大隋的全军偶像，人们崇拜他到何种地步呢？六军中出现某个金点子，即使不是宇文忻想出来的，人们也会强加到他的头上，说："此必英公法也！"

熟读历史的人都知道，武将威望过高并非好事。皇帝最忌惮的就是武将功高震主，或威望过高而使士兵"唯知其将之恩威，而不知有天子"。

如果杨坚不是皇帝，他会为自己有这样的朋友而自豪；可现在他是皇帝，疑心重是皇帝们最普遍的心理特征。在至高无上的权力面前，别说生死之交，就是骨肉手足，依然会无情地举起屠刀。

好姐妹初入宫时还能互相扶持，一旦其中一方获得圣宠，双方很容易反目成仇，这是宫斗剧最常见的套路，人们戏称这种情结为"塑料姐妹情"。男人之间也有"塑料兄弟情"，只不过争斗的战场在庙堂之上。

到了这个时候，疑心重重的杨坚与威望甚高的宇文忻之间，出现了无法弥合的裂缝，"宇文忻"这个名字成了杨坚最听不得的敏感词。

尽管如此，当突厥掀起战乱时，杨坚想到的派去打突厥的第一人选仍是宇文忻。就在他要下令时，高颎压低声音道："听说宇文忻有异志。"

杨坚一听这话，手指抖了一下，马上否掉了自己的决定——如果他心头没有存疑，能这么果断地否掉这个决定吗？

既然知道"宇文忻有异志"，那就不能再让他待在军中了。杨坚找了个由头，免掉了宇文忻右领军大将军之职，让他当个赋闲在家吃空饷的官员。

当时一起享受这个待遇的还有梁士彦和刘昉。对于刘昉，杨坚倒从不怀疑他，因为这就是个无才无德、只会谄媚的小人，杨坚从不重

第四章

用他。只不过刘昉觉得自己在扶助杨坚上位的过程中立有大功，到头来却坐了冷板凳，心有不甘。

宇文忻与梁士彦是老朋友，如今皆赋闲在家，就经常串门聊天，聊天主题自然是埋怨杨坚，埋怨得多了，就真的心生异志起来。宇文忻咬牙道："帝王岂有常乎？相扶即是。公于蒲州起事，我必从征。两阵相当，然后连结，天下可图也。"这哥们保持着他年轻时的慷慨豪迈，用类似陈胜吴广起义时说的豪言壮语来给梁士彦洗脑。

两人心意已定，又听说刘昉也有跟他们同样的遭遇，便将刘昉拉入同盟圈，由梁士彦做"带头大哥"。

梁士彦和宇文忻年轻时皆是叱咤疆场的猛将，但如今上了年纪，做事难以像过去那样雷厉风行。梁士彦在做决断时，觉得可以趁杨坚到宗庙祭祀时，命家仆举起钝器偷袭，但又觉得把握性不大，便又想按宇文忻说的那样，在蒲州起兵，先攻取黄河以北地区，拿下黎阳关，阻断河阳要道，拦截朝廷征调的物资作为军需，然后招募流寇来组建军队。可以说，这个部署还蛮大气的，即使最后不成功，也会让杨坚手忙脚乱一阵子，哪知梁士彦的外甥裴通在第一时间就向杨坚告了密。

杨坚是靠政变上台的，经过这么多年的风雨洗练，已经变得极为冷静了。他接到密报后，只是淡定地摆了摆手，并没有气急败坏地派兵抓人。梁士彦和宇文忻是当世名将，虽然眼下被架空了，但威望无人能及。如果一着不慎，麻烦还是不少的，必须先稳住他们。

沉吟片刻后，杨坚就像什么也没听到一样，发了一道任命诏书：任梁士彦为晋州刺史——看看老梁接了这个委任诏书后，能搞出什么动作来。

梁士彦不知这是杨坚的圈套，接诏后，本已昏花的老眼瞬间放起光来，忙把宇文忻和刘昉请来，指着委任诏书激动地说："天也！"

这是天意啊，老天也支持咱们的行动！

梁士彦又向杨坚请求，让自己的心腹薛摩儿同赴晋州，当他的长史。杨坚爽快地答应了他的请求，让这几个谋反者彻底丧失警惕。

翌日，梁士彦等三人跟着公卿们一起高高兴兴地上朝。

杨坚见三人都已在班列中站好，心头冷冷一笑，手一挥，一群武士便冲入殿中，将梁士彦、宇文忻、刘昉三人拿下。

杨坚指着三人喝道："尔等欲反，何敢发此意？"

三人当然百般抵赖，齐声喊冤。

杨坚嘴角的笑意更冷了，手一招，一个人应召入殿。

三人一看，不由心里大叫苦也——来人居然是薛摩儿。亏梁士彦还拿此人当心腹，就这等看人的眼光，真不该做造反的事业。

薛摩儿把他所知道的事情全部叙述了一遍，还说："梁士彦次子梁刚曾流泪苦劝他不要行谋反之事，可是他的三子却说'作猛兽就要作兽中之王'。"

梁士彦听了这个细节，不由脸色大变，转头对薛摩儿说："汝杀我！"

这三个字就是梁士彦的遗言。谋反是要被诛九族的，梁士彦将自己被灭族的责任都推到薛摩儿的身上，其实在整个过程当中，最不应该揽责的就是薛摩儿。

首先，真正出卖他们的并不是薛摩儿，而是梁士彦的外甥裴通，即便没有薛摩儿出场作证，杨坚也会叫裴通出场揭发他们；其次，真正令他们身首异处的，是皇帝对手握兵权、威望甚高的武将的忌惮。历史上能像范蠡那样明白兔死狗烹之理、可以对权力放手的功臣，十根手指都数得过来，而死于皇帝猜忌的功臣却数不胜数。

像梁士彦这样的武将，到死都想不通其中的关节，将失败的原因都归于告密者。如此有勇无谋者，即便真的在晋州起事，最终也会落得一个兵败身死的下场。

就这样，梁士彦、宇文忻和刘昉同时伏诛。

这一年，梁士彦七十二岁，宇文忻六十四岁。

他们的叔侄、兄弟部分免死，除名为民。

此次谋反事件，虽然被杨坚摁灭于未发之时，未能对大隋江山造成影响，但对杨坚的刺激是巨大的。为了杀鸡儆猴，他将三家的很多东西摆在射殿上，召集百官，要大家用箭射那些东西。杨坚身穿白衣，意在让群臣明白，他杨坚未忘这三人的拥立之功，但胆敢心生不臣之心者，不管这人的功劳有多大、官职有多高、跟皇帝关系有多深，都格杀勿论！

吐谷浑那些事儿

开皇六年（586年），南陈朝廷很乱，大隋也发生了梁士彦谋反之事，而吐谷浑也出现了状况。由于吐谷浑实在是一个"小透明"，关于它的故事，我们以电子书形式呈现，欢迎大家扫码阅读（见图4-2，第137页）。

突厥问题得以解决

此时，杨坚仍然花费大量精力在北部边境。开皇七年二月，他又征调十万男丁去修长城；当年四月，又在扬州开凿山阳渎，以通漕运。山阳渎在历史上并不知名，但却是隋唐大运河开通的前期工程。

这些年来，杨坚又是修长城，又是建堡垒，还将大量军力派驻到北部边境，再配合一系列分化手段，令突厥内部四分五裂，终于让摄图彻底臣服。

开皇四年二月，摄图又派另一个儿子来到长安，入贡大隋，然后请求到恒、代两州之间打猎。杨坚爽快地应允了——以前摄图想进入此地，都是带着突厥兵直接席卷而来，见人杀人，见财掠财。现在他要事先申请，获批之后才带着一帮亲随悠悠达达而来，见到大隋的官员时，也是一脸笑容，随和得很。他打猎之后，杨坚还派人赐以酒食。摄图在接受杨坚的赏赐时，也率领全体随从跪拜谢恩。

以这种情形来看，大隋与突厥进入了蜜月期，日后相当长一段时期应该会维持友好状态，但令人始料不及的是，摄图突然去世了。这对杨坚来说是一个噩耗，他为此废朝三日，并派太常寺卿前去吊唁。

摄图是个强势人物，曾和突厥的几个部落可汗斗得轰轰烈烈、你死我活。现在他突然离世，突厥内部的局势变数会很大，如果大部落吞并小部落，说不定本来已经四分五裂的突厥又会被统一，重新凝聚力量，这对于大隋而言实在不利。

摄图原是个莽夫，但自从归顺大隋后，头脑已经不像以前那样总是"发高烧"。他深知儿子雍虞闾性格懦弱、资质平平，如果让他接班，突厥迟早会被大隋同化。因此在他临死前，没有传位给儿子，而是传给了他的弟弟处罗侯。雍虞闾倒也听话，遵从父亲的遗命，派人去请叔叔处罗侯来当可汗。

处罗侯当然要表现一下谦让精神："我们突厥自从木杆可汗以来，开了不好的先例，就是以弟代兄、以庶夺嫡，失了祖先之法，兄弟们再也不互相敬重了。你是大可汗的嫡长子，理应顺位继承，我们都坚决拥护你！"

雍虞闾虽然资质平庸，但这些年来经历过一轮轮内部厮杀、手足相残，一连串惊险的镜头常常在他眼前闪现，令他的心理阴影面积持续扩大。站在权力的巅峰上,随时都有摔得粉身碎骨的危险。连嗜权如命的父亲都不看好他,他又怎敢不自量力?见叔叔谦让,他忙令使者传话道:"父亲和叔叔本就是一母所生,同气连枝。我是你们的晚辈,算起来只是枝叶,叔叔才是根本,哪有根本反过来服从叶枝的道理?况且这是父亲的遗命,千万不能违背。"

可是处罗侯仍然不答应,两人你谦虚来、我谦虚去,双方的传话使者往返了很多次,疲惫到在心中骂"你俩到底有完没完",处罗侯这才答应当大可汗,史称莫何可汗。

处罗侯即位后,随即任命雍虞闾为叶护(首席大臣,在非常时期可以接任大可汗),并派使者向杨坚请封。杨坚见他仍然尊奉大隋为正朔,心头那块石头才落地,于是派长孙晟持节去册封,正式承认他的大可汗地位,并赐给他一套鼓吹和幡旗,这可是只能赏赐给有功之臣的礼器。

一般人得到这些赏赐之后,基本就是拿来摆谱,炫耀自己的荣宠。而处罗侯是一个现实主义者,他接受这些礼器后,可没将其挂在大可汗的帐中,而是高举幡旗,向阿波可汗大逻便出击。

大逻便当时势力很大,是最想灭掉大可汗的部落可汗。大逻便是一个机会主义者,他听说摄图死了,处罗侯即位,正盼着突厥内部发生变故,自己好螳螂捕蝉、黄雀在后,只要能在大隋出兵之前收拾好局面,杨坚最终只能承认他的大可汗身份。他在老窝里眼巴巴地盼着内乱,结果内乱没来,倒是处罗侯突然杀过来。

本来,以大逻便的实力跟处罗侯死拼,处罗侯未必打得过他。但处罗侯此时高举的是大隋的旗帜,摆出的是大隋的鼓声,大逻便和他的手下一看这个架势,以为是隋军与处罗侯的大军已经联手,一起来打他们。他们不怕处罗侯,但怕大隋,还没打就丧失斗志了,那还打

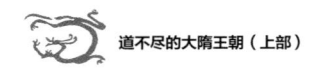

什么？缴械投降吧！

大逻便这些年来兼并了很多小部落，占领了很多地区，但此人只会用强，不懂恩威并施，因此表面上看他的部落越来越大，实则是一盘散沙。那些被征服的小部落虽然天天跟着大逻便喊打喊杀，可真到了危急时刻，立刻丢掉武器，投降了大可汗。败势来得太猛，大逻便还没有反应过来，手下就已经集体投降了，他来不及像摄图那样滚到草丛里逃出生天，就这样被生擒了。

与摄图相比，处罗侯明显更具政治头脑。他虽然对大逻便恨之入骨，但他拿下大逻便之后，并没有杀之以图一时痛快，而是上书杨坚，请示如何处置。这是极高明的一招儿，既向大隋表示了臣服，又借杨坚之手杀了大逻便，突厥人要恨，也只能恨杨坚；如果杨坚不杀大逻便，他还可以说是自己本来就不想内部相残。

接到处罗侯的请示，杨坚也知道自己接了一个烫手的山芋，便召集群臣商议对策。

有的大臣表示，大逻便乃反复无常之人，对待这样的政治投机分子，最好的处理方式就是就地斩首示众，震慑突厥人。

有的大臣认为，还是将大逻便押到长安再处死比较好，这一刀砍下去，可扬我大隋国威。

杨坚见长孙晟还没有发言，便问长孙晟的看法——他可是最权威的突厥问题专家。

长孙晟道："如果大逻便违背大隋朝廷的命令，死不悔改地跟天朝作对，我们就可以对他处以极刑。现在是他们兄弟之间在争斗，而大逻便此前并没有做出有违天朝之事，如果就这样下令将他杀掉，对我们处理周边关系是有害无益的。我们不就希望突厥内部四分五裂吗？如果杀掉大逻便，那么处罗侯就会一枝独大，到时他还愿意臣服大隋吗？不如赦免大逻便，两存其部落，让他们相互牵制。"

高颎也赞同长孙晟的看法。杨坚采纳了长孙晟的建议，赦免了大逻便，大隋北方边境问题得以妥善解决。

图 4-1 南陈的政治生态

图 4-2 吐谷浑那些事儿

第五章

风雨飘摇　南陈后主犹声色
大举南伐　大隋王师下建康

杨坚通过多种手段，花费了大量精力，终于稳定了北方的局势。现在，他终于可以全力对付南陈了。

南征绝对是历史性的大事件。

杨坚决定挥师南下时，内心肯定充满了神圣的使命感。为此，他特地于开皇七年（587年）十一月巡幸冯翊（今关中平原东部）。冯翊是他的出生地，他重回故地，是为了祭祀他出生地的社神，表示感恩的同时，祈求神明保佑他南征一战而胜。

这次出巡中，李德林原是告了病假，但杨坚没有批准，还在銮驾行至同州（今陕西省渭南市大荔县）时下诏书，命李德林务必同去。李德林到同州之后，君臣二人连续多日密谈，定下了伐陈之策。

回到长安之后，杨坚豪气勃发，马鞭南指，对李德林说道："待平陈之日，以七宝装严公，使自山以东无及公者。"意思是，平定南陈之时，我用七宝装饰你周身，使山东的士大夫没有一个比你更尊贵。李德林是山东人，但如果因为杨坚此言就认定李德林会东山再起，那就想多了——这是后话。

扮猪吃老虎

　　此前杨坚集中精力对付突厥，对南陈保持着低姿态，经常派使团出访南陈，巩固邦交。而且他的"友好"不仅仅停留在口头上，还表现在行动上——每次抓到南陈派来刺探大隋情报的间谍，他不但没有将其杀掉，还赠送衣服、马匹，言辞温和地将他们遣返，好像抓到的不是间谍，而是一个友好使者一般。南陈太建末年，隋陈双方打了一场大战，虽然大隋取得了胜利，但杨坚仍以陈宣帝陈顼刚刚驾崩为由，下令班师回朝，并遣使吊唁，连给南陈的国书都称"杨坚顿首"，好像自己是南陈的附庸一般。

　　但凡智商在线的统治者都明白，敌人越是谦卑，自己就越要警觉。大隋已经占了天下三分之二以上的土地，对南陈形成了C形包围。杨坚低三下四地在南陈面前"扮猪"，不就是为了吃"老虎"吗？更何况此时的南陈还是一只"纸老虎"。

　　在治国上，陈叔宝的智商从来就不在线。面对杨坚制造的表象，他迷醉了，以为南陈在自己的治下国富民强，把杨坚吓得不敢嚣张，现在隋朝境内的老百姓肯定生活在水深火热之中，于是他竟在给大隋的国书中直言："想彼统内如宜，此宇宙清泰。"意思是，看来你治下的大隋社稷不稳，而我治下的大陈，那是太平盛世、海晏河清。

　　请注意，他不仅没有使用"陈叔宝顿首"这样的礼貌用语，还直呼杨坚为"彼"——这是毫无敬意的一个称呼。

　　杨坚把这封南陈国书拿到朝堂上，向群臣展示。大隋的臣子当然义愤填膺，御史大夫杨素更是气得脸色发紫，大声疾呼："主辱臣死，天经地义！"说罢，上前叩头请罪。

　　杨坚见动员的目的达到了，便请高颎陈述取陈之策。

平陈妙策

高颎对伐陈之事思虑已久，他沉稳出列，朗声答道："我们地处江北，他们在江南，江北地寒，庄稼收获就稍晚一点，我们大可在这上面作文章：在他们的庄稼成熟、准备收割的时候，高调宣布出兵，攻打他们，他们必定急于防御，如此一来，就耽误了收获的时间，从而误了农时。当他们把兵力集中起来时，我们又没了动静，如此反复，他们就会以为我们在用计虚晃，便放松警惕，等我们真正集结部队时，他们也不会当一回事。在他们还在观望时，我们就已渡过长江，撕开他们的防线。到时我方士气势必大增，而对方士气势必大减。另外，臣暗中作过调查，江南水浅土薄，房子基本是茅草、竹子搭成的，他们的物资也都堆放在这样的房子里，而不是储藏在地窖里。我们可以派人暗中潜入，焚烧他们的战备物资；他们重修之后，再烧。这样用不了多久，他们的财力就会被我们消耗殆尽。"

高颎的建议对于大隋而言，成本低、执行性强，杨坚完全采纳。如此执行第一步后，南陈一方果然大感疲劳，都认为杨坚这家伙只会玩花架子，并不敢真的打过长江来。当年曹操那么牛，都打不过来；晋朝那些只会空谈的名士守着长江，就令北朝那些猛将望江兴叹，退兵而回，杨坚一个靠夺女婿江山起家的怂包，对付突厥那些无脑莽夫都还大感吃力，面对长江天险，他能掀起多大的浪？接着，南陈果然如高颎所言，开始麻木了。更要命的是，农时被误，军用物资又多次"失火"，粮草都成了问题——这是战争胜败的关键因素之一。但直到此时，南陈上下居然毫无警觉。

大隋高层在实施这个计划后，一直密切关注着形势的发展，看到一切都在按照高颎的计划发展，都认为出兵时机已到。

杨素、贺若弼、高颎、崔仲方等前线将领纷纷向杨坚陈述平江南之策，其中崔仲方的策略最具操作性："我们必须在武昌以下，即蕲、和、滁、方、吴、海等州增加精兵，进行战备部署，作好一切战斗准备；在益、信、襄、荆、基、郢等州加紧修造船舰，作水战的准备，而且一定要做得声势浩大。蜀汉二江在长江的上游，是水陆战略的要地，对于南陈而言，是势在必争之地，否则他们就会陷入极端的被动中。敌人虽然在流头、荆门、延州、公安、巴陵、隐矶、夏首、蕲口、溢城等地置备了船只，但最终还是要聚集大军于汉口、峡口，通过水战来与我们决战。当他们看到咱们在上游大造船舰时，就会断定咱们要像当年的王濬那样，楼船顺江而下，他们就会将最精锐的部队部署到上游来增援。到时，我们在下游的部队就可以乘虚渡过长江，直捣建康；如果他们把精锐部队部署在下游死守，我们在上游的诸军也可顺流而下，同样可以直捣建康。他们虽有九江五湖之险，但陈叔宝失德已久，岂能固守？徒有三吴百越之兵，也奈何不了我们！"

杨坚览奏后，但觉精神为之大振，立刻把崔仲方调到基州（据推测，位于今湖北省钟祥市南部）任刺史，然后高调下令大造战舰。

大臣中有人建议，还是做隐蔽一点吧，如此阵仗，只怕会打草惊蛇。杨坚高声道："吾将显行天诛，何密之有！"

为了确保南陈知道自己在大造舰船，杨坚还命造船匠们将大量造船的边角料投入江中。

与此同时，杨素也在永安（今重庆市奉节县）修建大船。他所造的战船极其巨大，名为"五牙"（见图5-1）。这个名字取自道教，即金、木、水、火、土五行的初生之气。这种大船上建有五

图5-1 "五牙"模型

层楼，高百余尺，前后左右共设六根拍竿（一种可以将石头拍向敌船的装置，这是当时最具杀伤力的水战装备，在南北朝后期的水战中，南朝的水军就已普遍使用），每根拍竿都有五十尺长，全船可容纳士兵八百人。当然，杨素还建造了一些中小型战舰，如"黄龙船""平乘""舴艋"等。

此时，大隋朝廷上下都信心满满，文武百官谈论的话题都少不了平南之战；有建功立业志向的，更是积极谋求到前线的机会。

当然，要到前线领战，并不是仅凭一腔热血和勇气就能行的，你的能力和谋略必须得到皇帝的认可。一个叫皇甫绩的官员获得晋州刺史的任命，前来向杨坚陛辞。一般的陛辞，开头就是皇帝对赴任官员说几句诫勉的话，但晋州与南陈接壤，战事一开，那里就是前线，所以此番陛辞更应该说是杨坚对皇甫绩的面试。

面试中，自然少不了"对灭陈有什么看法"这一题。

皇甫绩答道："在臣看来，陈有三可灭：大吞小，一也；以有道伐无道，二也；纳叛臣萧岩，于我有词，三也。陛下若命将出师，臣愿展丝发之效！"

比起高颎和崔仲方的策略，皇甫绩的这三条策略太空洞了，纯属"正确的废话"，但杨坚就是爱听——"以有道伐无道"，这顶高帽皇帝们普遍戴得很舒服。杨坚对皇甫绩勉励一番后，令他马上赴任晋州。

果然是千穿万穿，马屁不穿。

临时抱佛脚

在大隋君臣上下一心、共同谋划直捣建康之策时，陈叔宝仍然在组团合唱着《玉树后庭花》，毫无警觉。他对那些浮满江面的造船边角料视而不见，但对南陈境内发生的一些所谓的"妖异"特别上心。

举例来说。当时钱塘县有一片湖泊,名叫临平湖。此湖常年被水草堵塞,当时有一句民谣:"湖开则天下平。"这一年,堵塞湖口的水草突然无缘无故地散开,平时丝毫不关心民生疾苦的陈叔宝在第一时间就接到消息,又第一时间联想到那句流传已久的民谣。"天下平"这三个字听起来是"天下太平"之意,但在陈叔宝听来,是"平定天下"的意思——现在六合之内分裂成几个集团,在这几个集团之中,他是绝对没有"平定天下"实力的。如果民谣一语成谶,那就只能是他被人家平定了。尽管他既昏庸又怠政,把朝政悉数丢给后妃奸佞,但他不至于智商不在线到不明白被人家平定于自己而言意味着什么。历史上亡国之君的下场是怎样的,翻开史书,便可随意参看。

即使意识到这些,陈后主也没有迷途知返、励精图治、重整旗鼓,以对抗强敌,而是将命运交给那些"看不见的力量":把自己卖身到佛寺为奴,以为如此一来,佛祖就会感动于自己的诚心而护佑自己了。

为了确保自己可以感天动地,陈叔宝这个"新科寺奴"下令在建康城中修建大皇寺,在寺里建造七层宝塔。哪知,七层宝塔正在建造过程中,塔中居然冒出火来,将佛塔付之一炬。就算真的有"看不见的力量",这个昏君平日里不修德行,临时抱佛脚,佛祖就会理他?

按理说,佛塔被烧毁,这已经是苍天示警了,可陈后主仍然固执地认为自己抱佛脚的力度还不够。

朝中有个名叫章华的大臣,很有学问,诗也写得不错,但因不善逢迎,只当了个太市令(管理市场的官员)的芝麻小官。虽然自己一直郁郁不得志,但"位卑不敢忘国忧",看到陈叔宝宠信奸佞、沉迷酒色,便上书谏言:以前,高祖南平百越,北诛胡虏;世祖东定吴会,西破王琳;高宗同样奋起神威,克复淮南,辟地千里。三位先帝都建立了丰功伟绩，陛下即位至今已有五年，却不思先帝之艰难，不知天命之可畏，整日溺于嬖宠、惑于酒色，祭礼七庙时托病不出，册封三位妃子时却亲临殿庭，把场面搞得华丽壮观。在庙堂上，将老臣宿将弃之草莽，而将那伙谄佞谗邪的小人提拔到要职上来。我们的疆域日益缩小，眼下隋军已大举压境，陛下如果不改过自新，臣可以断言，用不了多久，我们的国都就会变成一片废墟。

陈叔宝因近来诸事繁多，本就心火旺盛，如今被这位老臣火力生猛地骂为亡国之君，更是怒火中烧——朕是不是亡国之君，目前尚无定数，但你已是将死之人，这一点朕十分肯定！他二话不说，下令立斩章华。

斩了章华，于救陈而言毫无益处，只会使其他有志于救国的朝臣寒心。望着每日都有那么多的造船边角料浮江而来，陈叔宝心中的恐惧与日俱增，但又毫无救命稻草可抓，只得通过加强双方关系来求得残喘之机。

开皇八年（588年）正月，陈叔宝派散骑常侍袁雅顶着早春的寒风出使大隋，又派散骑常侍周罗睺带着一支部队屯驻于峡口。周罗睺来到峡口之后，不知哪根筋搭错了，居然对大隋的峡州（今湖北省宜昌市）开展军事行动。

区区一支部队，也敢在大隋的家门口挑衅，这充分说明了一点——直到这时，南陈中的绝大多数人对杨坚南征的意图毫不知情，仍然以为杨坚还在逗他们玩，否则周罗睺哪敢毛手毛脚？做出挑衅之举，都是贪小便宜的心态使然。

面对周罗睺的挑衅，杨坚基本不理，他在接待了南陈使团后，仍然派出了一个使团回访南陈。出发当日，杨坚下诏称：

（陈叔宝）据手掌之地，恣溪壑之险，劫夺闾阎，资产俱竭，驱蹙内外，劳役弗已……穷奢极侈……俾昼作夜；斩直言之客，灭无罪之家……欺天造恶，祭鬼求恩……盛粉黛而执干戈，曳罗绮而呼警跸……自古昏乱，罕或能比……君子潜逃，小人得志……天灾地孽，物怪人妖。衣冠钳口，道路以目……重以背德违言，摇荡疆场……昼伏夜游，鼠窃狗盗……天之所覆，无非朕臣，每关听览，有怀伤恻……便可出师授律，应机诛殄；在斯举也，永清吴越。

这份诏书，既是大隋向南陈发出的宣战书，也是大隋的讨陈檄文。在诏书里，杨坚历数了陈叔宝二十条罪状，并命人抄了三十万份，分发给南陈百姓，打好思想战和舆论战，为决战做准备。

精力用在内斗上

眼下，陈叔宝是真有点急了，但他并不是为隋兵压境而急，而是在为他的太子陈胤的事儿大为光火。

陈胤完美遗传了陈叔宝的基因，史载他"性聪敏、好文学"，但行为乖张。由于陈叔宝这些年来专宠三阁中那几个宠妃，皇后沈氏一直备受冷落，儿子陈胤自然成为她最牵挂的人，因此她常遣身边的人到东宫看望儿子。陈胤虽然是一个问题少年，但对母亲还算孝顺，也常派东宫的人前去中宫请安。

沈皇后算得上贤后，她不仅素性节俭，对于张丽华专宠后宫之事也从来都是淡然处之，每日读书礼佛。有时见陈叔宝行事过于荒唐，也会上书劝谏，因此陈叔宝早有废后的打算。他见中宫和东宫来往这么频繁，就认定这对母子背后对自己多有怨怼，心中早就恼了妻儿。

后宫是女人展开宫斗的地方，抓对方的过失、在皇帝耳边爆对方的黑料是最常用手段。张丽华和孔贵妃见陈叔宝对沈皇后越发不满，

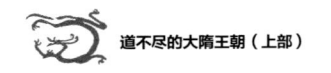

知道扳倒沈皇后的机会来了，便不断在陈叔宝耳畔吹枕边风，添油加醋地诋毁皇后。

张丽华这样做，是为了将儿子扶上太子的宝座。可即便如陈叔宝这种昏君，也知东宫易主是大事，废嫡立庶会引发朝廷动荡，如果想改立他钟爱的第四子陈深，必须得到大臣们的支持。于是，他在群臣面前试探性地提出这件事。

吏部尚书蔡徵一听，这可是巴结皇上的大好机会啊，马上躬身表示赞成，但他还没说完"陛下英明"这四个字，尚书仆射袁宪就大声喝道："太子乃国之储君，万民敬仰，你蔡徵是何身份，居然敢在大殿之上随便议论废立大事？"

蔡徵被震慑住，不敢多言。陈叔宝虽然心里有气，但也不好直接反驳袁宪，只说："蔡徵的建议甚合朕意。"

有袁宪在前面拦着，陈叔宝知道问群臣也是白问，索性不再商议此事，直接于南陈至德三年（585年）宣布贬太子陈胤为吴兴王，立张丽华的儿子陈深为太子。陈深虽为庶出，但举止严肃、品行端正，连近身侍从都很难看出他的喜怒。

改立太子后，陈叔宝便迫不及待地将废沈皇后、立张丽华为后提上日程。强敌压境，宗庙社稷即将毁于一旦，南陈居然还在改立太子和皇后这等事情上叽叽歪歪。亡国之后，哪里还有什么皇帝、皇后和太子？

与此同时，杨坚又设置淮南行台，任命杨广为行台的一把手。这个任命，为杨广日后与他哥哥杨勇争斗时抢得了高分。

直到这时，陈叔宝对形势仍然没有一丁点的清醒认识，他还在派王琬、许善心出访长安。此前，每当南陈使团来到大兴城时，杨坚都给予热情友好的接待，而这一次，他下令将王琬和许善心扣在驿馆里。王琬多次抗议，杨坚都置之不理。

风云变幻

开皇八年十月二十八日，杨坚终于下令出兵。

这一天，他来到太庙，庄严地祭告先祖：他要出兵南征，一统神州。此战若成功，则四海之内自汉末以来几百年的分裂局面就可以彻底结束。他不但建立了大隋，也改写了历史，这是很多皇帝无法企及的。

在太庙里，杨坚任命杨广、杨俊、杨素为都元帅，分数路南下：杨广出六合（今江苏省南京市浦口区），杨俊出襄阳（今湖北省襄阳市），杨素出永安，荆州刺史刘仁恩出江陵，蕲州刺史王世积出蕲春（今湖北省黄冈市蕲春县），庐州总管韩擒虎出庐江（今安徽省合肥市庐江县），吴州总管贺若弼出广陵（今江苏省扬州市广陵区），青州总管燕荣出东海。

这次出征的将领，仅总管级别的就有九十人，总兵力五十一万八千人，大隋几乎所有的高级武将和精兵都出动了。而这一支倾全国兵力的军队受杨广节制，杨广在杨坚心中的地位由此可见一斑。

而此时，杨广未满二十岁。南征的实际决策者是高颎和王韶。

数十万水陆之军在长江北岸摆开，东接东海，西据巴蜀，旌旗舟楫横亘数千里，蔚为壮观。

十一月初二，杨坚在大兴城举行仪式，为出征将士壮行；之后又在其他城池举行了隆重的誓师大会。回到大兴城后，他接到一个重大消息——处罗侯死了。

处罗侯是一个好战分子，趁着与大隋修好、大隋南征之际，出兵向西攻打邻国，在战斗中被流矢射中要害部位，也算是战死沙场。处罗侯虽好战，但他对大隋实行友好政策，现在他突然死去，突厥局势再次变得不可预测起来。在这样的紧要关头，这种局势变化是极危险的——大隋几乎所有的兵力都摆在长江北岸，此时正鼓角齐鸣、万船齐发、向南急驶，如果突厥突然打过来，杨坚根本来不及调兵！

幸亏突厥内部作出的一个决策，让杨坚把提到嗓子眼儿的心又落了回去——他们拥立雍虞间为大可汗，号颉伽施多那都蓝可汗。这哥们的可汗名号虽然很长，但性格懦弱，不敢对大隋有所动作。杨坚在心中高喊：真天助我也！

薛道衡论伐陈

此时的长江前线。

实际军事指挥者高颎站在岸上，目光扫过波涛汹涌的江面，直望南岸。他虽然长期研究对陈作战的方案，在皇帝和群臣面前陈策时表现得胸有成竹，但灭陈是历史性事件，此前很多北方豪杰也曾站在这里南望，最后都铩羽而归，某些王朝甚至因此急转直下，最后灭不了南朝，自己却先死了，苻坚就是典型案例。所以，当他南望时，心情十分复杂。他收回目光，转头问身边的薛道衡："今段之举，克定江东已不？君试言之。"

薛道衡也是当时的大才子。他出身世家，天资早慧，年轻时就已才名远播，在北齐与李德林齐名。他在北齐朝廷的主要职责就是接待南陈来使，与其斗口才、拼学问。当时，南陈使者傅𬘩同他辩论后，对他极为推崇，赠他诗五十韵，薛道衡也步韵而和，而且写得比傅𬘩更华美。两人的对诗一出笼，旋即传遍大江南北，获得一致赞美。魏收读过之后评论道："傅𬘩所谓以蚓投鱼耳。"当时的大名士虽然在外交场上唇枪舌剑，但公事一了，便又以酒就诗、言谈甚欢，而且毫不掩饰对对方的崇敬与赞美。此等风采，确实令人神往。

薛道衡不仅善于作文，还善于谋事，是一个很有政治远见和军事谋略的人。北齐末年，薛道衡多次建议执政者采取对策，防范北周，可惜未被执政者采纳，后来北齐果然为北周所灭。

北齐亡国之后，宇文邕任命薛道衡为御史正二命士。御史是高官，但加了"正二命士"的后缀，就大打折扣了。在北周官制中，御史之下设有上士、正三命士、中士、正二命士、下士、正一命士这几个品级，"正二命士"离"御史"还有一段距离。

薛道衡十三岁时就写出了让他名声大震的雄文《国侨赞》。他怀有不世之才，却屈居二流小官，心中自然意难平。失望之下，他辞官归故里。当然，这样的名士是不可能赋闲太久的，他很快被征召为州主簿，再入仕途，不过官职仍然不大。

直到杨坚当了辅政大臣，薛道衡的仕途才开挂。"三总管之乱"中，杨坚手下人才有限，就让薛道衡随梁睿去打王谦，薛道衡因此被任命为摄陵州刺史，终于当上了上得了台面的官。不久，他被授仪同、摄邛州刺史。按理说，他应该算是杨坚的死党，可在杨坚受禅时，据说他的表现很令杨坚生气，因此将他除名。后来，杨弘北征突厥，又将他召为内史舍人，管理军内的文件，他的仕途才又有了起色。之后，他一直担任出使南陈的职务。

别看薛道衡是一介书生，但在南陈事务上，他是鹰派中的鹰派。他在接受出使任务时，就上奏杨坚，要求杨坚允许他面对南陈时，可以"责以称藩"。当时杨坚正在实施安抚突厥的政策，精力集中于北部边境，还不想刺激南陈，便告诫他道："朕且含养，置之度外，勿以言辞相折，识朕意焉。"要求他一定要将韬光养晦的策略贯彻到底，在外交辞令上能让则让，尽量放低姿态。

当时，偏安一隅的南陈盛行名士风度，士大夫们都喜欢文学。而薛道衡在出使南陈期间，只要有作品问世，"南人无不吟诵"，他成了南陈名士眼中"永远的神"。

由于出使过南陈，又是对陈的鹰派，杨坚将薛道衡派到伐陈的指挥部里，协同高颎指挥作战。当他听到高颎的提问时，马上答道："凡论大事成败，先须以至理断之。《禹贡》所载九州，本是王者封域。后汉之季，群雄竞起，孙权兄弟遂有吴、楚之地。晋武受命，寻即吞并，永嘉南迁，重此分割。自尔已来，战争不息，否终斯泰，天道之恒。郭璞有云：'江东偏王三百年，还与中国合。'今数将满矣。以运数而言，其必克一也。有德者昌，无德者亡，自古兴灭，皆由此道。主上躬履恭俭，忧劳庶政；叔宝峻宇雕墙，酖酒荒色，上下离心，人神同愤，其必克二也。为国之体，在于任寄，彼之公卿，备员而已。拔小人施文庆委以政事，尚书令江总唯事诗酒，本非经略之才，萧摩诃、任蛮奴是其大将，一夫之用耳，其必克三也。我有道而大，彼无德而小，量其甲士，不过十万。西自巫峡，东至沧海，分之则势悬而力弱，聚之则守此而失彼，其必克四也。席卷之势，其在不疑！"

薛道衡的这番豪言实在激荡人心，我特意收录了《隋书·薛道衡传》中的原文，并大致译为现代白话文："我们必能攻克南陈，这是不容置疑的！当年郭璞曾有一句预言：'江东偏王三百年，还与中国合。'现在三百年之数正好到期，以运数而言，这是必然攻克南陈的第一个原因。我主躬履恭俭，忧劳庶政；而陈叔宝荒淫骄侈，酖酒荒色，致使上下离心、人神同愤，这是必然攻克南陈的第二个原因。国之安危兴亡，在于用人，现在陈叔宝以江总为相，总揽朝政，而江总本人除了每日饮酒赋诗、提拔施文庆这些小人外，再无其他，可用之人唯有萧摩诃和任蛮奴，但他们只会逞匹夫之勇，毫无智谋，这是必然攻克南陈的第三个原因。我大隋有道而实力庞大，南朝无德而实力弱小，他们现有的甲士不过十万，疆域却西起巫峡，东至沧海，仅这些兵力，如何部署？如果分兵，则势悬而力弱；如果聚之，则守此而失彼，这是必然攻克南陈的第四个原因。综上四点，可以断言——席卷之势，毋庸置疑！"

高颎一听，朗声大笑道："君言成败，事理分明，吾今豁然矣。本以才学相期，不意筹略乃尔！"意思是：听您说了这些成败之理，我豁然开朗了。我原来只是佩服您的才学，没想到您还能运筹帷幄。

首战告捷

揭幕战由杨素发起。

杨素率水军顺流而下，一口气越过三峡，直插流头滩（又名虎头滩，位于今湖北省宜昌市西北）。

南陈将军戚昕早就有所准备。他率领青龙战舰一百多艘驻守狼尾滩（位于今湖北省宜昌市西北长江中）。这里地势险要，是典型的易守难攻之处。水战是南朝的强项，又据险而守，要拿下他们，不容易！

杨素的大军从三峡风驰电掣而来，士兵们原本信心满满，但见此险峻后，士气立马跌到底——这仗怎么打啊？！

杨素也是暗暗吸了一口冷气，但事已至此，只得硬着头皮把这仗打下去，而且必须打赢，如果首战告负，军心定会不稳，准备得轰轰烈烈的南征只怕会草草收场。当务之急，是要鼓舞士气。

杨素沉稳说道："胜负大计，在此一举！如果我们白天下船，他们就会掌握我们的虚实。加之滩流迅急，船只难以把控，我们就会失去上游的有利条件。所以，不如夜里行动，给他们来个突然袭击，他们不会想到咱们敢于夜间行动！"

当晚，杨素率领数千艘黄龙船顺流而下，向南陈的水军阵地冲过去。他命令王长袭率步兵悄悄登上南岸，袭击戚昕的别营；还命大将军刘仁恩率骑兵自北岸向白沙进发。黎明时分，各路部队均到达指定地点，一起发动进攻。

戚昕果然没有想到对方敢于在夜间展开水上行动，摸上人生地不熟的南岸。他在睡梦中迷迷糊糊地听到喊杀声，还以为自己昨晚喝得太多，到现在还未酒醒。正当他摇摇头、想唤醒自己的思维时，门外有人急闯进来："报大帅，隋军打过来了！"

"什么？这怎么可能？！难道隋军夜间也敢下江？你再说一遍！"

来人满脸是汗，两腿还打着哆嗦："是真的，江面上全是隋军的船啊！不信请大帅亲自去看！"

此时，帐外已经鼓声如雷，戚昕再怎么醉酒，也彻底醒了。他急忙胡乱披衣出来。隋兵的黄龙舰已经直冲而来，自己手下的士兵慌成一团。再放眼望去，上游的敌船还在继续成片而下，一眼望不到边。在戚昕的认知中，敌人不善水战，肯定会在天气良好的情况下才敢向自己展开军事行动，而自己完全可以根据敌人的情况及时调整战术，凭险而攻，让敌人损兵折将，哪知隋军神兵天降，现在不仅士兵们乱了，连他本人也乱了。

情急之下，戚昕这个主将居然不管士兵们的死活，自己上岸逃得不见踪影，这下南陈军彻底失去了主心骨。杨素乘胜追击，戚昕部除战死之外，全部成为俘虏。

杨素并没有虐待战俘，而是很讲人道地来了个"劳而遣之"。被释放回去的南陈士兵自然会告诉百姓，隋军英勇善战、纪律严明而且讲仁义，这就是传说中的威武之师、仁义之师。三国两晋南北朝的几百年乱世中，各路军阀干尽了丧尽人伦、有违天理的事情，百姓早就盼着仁君圣主派遣王师来救自己于水火，如今有前线士兵亲口告诉自己,总算盼来了这样的王师,百姓焉有不箪食壶浆以迎王师之理?

首战告捷后,隋军信心大增。杨素率领庞大的舰队,扬帆东下。当时,长江沿岸的人们望着江面,但见舟舻蔽江、旌甲曜日,而杨素庄重威严地坐在战舰的甲板上,仪表堂堂、体魄雄健,南陈人望而生畏,皆惊呼:"清河公即江神也!"真把他当男神了!

随着杨素的舰队一路东下,南陈沿岸的各镇要塞纷纷向朝廷告急,请朝廷立刻做好协调,部署兵力。当这些告急文书如雪片般涌向建康、堆满施文庆和沈客卿的长案时,两人都大手一按,统统压下不报。他们知道,皇帝是最不爱听坏消息的,如果将这些消息报告给陈叔宝,自己肯定没好果子吃——这便是"花剌子模信使问题"的具体表现。

相传,在中亚古国花剌子模,有一个十分奇怪的习俗:凡是给君王带来好消息的信使,就会得到提升;凡是给君王带来坏消息的信使,就会被喂老虎。于是,将帅出征在外,凡麾下将士有功,就派他们给君王送去好消息,以使他们得到提升;若将士有罪,则派他们送去坏消息,顺便给国王的老虎当食物。王小波先生据此写了一篇文章,就叫《花剌子模信使问题》,首发于《读书》杂志1995年第3期,后来收录在王小波先生的文集《沉默的大多数》中。

花剌子模到底有没有这个风俗,正史上无记载,我们后世人也就不得而知了。不过在其他正史中,记载了许多类似的故事。例如《左传·哀公十三年》记载的越国伐吴的故事:"吴人告败于王,王恶其闻也,自到七人于幕下。"此事在《史记·吴太伯世家》中也有记载:"吴人告败于王夫差,夫差恶其闻也。或泄其语,吴王怒,斩七人于幕下。"这两段记载的大意是:吴王夫差担心打败仗的消息传开,就将通报消息者全部杀掉了。

再如刘邦，他打算对付匈奴，而匈奴隐藏实力，把精壮的士兵和肥硕的牛马都藏了起来，只在外面留了老弱残兵和病恹恹的牲畜。刘邦前后派了十个使臣，都被骗了，回来就说匈奴羸弱不堪，可以打；只有刘敬谏言说这是匈奴人的圈套，不能打。刘邦为此大骂刘敬："竖子只会耍嘴皮子，说这种不祥之言乱我军心！"于是给刘敬套上刑具，把他关起来，还差点杀了他。后来大家都知道了，刘邦轻敌冒进，遭匈奴围困，险些被活捉，史称"白登之围"。

历史中，这种事情层出不穷，夫差和刘邦算是两个典型。施文庆和沈客卿不可能知道"花剌子模信使问题"，但这其中的道理他们不会不明白。既然如此，又何必送自己入虎口呢？

转瞬即逝的警惕

别说臣下不靠谱，陈后主本人更是常搞一些"迷之行为"。

全天下人都知道，对南陈有着致命威胁的是大隋，只有陈叔宝没把大隋当回事儿，而将注意力集中在刚刚从江陵投奔而来的西梁降将萧岩和萧瓛身上。这两人来投奔时，可不是只带着他们的家眷，而是带了军民十万之众。陈叔宝一见这个规模，心里既激动又担忧——激动的是添了十万可以纳税的子民，担忧的是这十万西梁遗民闹事。

为了防止隐患，陈叔宝将十万西梁遗民分散到边远地区安置，又任命萧岩为东扬州刺史、萧瓛为吴州刺史，并派南陈大将任忠率兵驻在吴兴郡——明眼人一看就知道，这是在监视萧岩和萧瓛。

江陵向来是繁华之地，这十万西梁遗民追随萧岩和萧瓛来到南陈，本以为可以在扬州安居乐业，哪知被安排到艰苦之地，心中充满了不甘与怨念；而萧岩和萧瓛满怀诚意地前来投奔，最后就是这样一个待遇，心中也是叫苦不迭。

第五章

　　此时的南陈边防线已是岌岌可危。朝廷安排陈慧镇守江州，陈彦镇守南徐州（包括徐、兖、青、并、扬等郡邑，治所位于今江苏省镇江市）。这两个地方既是江防要塞，更是建康的两大屏障。此时正值年底，马上就到元会了。陈叔宝这个爱讲排场的昏君，居然为了元会而将陈慧、陈彦这两个宗室召回到建康来。更要命的是，他竟然还要求沿江戍守的船只全部跟从陈慧、陈彦返回建康。据说这样做的目的是想借机向西梁遗民彰显南陈的强大。当这些舰队浩浩荡荡地东下之后，江面上就再也没有一条船了，等于主动撤除自己的江防系统。这下，长江天险就只剩下滚滚洪流，再无一兵一卒把守了。

　　南陈的上游诸军看到这个情况，都知道国都危殆，但杨素的舰队塞满江面，南陈军即使想勤王也无济于事。

　　陈叔宝不仅疑忌萧岩这种投奔而来的外臣，对自己的弟弟陈叔文更是忌惮不已。陈叔文是陈顼的第十二子，现任湘州刺史。此人虽然"性情轻险、好虚荣"，但颇有名士范儿，治理湘州时也颇有美名，当地百姓对他还是很拥护的。如此一来，便受到皇帝哥哥的猜忌。于是，陈叔宝在酒色活动的百忙中抽空下旨，撤掉弟弟的官职，派自己信得过的人去当湘州刺史，但陈叔宝自己也犯难了：这些年来，他忙于酒色、荒于政事，很少施恩于大臣，派那些未得皇恩的大臣去代替宗室皇亲，真的靠得住吗？

　　犹豫之际，陈叔宝想到了施文庆，他可是朝中的伯乐啊，总是向自己举荐人才，从没给自己添过麻烦。嗯，这个人可以重用，可以独当一面，那就让他接替陈叔文的湘州刺史之职吧。

　　就这样，陈叔宝拜施文庆为都督、湘州刺史，分给他两千精兵，准备派他西上，然后征召陈叔文回朝。

　　得到这个任命后，施文庆喜得半夜都要在床上舞几下，可他又担心自己离开朝廷外任后,自己原来官位的继任者会掌握自己处理朝政时的种种内幕,转头就告发到皇帝那里,那就大事不妙了,为今之计就是推荐沈客卿接自己的班。对此,陈叔宝当然没有意见,他命沈客卿在施文庆赴任前,同施文庆一起办公,以便尽快熟悉政务。两个奸佞就这样沆瀣一气,将朝政玩弄于股掌之间。

这时,南陈江防告急,武将们急得如热锅上的蚂蚁。樊毅对袁宪说:"京口(今江苏省镇江市京口区)、采石(今安徽省马鞍山市)都是战略要地,一定要在这两个地方各部署五千精兵,而且必须配备金翅船二百艘在江上巡逻,以备非常。"

金翅船是大型战舰,甲板上搭建有几层高的楼,各层都有女墙垛口,可以配备弓箭手、长枪兵,远近交战皆宜。楼船上还配备几对拍竿,其中的大拍竿沿船体两侧排列,就像大船的"两翅",故称"金翅船"。

袁宪和萧摩诃皆以为然,众武将也赞成,于是大家联名奏请陈叔宝按樊毅的建议去部署,可施文庆和沈客卿却不同意。施文庆不同意,是怕把部队都分派到京口,自己无兵可带,湘州刺史这个已经到手的官位就有飞掉的可能。沈客卿不同意,是怕施文庆不能外任当刺史,就会留在原位继续当政,自己就不能专权了。

两人心思不同,但目标一致,便在朝堂上对众武将大声道:"诸位有什么议论请求,不必一定要当面向皇上陈奏,只要写好书表,我等就会立刻转奏。"

袁宪他们一心为国,在弄权方面比起施文庆之流来就弱暴了,对这二人的话信以为真,马上写了奏章,交由施文庆和沈客卿转奏。在忠直之臣看来,大厦将倾,即使独木难扶,也要拼最后一线希望;而在奸佞看来,如果对自己从中谋利有损,即使事关国之存亡,也要千方百计阻止。

众武将从朝堂上退下后,施文庆和沈客卿拿着奏章入宫面见陈叔宝。陈叔宝览奏后,觉得也有些道理,这二人便赶紧说:"陛下,此是常事,边城将领是完全可以挡得住的,不必大惊小怪。如果一定要小题大做,战舰和部队频繁出入,只会造成民众的恐慌。"

陈叔宝一听,两位重臣说得有理,现在是稳定压倒一切。

没几天,隋军就临江了,隋军派出的间谍也在江南各处出现,南陈的军情危急到已火烧眉毛了。袁宪等人见他们呈上去的奏章毫无音信,焦急之下,连续上书,奏请尽快部署。

陈叔宝一看,也紧张起来,忙叫来施文庆。

施文庆不慌不忙地躬身安慰道:"陛下,眼下咱们的头等大事是筹备元旦朝会。按日程安排,南郊大祀那天,太子必须率领很多部队参加,如果现在向京口、采石增派部队和战舰,南郊大祀的场面就会很难看,我圣朝还有何颜面?"

陈后主这时的脑路似乎又有点清晰起来:"朕看不如暂且出兵,如果江北无事,就顺便以这支水军参加郊祭。"

施文庆想不到陈叔宝还能想出这个两全其美的办法来,他又赶紧劝道:"这样做当然也可以,只是这事要是传出去,被隋国那边的人知道,会笑话我们的!"

可是陈叔宝仍然摇头,不同意他的话。

施文庆一看,心里急了——陈叔宝向来对自己言听计从,这可是他第一次对自己的意见产生怀疑。告退后,他马上拿出大量的金银财宝,送到江总面前,差点闪瞎江总的眼睛。江总瞬间就明白施文庆的来意。平时,这厮就是一只貔貅,只进不出,如今大放血,肯定有大事求自己办。

江总笑眯眯地问:"施公有何驱使?"

施文庆作揖道:"劳烦江公入宫面圣,帮下官说服陛下,别派部队去京口和采石,这势必影响南郊大祀,有损我大陈威仪。"

江总一听,这事好办,便笑纳了施文庆的"心意",然后进宫去做陈叔宝的思想工作。

陈叔宝见江总都出来说话了,只得不再坚持,但见群臣反复奏请部署兵力,所以感到左右为难——这可是他当皇帝之后第一次为朝政的事头疼。他的智商解决不了这等大事,只得将皮球踢给大臣们,命大家认真思考、反复论证后再作决定。

就连江总也没想到,向来不理政事的陈叔宝会认真起来。江总知道,群臣们肯定会坚持"部署兵力"的方案,但拿人钱财、替人消灾,他绝不能让任何事情夺走已经到手的财宝。

虽然自己劝不了皇帝,但作为朝廷宰辅,他对群臣们还是有办法的。他终于暂时放下诗酒,亲自主持群臣们的讨论。在讨论会上,他对以袁宪为首的出兵派进行了多方压制,讨论会最终不了了之,而陈叔宝也不再理会这事了。

其实,陈叔宝也知道隋兵已杀入家门,但他并没有急着召集群臣商讨对策,只是站在琼楼玉宇上望着建康的天空,对侍臣从容说道:"王气在此。齐兵三来,周师再来,无不摧败。彼何为者邪!"意思是:王气在此,隋军能奈我何?想当年,齐兵三次大举进犯,周师也两次大兵压境,最后皆遭惨败,隋军又算得了什么!

陈叔宝的历史,估计是体育老师教的。他只知道当年北齐、后周都被南陈击败,但他也不想想,击败北齐、后周的都是什么人:当年陈霸先何等英雄,手下又有几员猛将,这才把齐师数番阻在江北;陈蒨、陈顼两人在位时,宵衣旰食、政治清明、深得人心,这才勉力抵抗住北周的南侵，保住江南一隅；现在他把国家搞得乌烟瘴气、奸佞当道、民不聊生、人心尽失，弄权小人为了一己私欲而不惜陷国家于危殆之中，忠直之臣即使有心报效，也无力扶大厦之将倾。

陈叔宝发完感慨后，孔范适时送上了绝佳的逢迎："陛下英明！长江天险难道是虚设的？自古以来，长江就是为了隔绝南北而存在的，臣不信隋兵都长了翅膀，个个能飞过来。现在边关告急，不过是武将们想建功立业、小题大做而已。臣倒盼着敌军真的渡过长江，如此一来，便有报效我主之机，可惜敌人不给臣这个机会，可恨亦复可惜！"

据说孔范是孔子的第三十世孙，史载他"容止都雅，文章赡丽"，与江总同为狎客，是陈后主最喜欢的那类富有文采又善于谄媚的小人。而且他尤其擅长文饰陈后主之过，还与孔贵人结为兄妹，宠遇优渥，举朝莫及。

陈叔宝见孔范那一副痛心疾首的样子，心中的安全感又疯狂地飙升起来，觉得建康的王气密不透风地笼罩着他，任杨坚如何有能耐，发动多么猛的进攻，建康城也会针插不入、水泼不进。

恰好此时有人来报说隋军的马匹死了很多，孔范马上躬身道："这些军马都是我大陈的马，怎么会死呢？"言下之意是：这些马若渡江，必不能北归，都将为南陈所有。

陈叔宝听后哈哈大笑，法言（孔范字法言）真是豪气冲天啊！有这样的能臣，朕何虑之有？就这样，陈叔宝好不容易产生的些许警惕全部蒸发了，他再次开启醉生梦死模式。

王气侧漏

转眼就到了开皇九年（589年）正月，陈叔宝盼望和筹备已久的元会终于到来，于正月初一这日如期举行。那帮奸臣做别的事不行，搞这种面子工程，那个顶个都是行家。

陈叔宝按时来到朝堂，准备接受群臣的朝贺。他望着身穿崭新朝服的满朝文武，整齐地班列，只等一声令下，便向他行礼如仪，他的心头充满了作为皇帝的幸福感。哪知，奸臣们将场面布置得华丽异常，但苍天却来了一次示警。陈叔宝才刚坐定，突然间，浓雾四起，朝堂里也是雾气如浓烟，片刻之间，室内的能见度就直降到伸手不见五指的程度了。

陈叔宝见雾气弥漫朝堂，大喜过望——瞅瞅，王气多得把朝堂搞得和人间仙境似的，老天爷，朕谢谢你！

哪知，感谢的话还没说出口，一股恶气便窜入鼻孔，辛酸异常。陈叔宝的头脑中刚冒出"不对劲"这个概念，便陷入缺氧状态，意识渐弱，昏睡在龙椅上。

群臣见皇上突然睡着了，都以为是《玉树后庭花》唱得通宵达旦，圣上没有休息好，都不敢惊扰圣驾。陈叔宝就在龙椅上一直睡着，直到申时（下午三点至下午五点之间）才醒来，这个他投入大量精力去筹备、不惜撤掉边防部队来举行的元会，就这样草草收场了。至于为何会突然起雾，以及窜入陈叔宝鼻孔的那股恶气究竟是什么，都已是千古之谜。

遍地挂起投降风

就在南陈元会当天，贺若弼一声令下，所属部队冒着奇冷的春寒，千舟竞发，从广陵渡江，又在长江沿岸撕开一道突破口。

贺若弼为伐陈作了长期准备，很早就被杨坚指定为南征的指挥官之一，多年来一直在长江边作部署。他虽是十足的鹰派，但战前准备工作做得很隐蔽。他将军中的老马全部就地拍卖，然后购买了大量的南陈船只，并将这些船藏匿起来。接着，他收购了五六十只破船，将其停泊在小河里。南陈间谍一看，用这些破船也想装备水军？你们对长江天险是不是有什么误会？看来，隋国是没有战舰的。

贺若弼还要求沿江防守的隋军在换防交接时，务必集聚于广陵。当这些部队开到广陵时，大举旗帜，搞得营幕遍野、声势浩大。对岸的南陈守军见势，以为隋兵要大举进攻了，急忙集结，严防死守。可他们在那里枕戈待旦、要杀个气壮山河时，隋军却毫无动作。连续几次之后，南陈守军这才恍然大悟——原来隋兵是在换防。

你们隋国人吃饱了撑的啊，把换防搞得也太有仪式感了吧，害我们紧张兮兮的！

习以为常后，不管对岸的隋兵玩得怎样热闹隆重，南陈守军都懒得理会，就这样渐渐放松了警惕。

贺若弼见对方果然上当，就玩得更加投入了。他派军队沿江打猎，弄得人欢马叫。几番下来，南陈守军又对隋军这个自由散漫模式习以为常，不管对方玩得有多嗨，都心生麻木了。

贺若弼见不管自己怎样折腾，对方都变得漠不关心，便知已达到目的。这一次，他集结部队时，同样搞得声势浩大，而南陈守军继续习以为常。直到隋军南渡时，南陈守军仍然没有警觉。

袁宪等人都曾建议在采石部署精兵，但因施文庆、江总的反对而作罢，所以此时江南重镇已经毫无防守了，隋军如入无人之境。

负责进攻采石的是韩擒虎，他带着五百人半夜从横江浦（位于今安徽省马鞍山市和县东南，与采石相对）出发，袭击采石。南陈守军刚刚欢度元日，全军上下喝得大醉。韩擒虎顺利登陆后发起突袭，南陈兵毫无抵抗之力。江南重镇采石就这样被韩擒虎轻松拿下，战斗的激烈程度还不如一场军事演习，连韩擒虎都有点不好意思了。

杨广见杨素、贺若弼、韩擒虎都已行动，而且都取得了超出预期的成功，也率主力部队挺进到六合镇。

而此时，离采石不远的建康城里，陈叔宝等一干人还沉浸在节日的欢乐之中，狎客们个个都在吟诗写赋、歌功颂德，说南陈正在圣主治下进入空前的盛世，南陈国曲《后庭玉树花》的靡靡之音此起彼伏……

第二天，也就是正月初二，居然在酒醉状态下还能逃脱出来的采石戍主徐子建拼命逃到建康，向朝廷报告——采石已经失守！

采石一失，建康就完全暴露在敌人眼前了。只要头脑正常的人接到这个报告，都会吓得面容失色，马上准备撤离，留得日后反击。可陈叔宝居然无动于衷，直到翌日才通知大臣们来开会，告知大家采石失守的消息，商讨下一步该怎么办。众臣面面相觑，谁也不敢吱声。而陈叔宝依然镇定如故，丝毫没有气急败坏。

见群臣都低头不语，陈叔宝只得自己拿主意。第二天，他下诏："犬羊陵纵，侵窃郊畿，蜂虿有毒，宜时扫定。朕当亲御六师，廓清八表，内外并可戒严。"这几句话，虽然文辞工整、铿锵有力，但实际内容概括起来只有两个字——戒严。

采石都被人家占领了，站在建康城头都能闻到北朝人的气息了，当然得戒严。陈叔宝虽然认为建康的王气浓郁得能把他熏死过去，但战斗还是要进行的，他终于进行了军事部署：任萧摩诃、樊毅、鲁方达为都督，司马消难、施文庆为大监军，遣南豫州刺史樊猛（樊毅的弟弟）率舟师出白下（今江苏省南京市西北），散骑常侍皋文奏镇守南豫州（辖境包括今安徽省、江苏省、河南省、湖北省这四省的部分地区）。

从陈叔宝的安排来看，他对萧摩诃等人仍然心存猜疑，这才叫施文庆当萧摩诃的监军。监军可是代皇帝看住军事指挥官的职位,监军的那双眼睛不用观察敌情,只需要死盯着指挥官即可——都到了生死关头,陈叔宝仍然不惜刀刃向内,防内甚于防外。

仅仅调兵遣将是不够的,总要有士兵真正投入到战斗中才行。到了这时,陈叔宝才吃惊地发现,建康的部队人数太少了,根本应对不了大战。情急之下,他设立重赏,征发僧道等出家人服役,要求他们丢下法器、拿起武器,准备战斗。

在陈叔宝手忙脚乱地凑人数时,贺若弼已经攻拔京口,活捉南徐州刺史黄恪。至此,建康的两大屏障尽陷隋军之手。而隋军纪律严明,做到了对百姓秋毫无犯。

贺若弼在拿下京口之后,有一名士兵想喝几口酒来庆祝胜利,就到街上买了几斤酒。贺若弼知道后,将这名有违军法的士兵立斩不饶。然后,他像杨素一样,将六千名南陈战俘全部释放,而且让他们饱餐后再出发,还发给盘缠,助他们回归家园。更重要的是,贺若弼给他们每人发了一份宣传单,让他们转告江南的乡亲父老,王师很快就会救他们于水火。这个举动果然收到良好的效果,南陈军民都引颈而望,只要隋兵开到,立刻投降迎王师。直到此时,南陈军还没有哪路部队主动出击,抵抗源源而来的隋兵。

南陈主将之一樊猛刚刚被任命为南豫州刺史,可他人还在建康,只得让儿子樊巡代行刺史之职,驻守姑孰(今安徽省马鞍山市当涂县姑孰镇)。

樊猛乃悍将,当年他率部追随王琳、攻打萧纪时,屡立战功;之后又随同王琳与陈霸先手下的几大战将对阵,竟将他们全部生擒过去。王琳失败后,他归顺了南陈。都说虎父无犬子,可他的儿子樊巡的军事才能远不及父亲,在韩擒虎进攻姑孰时,樊巡咬紧牙关,也只守了半天就被攻克，樊巡本人和樊猛所有的家人都成了韩擒虎的俘虏。

跟樊猛一同临危受命的皋文奏就更弱了，才跟人家接触不到一个回合就宣布失败，拼尽吃奶的劲儿抱头而回，向陈叔宝报告——我被人家打败啦！

皋文奏虽不是名将，但好歹也是陈叔宝眼下能调遣的抗敌四大将之一，就这么被人家揍得毫无还手之力，这要是拍成影视剧，观众刚坐在沙发上，还没来得及吃一口薯片，他就"领盒饭"了。

皋文奏个人的失败不算什么，但对南陈士气影响太大了——连朝廷对其充满期望的皋大将军都如此不堪一击，别人还敢和隋军交手吗？再加上隋将利用俘虏为隋军充当宣传喇叭，百姓们早就盼星星、盼月亮地期盼隋军的到来，韩擒虎的大军一开到，南陈百姓都自发到军门拜谒韩大将军，大家排着长队，昼夜不绝。见此情景，南陈众将心里仅存的一丝斗志也随风而散了，只等着归顺大隋。

又用又疑

不过，还是有人誓死抵抗到底的，这个人就是鲁广达。

鲁广达也是南陈的宿将。在"侯景之乱"时，他就随其兄鲁悉达起兵。后来，他因军功受封晋州刺史，全程参与了"侯景之乱"的平定。在萧绎时期，他是王僧辩手下的得力战将。后来，他又归顺陈霸先，被任命为散骑常侍。湘州刺史华皎造反时，鲁广达随吴明彻前去剿灭，立下了大功。之后，他出兵三峡，招抚定、安、蜀三州，巩固了南陈的西部边防。他虽然在战场上打得奋不顾身，给人的印象是莽汉一个，但其实他的心思极细。任巴州刺史时，他对北周的防范甚是严密。他发现北周在蜀水边上大规模建造船只、屯贮粮草，就知道北周在作抢占江北的打算。他不动声色，秘密联络郢州刺史钱道戢一起出兵，向北周发起偷袭，把北周的船只和粮草付之一炬，然后泰然率兵回到巴州。

当时的南朝官员，几乎就是奢侈腐败的代名词，但鲁广达却是浊流中难得的一股清流。他为官清廉、待人真诚、爱民如子，因此深得巴州百姓的拥戴。当他在巴州任职期满时，巴州百姓联名上书，请求朝廷让他继续在巴州当他们的父母官。于是，他又在巴州刺史一职上延了两年。

陈顼发动太建北伐时，鲁广达积极参与其中。他率部收复了淮南旧地，之后与北齐军在大岘会战，取得重大胜利，在战场上将对方指挥官张元范斩首，并攻克徐州，当场被任命为都督北徐州诸军事、北徐州刺史。但在陈宣帝太建十一年（579年），北周大将梁士彦南征包围寿春时，鲁广达被打败，使得淮南之地又尽数丢失，他因此被免职。不过，这样的免职同当年诸葛亮请辞一样，是做样子给别人看的——南陈的人才本就不多，哪能真的让鲁广达这样的战将赋闲？翌年他就被起复。回归沙场后，他与樊毅搭档，率兵北伐，连克郭、默等城。陈顼对他的战功大加表彰，任命他为使持节、西平将军，都督鄀州以上七州诸军事，率水军四万镇守江夏（今湖北省武汉市江夏区），多次击退北周的进犯。

如果南陈朝廷继续让他手握重兵驻扎江夏，全面负责鄀州以上七州的全部军事行动，杨素等人南下的阻力就不是一般大了。可是，陈后主既无战略眼光，也无识人之明，他那双眼睛一接触到这些武将，心中的猜忌便油然而生。他对隋军很放心，却对自己的将领起疑心。即位之后，他就把鲁广达的兵权夺了，召其回朝当安左将军，一阵折腾后又晋升其为中领军——职务虽然越来越大，但手里的兵权却越来越单薄。

165

鲁广达虽然在朝为官，但他的家人仍在新蔡（今河南省驻马店市新蔡县）。他的两个儿子鲁世真和鲁世雄对南陈已经失望至极，看到别人都排队去向韩擒虎投降——投降韩擒虎在南陈已经成为武将的一种潮流——他们也率部跑到韩擒虎那里，办理了投降手续。大家都投降了，我们独木难支，何必做困兽之斗，与仁义之师为敌？

韩擒虎这些天来收编了大量前来投降的南陈武将，其中很多武将，他只是招待一餐后便令其解甲归田了。现在见鲁广达的两个儿子也归顺大隋，知道这才是收服重量级人物的一步好棋，心中喜不自胜。他热情招待鲁氏兄弟，一番推杯换盏、推心置腹后，鲁氏兄弟对韩擒虎极为拜服。也不用韩擒虎说什么，他们主动拿起笔，给还在建康的父亲写了一封劝降的家书：朝廷腐败至此，请父亲不要再固执愚忠，您为国出生入死，却备受昏君猜忌，不是我鲁家对陈家不仁，而是他陈家对我鲁家不义！

鲁广达此时正率部驻扎在建康，收到这封家书后，居然主动向陈叔宝报告，当面向陈叔宝请罪。陈叔宝无论怎样猜忌武将，也知眼下正是用人之际，不能处分鲁广达，只得和颜悦色地劝慰道："令郎是令郎，鲁公是鲁公，朕深知鲁公的忠心，望鲁公尽忠报国。"说完，还赐给鲁广达金银财帛，让他回营做好本职工作。从这件事来看，那些皇帝安抚臣下的基础操作，陈叔宝还是玩得转的，只是他将玩乐当成人生的第一要务，穷奢极欲、宠信奸佞、懒政怠政，先辈拼命打下的基业，就这样被他这个不肖子孙给断送了。

虽然暂时稳住了鲁广达，但陈叔宝终究放不下心中的猜忌，他将怀疑的目光投向了樊猛。此时，樊猛和蒋元逊率八十多艘青龙大船在白下（位于今江苏省南京市白下区，该区已撤销）巡游，以防备六合的隋兵。六合的隋兵指挥官正是杨广。六合在建康的北面，稍一放松,隋兵就可以直击建康。由此可知,樊猛肩负着看守家门的重任。但陈叔宝的疑心一起,什么重任就都不重要了。

当然,他怀疑樊猛是有理由的:樊猛的妻儿眼下都被隋军控制,江南又遍地挂起投降风。别人投降也就罢了,要是樊猛带着那八十艘大船投奔了杨广,建康立马就完蛋——建康的王气再怎么浓郁也挡不住啊!陈叔宝为这个事,停了几天的《玉树后庭花》合唱,冥思苦想解决的办法,他脑海里最后蹦出的念头是——派镇东大将军任忠去取代樊猛,但他又不好意思直接对樊猛宣布这个决定,就叫萧摩诃去找樊猛,采取迂回的谈话方式,慢慢接近这个话题。当萧摩诃小心翼翼地把陈叔宝的这个想法提出来后,樊猛瞬间脸色大变。萧摩诃把这个情况汇报给陈叔宝,陈叔宝听后也不敢吱声,生怕樊猛受到刺激后,什么事都做得出来。于是,这个想法最终只能拍回脑海里。

正所谓"用人不疑,疑人不用",而陈叔宝是"又用又疑"。因为猜忌把自己搞得越发被动,何苦来哉!

目吴会于云间

陈叔宝把自己搞得很被动,南陈前线就更被动了。

贺若弼和韩擒虎分工合作,一个从北道出发,一个从南道挺进,两路并驾齐驱,向建康夹击而来。所到之处,南陈沿江诸戍毫无例外地望风而降。贺若弼分兵占领了曲阿(今江苏省丹阳市),切断了南陈援军的通道,然后率领主力部队进逼建康。

贺若弼这个行动,立刻使建康处于孤立无援的境地,逼得陈叔宝提前同隋军进入决战。南陈各地的部队之前就没有参与抵抗,此时早已降的降、散的散,几乎无任何勤王之兵。

陈叔宝也觉得光凭王气是保不住性命的,急忙进行部署,命他的

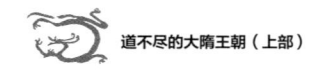

弟弟——豫章王陈叔英（南陈高宗宣帝陈顼第三子）屯驻朝堂。陈后主万万没想到，盛大的元会才刚结束，盛世颂歌的余音还在绕梁，朝堂就成了抗击隋军的前线。

陈叔宝又命萧摩诃屯驻乐游苑、樊毅屯驻耆暗寺、鲁广达屯驻白土冈、孔范屯驻宝田寺——这哥们到处吹牛说全国只有他一人是文武双全的人才，他这辈子最恨的是隋军没有打过来给他建功立业的机会，现在人家数路大军隆重开来，他那张嘴倒像是丧失了说话功能似的，一言不发，只老老实实地听从陈叔宝的安排，满脸是汗地守在宝田寺内。另外，任忠也率部赶来，屯兵朱雀门。

此时，南陈几名猛将都守在建康城四周。一看这个形势，就知南陈必亡。战端才起不久，隋军就兵临建康，并切断了建康与外界的联系，使其成为无援的孤城。尽管当年南朝数次取得国都保卫战的胜利，但每次都是费了九牛二虎之力才把敌人赶走，而现在的情形相比往时，已经大大不同。以前，南朝的将领都是当世名将，勇悍无匹；北朝的皇帝也无吞并江南的雄心壮志，因此杀到建康外围的都不是北朝的主力部队，大多是一些偏师，被南朝部队一阻击，便进退失据，以失败告终。现在，隋朝倾全国兵力南下，杨广、贺若弼、韩擒虎率领的大军直捣黄龙，杨素的数千战舰在长江上破浪东下，死死堵住南陈增援建康的水师；况且南陈朝廷人心不齐，君臣都将精力花在了奢侈享乐、钩心斗角、相互猜忌上，哪有心思花在国政军政上？真真是"内斗内行，外斗外行"。就算隋军没打过来，内耗最终也能消磨完这个偏安江南一隅的小朝廷的寿命。

几路隋军从从容容地向建康开来：贺若弼进据钟山，把大营屯驻于白土冈之东；杨广派他的总管杜彦率兵前来，与韩擒虎会合，然后驻扎于新林；蕲州总管王世积则以水军出九江，正好碰上南陈大将纪琪,还没开打,南陈水军便纷纷丢掉兵器,向隋兵投降了事。

杨广将这些情况全部报告给了杨坚,杨坚龙颜大悦,立刻大宴群臣,向大家宣布了这个好消息。

杨坚举目南望,直有"目吴会于云间"之感。

奸佞误国

此时,陈叔宝在被围困的建康城里坐卧不安,晕头转向。本来建康城里还有十余万甲士,但他天生怯懦,又对军事一窍不通,面对此等困境,不知如何是好。他愈发感到前途渺茫、生死未卜,最后难以抑制地大哭起来,这一哭,就再也停不下来,白天哭,晚上也哭,可是情况不是因你哭得感天动地就能向好的,堆积如山的军政事务需要处理,大臣们的奏章、各处的告急文书还在源源不断地摞到他的龙案上,而他的脑子已经满是浆糊,即使你让他唱一曲他最拿手的《玉树后庭花》,他也会跑调。

陈叔宝要忙着哭,就把朝廷大事继续交由施文庆处理——他忘记了,正是施文庆他们极力反对在京口、采石部署部队,这才让隋兵毫无阻力地渡江而来,在短时间内逼近建康。造成如此绝望的局面,现在居然还把朝政交由施文庆处理,这同挥刀自刎有什么两样?其实陈叔宝一直以来都在做挥刀自刎的动作,而且做得不亦乐乎。

陈叔宝虽然已经处于无脑状态,但施文庆的脑子却很清醒。他知道自己这些年来的所作所为,尤其是力阻袁宪在京口和采石部署防守,已经让群臣对他恨之入骨,几乎所有人都将他视为国贼。如果这次诸将护国成功,皇帝就会对他们大加赏赐,还会反过头来追究自己的责任,所以当他再次接受陈叔宝的委托时,他想的并不是破敌之策,而是如何让这些武将不能立功。他对陈叔宝说:"陛下,这些将领平时便心怀不满、阳奉阴违，眼下正是危急存亡之秋，万万不可信任他们！"

如果杨坚能亲耳听到施文庆的这几句话，一定会握住施文庆的手，激动地表示感谢。

陈叔宝虽然对施文庆的话深信不疑，但他们两人都知道，现在卸掉武将们的兵权，就只有他们这对活宝守城杀敌了，他们不想送死。

武将们虽然知道陈叔宝是个奇葩，施文庆是个奸佞，但他们以为到了这个时候，陈叔宝的头脑总该有点清醒，施文庆的奸猾也该有所收敛吧，只要大家齐心协力，局面或许还可控，于是不断地提出作战方案，可建议上奏之后，都得不到采纳。陈叔宝只是两眼无光地望着奏章，什么话也不说，而施文庆则死守一个原则——凡是诸将的主张，他都坚决反对。就算真的亡国了，凭他那一身巴结逢迎的本领，还怕哄不了新主？

当初贺若弼进攻京口时，萧摩诃请求带兵迎战。

陈叔宝问施文庆："可以吗？"

施文庆摇摇头。于是，陈叔宝否了萧摩诃的请求。

当贺若弼一部进到钟山时，萧摩诃又请求出战，并指出："贺若弼悬军深入，垒堑未坚，如果派我出兵掩袭，定可取胜。"

萧摩诃的建议是完全正确的：贺若弼的进军速度太快，其他路部队都还在半路上急行，所以贺若弼一部绝对算得上孤军深入，而且南征一直进展顺利，隋军从未遇到像样的抵抗，难免轻敌，那时南陈若能集建康全军之力奋勇一击，定能收获攻其不备的效果，暂时止住敌军前进的脚步，大大提升自家的士气。可以说，陈叔宝只要敢于派萧摩诃出击，胜券绝对在握，可惜作战计划又被施文庆给搅黄了。

虽然这对昏君佞臣一次次地否决萧摩诃的建议，但大敌当前，他们自己又想不出退敌之策，只得又将萧摩诃和任忠请到宫中。

任忠见这对活宝的神色焦急万分，以为这次他们会听从自己的建议，便道："兵法有云：客贵速战，主贵持重。现在咱们足兵足食，完全可以凭险固守台城，沿着淮河修建防御工事，不管他们有多少兵力打过来，我们都固守不战。同时，我们分兵截断江面，让他们不能音信相通。请陛下给臣一万精兵、三百艘金翅船，顺江而下，袭击六合。如此一来，隋兵定会以为他们渡过江的将士已经全部被我们击杀或俘虏，锐气自然受挫。此外，淮南一带的百姓民心可用，如果听到是臣率军前来，一定会群起响应，臣再扬言进攻徐州，断敌退路，敌人的各路部队就会不战而退。待到雨季，江水上涨，上游的周罗睺等部就可以顺流而下，前来增援，紧张局势就会得到缓解。"

这个作战计划堪称绝望中的希望。哪怕敌人都打到家门口了，只要作战方案正确、君臣上下一心，还是有转机的。

哪知陈叔宝看了施文庆一眼后，又摇摇头，表示不同意。为什么不同意呢？因为施文庆不同意。为什么施文庆不同意呢？因为施文庆本人也觉得这个计策太妙了，绝不能让任忠立下战功。

当天的宣召就这样结束了。在萧摩诃和任忠离开后，陈叔宝又和施文庆进行了商议。施文庆坚持"凡是能令武将立战功的，我都要坚决否定"的原则，既然任忠说不能速战，那我就偏要速战！

第二天，陈叔宝又把萧摩诃和任忠召入宫，对他们说："老是这样跟隋军对峙，搞得朕心烦意乱，望萧公主动出击，打破僵局。"

任忠一听，不由大惊，当即向陈叔宝叩头高喊："陛下，万万不能，万万不能啊！"

你们这是嫌送死送得不够快啊？！

此时，长期潜水的孔范又出来冒泡了，大声说："请陛下尽快决定与

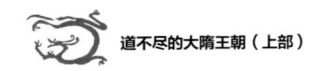

隋军决一死战！只要派臣出马，我军必胜。臣必将为陛下勒石燕然！"

这几句话说得掷地有声、豪气纵横，让本来愁容满面的陈叔宝精神为之一振："孔公说得好！朕准了！"他又转头对萧摩诃说："公可为我一决！"他还是强烈要求萧摩诃率军与敌人拼死一搏。

萧摩诃本来与任忠的思路是一致的，但现在看来，陈叔宝是铁了心要在作死的路上一路跑到黑，自己再怎么劝阻也无济于事，只得说："从来行阵，为国为身，今日之事，兼为妻子！"

陈叔宝倒不吝啬钱财，拿出不少来劳军。为了让萧摩诃放心，陈叔宝还将萧摩诃的家人接到宫中，发誓与之休戚与共——实际上是以其为人质。萧摩诃当然明白陈叔宝的心思，皇帝对他们这些武将甚为猜忌，如果以自己的家人为人质，皇帝的疑心可以稍减一些，那么他愿意受点委屈，只要自己可以在战场上放开手脚。萧摩诃一心为国，没想到陈后主奖赏给他的，竟是"一片绿绿的草原"……

老将很心寒，后果很严重

开皇九年正月二十日，陈叔宝终于下达了决战的命令。他的部署如下：鲁广达率兵在白土冈摆下阵势，处于各军的最南边，往北依次是任忠部、樊毅部、孔范部。萧摩诃部在最北边，面对的是隋兵的主力。

这么一排列，就成了一条长达二十多里的阵势，虽然连绵不断，但首尾进退却互不知晓，无法配合。

其实，即使摆了这么一个一字长蛇阵，陈叔宝仍然有取胜的机会。贺若弼依旧轻敌，当他得知南陈军出来结阵之后，立刻跑到山顶，观望南陈的阵型。看到这个一字长蛇阵之后，心情便放松下来，下山之后，就与所辖的七个总管带领八千士兵列阵对敌。

萧摩诃是陈霸先时期的老将，在战场上摸爬滚打了几十年。他虽然谋略不多，但却是抓战机的高手。当年吴明彻第二次北伐时，在北周军准备切断南朝水师的退路时，全军就只有萧摩诃看透了敌方的用意，建议吴明彻趁王轨阻断行船通道时把部队撤回去，但吴明彻不听，结果被打得几乎全军覆没，只有萧摩诃所部全军而还。

前些日子，萧摩诃提出的几个战术，都是看准了打败贺若弼的大好机会而提出的，但陈叔宝和施文庆否决了他的提议。在否决萧摩诃提议的同时，他们也将南陈的最后一线生机掐灭了。

而此时，陈叔宝终于把前线指挥权交给萧摩诃了，但萧摩诃却无动于衷，没有下令全军出击。

这是为什么？

难道萧摩诃这员百战名将临阵胆怯了？

当然不是！萧摩诃按兵不动，只是因为他不想打了，因为他得到了一个消息——在他领兵在外、出生入死之时，他所效忠的皇帝竟让他想痛心地唱"爱是一道光，绿到你发慌"。

事情是这样的：不久前，萧摩诃的夫人去世，他又续娶了一位夫人。萧摩诃的家人被陈叔宝接入宫中、拜见皇帝时，陈叔宝一见这位年轻貌美的夫人，两眼瞬间就被拉直了——原来世间还有这般摄人心魄的美娇娘，萧摩诃啊萧摩诃，你不但在战场上神勇，审美眼光竟也如此非凡。

就这样，陈后主迫不及待地将臣子之妻招待到了龙床上……

陈叔宝以为保密工作做得很好，萧摩诃现在正在战场上，哪能知道宫里的事儿？但萧摩诃还是知道了，知道的时间点正是在可以全面出击、奇袭贺若弼的时候。

你搞了我老婆，我就搞掉你的江山！

其他人都在等着萧摩诃下令，只有鲁广达率部同贺若弼厮杀，两人在那里斗得旗鼓相当。此时贺若弼仍然是孤军奋战，而南陈的几支部队就在边上观望，却无一支部队出来夹击贺若弼部。但凡有一支南陈部队出来增援，贺若弼的这支孤军很可能全军覆没。

贺若弼没有想到南陈兵居然还有这么强大的战斗力，也不由胆战心惊起来。他知道，目前在观战的南陈诸将，如萧摩诃、樊猛、任忠等人，无不身经百战，此时如果围攻他，他今日定要战死沙场了。哪知，当他跟鲁广达拼命时，那几个浓眉大眼的好汉居然作壁上观，无人出手，尤其是最生猛的萧摩诃，更是静如处子。贺若弼百思不得其解，但这个时候，已经容不得他多想了。见贺若弼有冒冷汗的迹象，鲁广达拼得更来劲了，硬是多次击退贺若弼部，斩敌三百人。

贺若弼心下大骇，眼见鲁广达越战越勇，自己则越来越吃力，贺若弼无奈之下放了一把火，借浓烟逃离战场。南陈军没有乘胜追击，他们的指挥系统已经处于瘫痪状态，鲁广达部的士兵也已经不听约束，个个抢着去割倒在地上的敌人的首级，回去报功领赏。

虽然做了鲁广达的手下败将，但贺若弼并没有落荒而逃。他的当务之急是要在敌人的阵线中撕开一道口子，而非争个人的一时高下。他见敌人没有追击过来，就知道南陈军大多已不愿战斗了。他冷静下来分析敌情，得出结论：鲁广达部、萧摩诃部、樊毅部、任忠部是不能惹的，但孔范这个草包率领的部队一击即溃，是绝佳的突破点。于是，贺若弼调整战术，把矛头对准了孔范。

孔范这些天来，一直都在说恨不得跟敌人遭遇，好实现因功封太尉的梦想。不知哪位神仙大姐把他的话当真了，真的让隋军挥着寒气逼人的大刀杀将过来，这个自诩为全国唯一一位文武双全的大才，除了面无血色地愣在那里、抖得毫无节奏感外，连个抵抗的命令都发不出。

贺若弼大喜，果然不出自己所料！贺若弼部的士兵也把在鲁广达那里受的憋屈发泄在孔范这里，连个主心骨都没有的孔范部士兵哪里是对手？结局就是孔范部全军溃逃，孔范本人也在乱中逃得不见踪影。

此时诸路大军排成一字长龙，胜败与共，孔范部一乱，马上就影响到其他各军，南陈的一字长蛇阵随之全乱了套。再加上萧摩诃这位总指挥官按兵不动，其他几名将军早已无心再战，任由局势崩塌。贺若弼大喜，纵兵厮杀，南陈军全线溃退。

生死存亡之际，陈后主居然都控制不住自己的色心，惹得老将很心寒，后果很严重。

亡羊补牢，为时已晚

以萧摩诃之勇，要杀出乱军、逃命回去，那是绰绰有余的。然而，此时的他已经处于高度麻木的状态，或者应该说，他处于高度冷静的状态——他压根就没打算逃回去见那个侮辱臣子、荒淫无度的昏君。就这样，他从容地被隋军俘虏。

萧摩诃被押到贺若弼面前。面对这个劲敌，贺若弼冷声道，推出去斩了！

萧摩诃听后，神色自若，无所畏惧。

萧摩诃为陈家几代人打拼，赤胆忠心，战功赫赫，是南陈最资深的老将。南陈前三位皇帝对他恩宠有加，不管陈叔宝如何昏庸，他依然为报先皇之恩而为国尽忠。君辱臣妻，他可以当"断头将军"，但绝不能当"绿帽将军"。死于敌手，也好过回去受辱。

贺若弼见萧摩诃虽然满脸风霜，但神情慷慨泰然，不由心生敬佩，便亲自上前为他松绑，以礼相待。

且说任忠顺利逃回台城，面见陈叔宝，把大败的前前后后向陈叔宝奏明，然后淡淡然地说："陛下好自为之，臣已经无能为力了。"

陈叔宝一听，顿时急了：曾经大放豪言的孔范成了南陈军的搅屎棍，令他这时也知道施文庆亦是不能帮他退敌的。眼下的情形，跟任忠当初预测的几乎分毫不差，看来只有任忠能救他了。

到了现在才有这个觉悟，为时晚矣！"亡羊补牢"之类的话，说说也就罢了，若是羊都跑光了，修补羊圈又有何用？

但陈叔宝仍然要作最后的努力。他拿出一堆金子赠予任忠："请将军拿这些金子去招募壮士，以后朕都听你的！"

任忠一看，现在才都听我的，晚了！这是你自己作死！

任忠冷冷地看着那堆金子，默不作声，不知在想些什么。良久之后，他平静地对陈叔宝说："陛下，眼下招募兵力，已经来不及了。唯一的出路就是准备好船只，逆江而上，到上游去跟主力部队会合，臣愿拼死护送陛下！"

陈叔宝之前百般忌惮武将，如今却又傻乎乎地将身家性命交给任忠。殊不知，此时的任忠，已经不忠了。

陈叔宝抓着任忠的手道："一切但凭将军安排！"

任忠心里一阵苦笑：你以前要是这么对我，何至于有今日？

任忠退下后，陈叔宝就在原地坐等，他已命宫人收拾好行装，等任忠一回来，立马跑路。可是一干人早已装束停当，就是不见任忠的身影，陈叔宝不禁埋怨道：这都什么时候了，老任办事还这么拖拖拉拉，时间就是生命啊！

就在陈叔宝一边傻等一边口出怨言时，任忠带着一队亲兵出城，向新林浦方向急驰——不要以为他跑错了方向，韩擒虎的部队正从新林浦方向而来，任忠就是要去投奔韩擒虎的。他在石子冈那里迎面碰上韩擒虎，马上签了降书，然后带着韩擒虎一部向台城进发。

南陈吏部尚书蔡徵守在朱雀桁（朱雀桥），一听韩擒虎将至，马上跑路，手下的士兵也是瞬间就不见踪影。任忠带着韩擒虎进了朱雀门，一些还没有逃散的南陈士兵准备作最后一搏。

任忠独骑上前，向他们挥挥手："我都投降了，你们还打什么？"

士兵们一听，全部丢下武器，四处逃散。韩擒虎就这样兵不血刃地进了建康城。

南陈的朝臣们见隋军已经大摇大摆地进城，而且无论是将领还是士兵，皆无抵抗，也纷纷撇下他们"敬爱"的皇帝，逃得不知去向。平日里这些人满口的"陛下圣明""为陛下效犬马之劳"，真到报国之时，跑得比博尔特都快。所以说，"真心"这种话，是口中随便说说就算数的吗？

当然，还是有人尽忠到最后一刻，这个人就是袁宪——就在几天前，他还是陈叔宝、江总、施文庆这几个昏君佞臣打压得最严重的人，而且打压的原因居然是他提出了正确的抗敌策略。眼下那些只知巴结奉承的奸佞逃得不见人影，而他却对陈家不离不弃，仍然威严地立于殿中——这是原来大臣们上朝的地方。他曾"抹黑"过南陈的"盛世"，也曾毫不客气地指出这个朝廷马上就要万劫不复，但"歌颂"的人都走了，只有他这个"抹黑"的人留下了。

时移世易，世事难料，一切都转换得太快了。

袁宪的心里并没有悲伤，也没有愤怒，他只是在忠于自己的内心——既然把自己交给了陈家的社稷，看到昏君胡作非为，他必忠言直谏；看到国家危在旦夕，他必赴汤蹈火。作为臣子，他已经尽力了，无愧于天地，无愧于先皇。

江总也还在，继续留在尚书省中。这哥们醉心诗酒，将政事都交给施文庆，自己当个空头宰相，没想到此时表现得还蛮重情义的。

落井下石

　　空荡荡的大殿中只有袁宪还在屹立着，往昔千人合唱《玉树后庭花》的仙音仿佛前世的记忆，如今一切都已物是人非。在骄奢淫逸中醉生梦死了那么多年，陈叔宝终于梦醒，他对袁宪说："朕从来待卿不胜余人，今日但以追愧。非唯朕无德，亦是江东衣冠道尽。"

　　发完感慨后，恐惧瞬间充斥了陈叔宝的内心。他那双被声色浸泡了多年的眼睛惊恐地环视着大殿，不知为何，只觉得这个他所熟悉的大殿变得陌生而阴森，似乎到处都有狰狞可怖的鬼魅，他们纠缠着他，向他索命。他浑身战栗，却无处可藏。

　　袁宪见状，对抖成筛子的陈叔宝正色道："北兵之入，必无所犯。大事如此，陛下去欲安之？臣愿陛下正衣冠，依梁帝见侯景故事。"

　　袁宪希望陈叔宝像萧衍当年那样，在侯景进入台城时，依然保持着皇帝的尊严。

　　陈叔宝不是萧衍。萧衍在位后期虽然行事失常，除了舍身佛寺、精研佛学之外，就是宠信朱异、侯景等人，难逃君王"靡不有初，鲜克有终"的魔咒，可他毕竟是开国之主，曾指挥千军万马，定计夺天下，也曾励精图治、颇有作为，生死面前，他做得到坦然自若。而陈叔宝是标准的纨绔子弟，虽然年幼时被扣留在江陵，但作为陈霸先的亲属，除了不能自由进出襄阳，还是享受到了北周的礼遇，仍然过着锦衣玉食的生活；即位之后，更是穷奢极欲、纸醉金迷。这样的人，意志自然薄弱。

　　听到袁宪的话，陈叔宝从龙椅上跳了下来，飞奔而去，还丢下一句话："乱兵之下，凶险至极，哪能拿性命去冒险？朕自有办法！"

　　这时，宫里乱成一团，人们正忙着各自逃命。陈叔宝看到一个十

第五章

多人的逃跑团队，便加入进去，他们从后堂冲出景阳殿。陈叔宝见庭院里有一口井，就想跳进去。

袁宪跟着跑出来时，见陈叔宝居然要跳井，急忙阻止——这也太丢大陈的脸面了吧？跳井是小宫女所为，堂堂大陈皇帝，死也要死得有尊严！他上去苦苦相劝，陈叔宝就是不听，还绕过他，继续扑向井口。

这时，后阁舍人夏侯公韵也赶了过来，用自己的身体挡住了井口，使陈叔宝投井无门，但他仍然奋力相争，君臣二人在井口处拉扯，争到最后，袁宪和夏侯公韵没有办法，只得让出井口，陈叔宝这才如愿入井。

刚跳入井中，隋兵就冲了进来。他们听说南陈末帝已经跳井，便围住井口往下看，发现这是一口不算深的枯井，就大声呼喝，叫陈叔宝上来。

隋兵在井边弯着腰，努力把声音灌入井内，但仍得不到回音。最后，隋兵不耐烦地喊："再不出声，我们就往井里扔石头了，让你体验一下'落井下石'的滋味！"

陈叔宝一听，急忙大叫："不要扔石头！会出人命的！"

袁宪和夏侯公韵这才明白，原来是自己想多了，这口井并不深，陈叔宝并不是要死社稷。

隋兵找来一根绳子，抛下去拉人。当他们往上拽时，感到非常沉重——这个亡国之君的体量有多大啊？当井里的人被拉出井面时，隋兵才发现，原来是三个人绑在一起同时上了井，除了陈叔宝，还有张丽华和孔贵妃。

袁宪和夏侯公韵这下彻底明白了，难怪陈叔宝一定要跳井，原来事先跟两个宠妃约好了，她们先下到井里，等陈叔宝下来。看来陈叔宝这段时间为保命费了不少心思。

179

虽说南陈偏安江南一隅，可你陈叔宝到底还是帝王之尊，不指望你开疆拓土，只希望你能当个守成之君，守住祖宗基业，可你只知享乐，让靡靡之音充斥你的耳朵，再也听不进忠良的谏言；断送江山后又贪生怕死，躲到这口枯井里，还没一炷香的工夫就被敌军拉了上来，陈家列祖列宗的脸都被你丢尽了！

袁宪仰望苍天，什么也不想说了……

差点被废的沈皇后倒表现得镇定从容。本来，陈叔宝已经启动了废后程序，只是隋兵来得来快，他一时挤不出时间，这才让沈氏当皇后当到了亡国的这一刻。她似乎对今日之事早有预料，所以显得神色如常。太子陈深这时才十五岁，同样保持着东宫之尊，在房中端坐如故，他的舍人孔伯鱼侍立于一旁。

隋兵破门而入，陈深端坐不动，对隋兵沉稳说道："戎旅在途，不至劳也！"意思是，你们一路行军，没有累着吧？

陈深的表现，令隋兵暗生敬意。袁宪也在心里长叹，没想到到最后，大陈竟靠一少年来挽回些许颜面。

争夺头功

南陈宗室在建康还有百余人，陈叔宝怕他们会乘乱谋反，便将他们集中到宫中，由豫章王陈叔英看管。眼看台城失陷，陈叔英也带领南陈宗室出来投降。至此，建康城里的南陈宗室已全部投降，只有一个外姓人还在抵抗，他就是鲁广达。

鲁广达继续带着他的残部跟贺若弼在乐游苑死磕，虽然一直在损兵折将，但他仍然没有停止冲杀，一直打到天黑。只要陈叔宝一刻没有投降，他就会为大陈而战，直到流尽最后一滴血。当他得知台城失陷、大陈已经覆亡时，终于放弃了抵抗——他效忠的对象已经荡然无存了。他丢下武器，脱掉血迹斑斑的戎装，面向台城跪拜痛哭，之后对手下说："我身不能救国，负罪深矣！"士兵们听后，皆泪流满面，同他一起放弃了抵抗，成为隋军的俘虏。

贺若弼得知韩擒虎已经进入台城，把最大的功劳抢到手，只觉得怒火中烧：本来他是最先来到建康城门外的，又是他将十万南陈主力一战击溃的，结果因为鲁广达绊住手脚，让韩擒虎捷足先登，生擒了陈叔宝——逮到一个亡国之君，这可是头功啊，错过了这一次，就再也没有下一次了！

恼怒的贺若弼冲进建康城，想杀入台城抢点功劳。此时，台城各门的卫士都已逃散干净，当他连夜赶到北掖门时，拍了几下大门，没有人打开，一怒之下，他放火烧了大门。入城后，他冷着脸下令，将陈叔宝带到他面前。

这一日间，陈叔宝先是被群臣所弃，然后跳到井里，接着又被隋军逼出来、成为俘虏，一连串的惊吓，让他六神无主，不知自己的命运将会如何，此时听到贺若弼杀气腾腾地呼喝他出来，更是惊恐得五脏俱裂。尽管早春的寒风异常刺骨，但他仍汗透重衣，两股颤颤地来到贺若弼面前，跪拜叩头。

被亡国之君这么一跪拜，贺若弼的虚荣心得到了极大的满足，怒气消了一大半，便对跪在地上瑟瑟发抖的陈叔宝软语安慰道："小国之君见了大国公卿，按照礼节，应该跪拜，你谨守礼法，入朝之后，定能封个归命侯，不必惶恐。"

在陈叔宝面前耍了一番威风后，贺若弼还恼着韩擒虎，两人一照面就吵了起来，而且越吵越凶。最后，贺若弼拔出大刀，怒气冲冲地来到陈叔宝面前——既然你抓陈叔宝抢头功，那我就让陈叔宝向我签降书！他逼着蔡徵为陈叔宝起草降书，又准备叫陈叔宝乘骡车归附自己，带着这个亡国之君游城。

相比之下，韩擒虎理智得多，他劝贺若弼不要冲动行事。按礼制，亡国之君要先保护起来，安全送到大兴城，由皇帝亲自发落，别人是不能把他当道具到处炫耀的。且不说出了差池，这个责任由谁来负，作为大隋臣子，皇帝都还没表态，你就侮辱亡国之君，置自己的主君于何地？贺若弼听后冷静下来，这才将陈叔宝安置在德教殿，派兵看管起来。

斩奸妃，收忠臣

不久，高颎也来到建康。当时，高颎的儿子高德宏是晋王府的记室参军，杨广就派高德宏快马来见高颎。你千万不要以为杨广这样做是为了让高氏父子在建康见面，或是有要事相商，而是杨广老早就听说张丽华生得极美，想据为己有。

高颎得知儿子来意后，正色道："昔太公蒙面以斩妲己，今岂可留丽华！"说罢，毫不犹豫地下令斩了张丽华，好像斩个美女，就可以保大隋江山千秋万代一样。过去很多史家提到这段历史时，都将南陈覆亡的罪过推到张丽华的身上，其中蔡东藩的话最有代表性："张丽华为江南尤物，与邺下之冯小怜相似，小怜亡齐，丽华亡陈，乃知尤物之贻祸国家，无古今中外一也。"这种老生常谈的"红颜祸水论"，不过是在为尊者讳而已。

斩了张丽华，高颎这才心安，觉得为国家除了一个隐患，殊不知，他为自己埋下了一个大大的隐患。

当高德宏回去报给杨广时，杨广愣了几秒后勃然色变，咬牙道："很好！古人说'无道不报'，我以后必定有办法回报高公！"自此，杨广深恨高颎。

有些读者认为高颎斩张丽华绝对是斩错了：如果让杨广纳张丽华，他肯定会陷于荒淫无度中，那样一来，夺嫡之争就会是杨勇胜出，中国历史或许会因此改写。历史是无法假设的，因为宫廷争斗涉及的因素太多了，绝不会单纯因为某个人、某件事就能定乾坤。

不久，杨广来到建康——作为伐陈的总指挥，他必须亲临。

杨广入建康后做的第一件事，就是下令将施文庆等一众奸佞抓起来，怒斥他们"受委不忠，曲为谄佞以蔽耳目，重赋厚敛以悦其上"，是导致南陈亡国的贼子。为平民愤，也为了树立大隋"代天行正道"的形象，杨广将施文庆、沈客卿等人同时斩于石阙之下。

从杨广怒斥奸佞的话来看，他知道重赋厚敛能断送社稷，但轮到自己在位执政，欲望便战胜了理智。所以说，一个人的厉害之处，是能约束自己，而不是掌控他人。

杨广这时已经有了夺嫡的打算，因此他在主持建康善后工作时，命高颎等人"收图籍、封府库，资财一无所取"，用心塑造美好人设，狠狠收割了一波好评。

杨广又召见了贺若弼，斥责他不顾大局，只为个人建功便擅自先期决战，有违军令，说罢将其拿下。杨坚知道后，马上派驿使传诏，召贺若弼入朝，然后给杨广下诏书称："这次平定江表，全仗贺若弼和韩擒虎。"

杨坚还是将贺若弼视为第一功臣，他先赏赐贺若弼布帛一万段，又给贺若弼和韩擒虎下诏记功。

心情大好的隋文帝记起前一段时间陈叔宝派来的使者许善心目前还被扣在驿馆里，便派人告诉他，隋已灭陈。许善心听后，换上丧服，在驿馆西阶下放声痛哭，然后在干草上面朝东方，坐了三天。杨坚下旨安慰，翌日又派人带着诏书来到驿馆，拜许善心为通直散骑

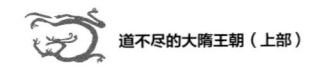

常侍，并赐朝服一套。许善心先是痛哭了一阵，然后接过朝服，入房换上，再出来时，他就面北站立（这是作为臣子的礼仪，象征归附大隋），垂泣再拜受诏。第二天上朝时，仍是满脸泪水。

这一连串"痛哭操作"，看得大家都视觉疲劳了，但杨坚很是欣赏，对众臣说："我平陈国，唯获此人，既能怀其旧君，又成我的忠臣。"作为皇帝，永远是将忠心放在第一位的。

台城毁，南陈亡

隋军在建康基本没有遇到像样的抵抗，但长江上游的情况就不一样了。南陈的散骑常侍周罗睺与郢州刺史荀法尚守在江夏，他们的部队还很完整，任务是阻击杨俊率领的大隋水军。

当时，杨俊率领水陆两军共十万人，按照杨坚的部署沿江东下，浩浩荡荡地来到汉口，但被周罗睺死死挡住，寸步难行。双方对峙了一个多月。后来，南陈的荆州刺史陈慧纪派南康内史吕忠肃（一作吕仲肃）屯驻岐亭（今湖北省宜昌市西北西陵峡口）、占据巫峡，在北岸凿岩，拉起三条铁锁，横截上游，阻住隋军的船队。

吕忠肃散尽家财，全部充作军饷——不管皇帝有多昏庸，手下总是还有一批竭尽全力保家卫国的人。与其说他们是为了朝廷而战，不如说是为了自己的内心而战。

杨素和刘仁恩率军猛攻，虽然南陈一方兵力薄弱、物资紧缺、毫无外援，但仍坚持死战，双方连续打了四十多场大战，吕忠肃杀敌五千余人。这是隋军伐陈以来遇到的最激烈的抵抗，也是隋军损失最惨重的战争，当时南陈士兵每天都能割到大量的隋兵战死者的鼻子去领赏。

尽管如此，也改变不了结果。大局已定，隋陈水战部分，我们就以电子书的形式呈现，欢迎各位读者朋友扫码阅读（见图5-2）。

至此，南陈彻底归顺大隋。从陈霸先称帝到杨坚灭陈，南陈享国三十二年，共传五帝，辖内共有三十个州、一百个郡、四百个县。

杨坚下令，将南陈宗室贵胄连同诸多财物，都当成战利品，带回大兴城；他还下令将建康城的宫殿尽数毁掉，全部复垦为农田，并将建康更名为蒋州。

六朝时期的建康城是世界上第一个人口超过百万的城市。中国南朝的建康城与西方的古罗马城，被称为人类古典文明的两大中心，在人类历史上产生了极其深远的影响。但随着南陈的灭亡，建康城的数代繁华最终毁于一旦、归于荒芜。

同时，南陈作为南北朝时期南朝最后一个朝代，末帝陈叔宝以俘虏身份北上入隋，标志着历经近一百七十年的南北朝正式结束，一个新的历史时代开始了。

图 5-2 隋陈水战

第六章

炫耀武功　长安大献俘
因地制宜　杨坚任能吏

开皇九年（589年）三月初六，对于陈叔宝而言，这是一个令他永生难忘的日子。

这一天，大隋晋王杨广宣布胜利班师。陈叔宝与南陈的宗室、百官排着长队，被大隋士兵押送着离开故都建康。这个南陈高级俘虏的队伍有多长呢？据史书记载，"大小在路，五百里累累不绝"。

这几日来，陈叔宝目睹了南陈五世基业以及他登基后倾举国之力修建的宫殿被隋兵悉数烧毁的全过程，万千繁华，终成往日云烟。这些琼楼玉宇曾是他跟心爱的张丽华、孔贵妃等一干美女，以及江总等一众文人墨客吟诗作赋、纵酒狂欢的地方。当这些雄伟壮丽的建筑群在熊熊烈火中化作一堆焦土时，他的耳畔还萦绕着千人合唱《玉树后庭花》的婉转旋律。

雕栏玉砌已不再，耳边犹响后庭曲。

荣辱自古周而复始

后庭花是江南常见的一种花，民间俗称鸡冠花，非常适宜在庭院栽培。此花有红白两色，白花在绽放之时如冠玉一样洁白美丽，故又称"玉树后庭花"。徐光启在《农政全书》里对此花是这样描述的："后庭花，一名雁来红，人家园圃多种之……其叶众叶攒聚，状如花朵，其色娇红可爱，故以名之。"

陈叔宝见此花娇艳可爱，便用心制了曲子、填了词，《玉树后庭花》由此成为他的代表作之一。最后两句是"花开花落不长久，落红满地归寂中"，陈叔宝在填词时，肯定想不到自己会一语成谶。曾经绽放在皇宫庭院里的那些后庭花，被轰然倒下的宫殿掩埋，花残叶缺，香消玉殒；陈叔宝的心头也是漫天尘埃、不见日月。

此刻，正是三月初。江南的烟花三月，最是春意烂漫。

去年今日，他还身处三阁、美人在怀、击节放歌。春意融融里，阁中的人们歌咏着和煦的春光、歌颂着他的英明神武……

三阁之宫，巍峨壮丽……

临春之曲，绮丽缠绵……

颂圣之声，山呼海啸……

彼时，九五至尊；而今，归为臣虏。

车辚辚，马萧萧，长长的队伍向西北逶迤而行。陈叔宝木然地躬身于车里，往昔的一幕幕不断地在脑海中闪现，他不敢抬头再看一眼建康，作最后的道别，只能低着头掩面而泣。

登基之初，他也曾想励精图治，下发的第一道诏书称：

上天降祸，大行皇帝奄弃万国，攀号擗踊，无所逮及。朕以哀茕，嗣膺宝历，若涉巨川，罔知攸济，方赖群公，用匡寡薄。思播遗德，覃被亿兆，凡厥遐迩，咸与惟新。可大赦天下。在位文武及孝悌力田及为父后者，并赐爵一级。孤老鳏寡不能自存者，赐谷人五斛、帛二匹。

那时的他，还是有些许如履薄冰之感的，曾对大臣们说："朕以哀茕，嗣膺宝历，若涉巨川，罔知攸济，方赖群公，用匡寡薄。"意思是：朕以哀伤孤独之身继承大统，就如同渡过巨浪滔天的大江，不知如何是好。诸位务必尽心竭力辅佐我这个无德无能之人，共同把国家治理好。诏书最后还说"孤老鳏寡不能自存者，赐谷人五斛、帛二匹"，可见当时他对百姓疾苦还是放在心上的。

几个月后，他又下诏：

躬推为劝，义显前经，力农见赏，事昭往诰。斯乃国储是资，民命攸属，丰俭隆替，靡不由之。夫入赋自古，输藁惟旧，沃饶贵于十金，硗确至于三易，腴塉既异，盈缩不同。诈伪日兴，簿书岁改。稻田使者，著自西京，不实峻刑，闻诸东汉。老农惧于祗应，俗吏因以侮文。辄来成群，游手为伍，永言妨蠹，良可太息。今阳和在节，膏泽润下，宜展春耨，以望秋坻。其有新辟塍畎，进垦蒿莱，广袤勿得度量，征租悉皆停免。私业久废，咸许占作，公田荒纵，亦随肆勤。傥良守教耕，淳民载酒，有兹督课，议以赏擢。外可为格班下，称朕意焉。

这是一道劝课农桑的诏书。在诏书中，陈叔宝明确指出农业生产对国家的重要性，说农业是国之根本，也是民之性命所在，丰歉兴衰，无不在农，一定要奖励努力耕作的农民。他要求各地官员体恤百姓的辛苦，宽大执法，不要让民众因供奉而感到畏惧，严禁官员欺上瞒下、中饱私囊。陈叔宝还说，每当自己听到妨碍农业生产的事，都会在心里长久叹息。

看得出，陈叔宝在即位之初也曾心怀壮志，希望有所作为，也曾几度下诏求贤，但不久后他发现，这样严格要求自己实在是太累了。

作为一个热爱诗赋与享乐的皇帝，他只想沉浸于文学的世界里、醉倒在温柔富贵乡中，渐渐地就将即位初时的雄心壮志抛诸脑后了。

陈叔宝之前的几位南陈皇帝都较有作为，但南北分裂的局面此时已近尾声，天下分久必合、合久必分，不管前面几代南陈皇帝如何励精图治，都不可能改变统一的历史大势。陈叔宝荒于朝政、耽于酒色，加速了南陈的灭亡，《玉树后庭花》成为亡国之音的代名词。唐朝中后期，杜牧游秦淮河，听到画舫中歌女们唱着绮艳的《玉树后庭花》取悦达官贵人，不由心生无限感慨，遂作了这首名传千古的《泊秦淮》：

> 烟笼寒水月笼沙，夜泊秦淮近酒家。
> 商女不知亡国恨，隔江犹唱后庭花。

再后来，王安石游金陵，作了《桂枝香·金陵怀古》：

> 登临送目。正故国晚秋，天气初肃。千里澄江似练，翠峰如簇。归帆去棹残阳里，背西风、酒旗斜矗。彩舟云淡，星河鹭起，画图难足。
>
> 念往昔、繁华竞逐。叹门外楼头，悲恨相续。千古凭高对此，谩嗟荣辱。六朝旧事随流水，但寒烟衰草凝绿。至今商女，时时犹唱、后庭遗曲。

在这两首诗词中，两位作者都写到了"后庭花"，也不约而同地使用了"犹唱"二字——我想这是最让人感到警醒的，很多看客都能从"犹唱"二字中感受到作者在下笔时的痛心疾首。

讽刺的是，南陈灭亡后，陈叔宝得了一个善终，十五年后才病逝于洛阳，终年五十二岁。作为亡国之君，隋朝给他定了一个恶谥——炀。定这个恶谥的，正是隋炀帝杨广。

历史就是一个循环往复的圈子，王朝不断更迭，荣辱自古周而复始，有开国之君的开疆拓土、守成之君的朝乾夕惕，也有无道昏君的奢靡昏聩。国兴国亡的道理，相信只要是智商正常的统治者，就不可能不知，但难就难在知行合一，所以黑格尔才说："人类从历史中学到的唯一教训，就是人类无法从历史中学到任何教训。"

时光荏苒一千年后，孔尚任在《桃花扇》中感慨道：

俺曾见金陵王殿莺啼晓，秦淮水榭花开早，谁知道容易冰消。

眼看他起朱楼，眼看他宴宾客，眼看他楼塌了……

献俘仪式

杨坚人生的高光时刻来临了。

他对陈叔宝一行的到来做了充分的准备工作：他下令暂时调拨大兴城市民的房舍，作为这些降人的住处，还将庭院修整得干净优美，尽量营造出"宾至如归"的氛围。杨坚的宽宏与宅心仁厚，让满心恐惧的降人们长长地舒了一口气。

但是，事情并没有如此简单就终结。

四月十八日，杨坚亲自慰劳得胜归来的将士。接着，他举行了一个盛大的阅兵仪式，南征各军高奏凯歌进入大兴城，并在太庙举行了献俘仪式。

陈叔宝及南陈的宗室、百官被押着出场，他们的朝服以及生活用具、天文图籍之类的物品也被当成战利品，依次摆放在太庙的广场上。之后，铁骑押送南陈一干人等随杨广、杨俊入宫，南陈的降众连同那些战利品又排列在殿庭之中，供杨坚和隋朝大臣"观赏"。

杨坚豪情万丈地宣布，自己建立了一个历史性的伟大功绩，这个功绩可与秦始皇、汉高祖相提并论。自晋以来数百年的动荡与分裂，终于经由他之手终结了。他当场封杨广为太尉，赐辂车、乘马、衮冕（这可是皇帝穿的最高规格的礼服）、玄圭（象征特殊的权力和地位）、白璧。

二十三日，杨坚端坐于广阳门观阙之上，传令带亡国之君陈叔宝、南陈太子、宗室诸王二十八人，以及上至司空、下至尚书郎共二百多人的官员进来。

这些人排列好之后，杨坚命令纳言苏威宣读诏书，向他们表示慰问；接着又让内史宣读另一份诏书，内容是责备他们君臣长期以来只知享乐、不顾民生，最终导致国家灭亡——尔等亡国，并非朕之过，实在是尔等咎由自取！

陈叔宝听得羞愧难当、无地自容。南陈的降众注意到内史越读越声色俱厉，对他们的控诉无不刀刀见血，不由又惶恐起来，生怕诏书宣读完后自己就会被杀，于是都伏在地上，大气都不敢出。

杨坚没有大开杀戒，而是赦免了南陈俘虏。这一系列献俘仪式，与其说这是在控诉南陈君臣的恶行，不如说是在对大隋群臣进行一次警示教育，提醒大家殷鉴不远，切勿重蹈亡国的覆辙，同时展现自己作为大隋皇帝的宽仁。

在这群俘虏中，处境最尴尬的是司空司马消难。此人是北齐名臣司马子如的长子，还是北齐奠基者高欢的女婿，当年因为高洋（北齐开国皇帝，高欢次子）所疑，不得不投奔北周避祸。当时，杨坚之父杨忠带兵前去接应司马消难，患难见真情，二人情同手足，那时杨坚对司马消难都是以叔父之礼相待。可是当年尉迟迥举兵时，司马消难却坚定地站在尉迟迥一边，与杨坚为敌。尉迟迥兵败后，他又投奔了南陈。如此一来，北齐、北周、南陈的官场，他都混过，阅历甚深。

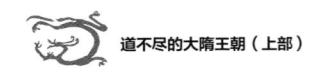

司马消难本以为自己可以在南陈的保护下，在繁华富庶的江南了此一生，哪知他的一生还没了，南陈就先了了。兜兜转转一圈，他又回到了北方，而且是以降人的身份回来的。

杨坚还是看在旧情上，免了"司马叔叔"的死罪，但将其没为乐户——这可不是要将他培养成明星，而是将他从贵族降为贱民。乐户是以音乐、歌舞表演为业的倡优或伶人，被视为有别于良民的贱民。乐籍制度始于北魏，终于清雍正元年，乐户的来源主要是政治犯、罪民、战俘以及他们的妻女、后代。这于受罚者来说，是肉体与精神的双重压迫。看着自己的妻女为达官显贵歌舞，任他们发泄欲望，很多受罚者生不如死。

过了二十天，杨坚又念及旧情，免了司马消难的乐户身份。这明显就是先羞辱司马消难一番，再秀一波自己的宽宏大量。司马消难乃北齐贵族出身，哪受得了这样的羞辱，解除乐户身份回到家后，没多久就羞愤而死。

这哥们在北齐任著作郎、北豫州刺史，北齐亡了；在北周任大将军、大司寇等职，北周亡了；在南陈任都督、车骑将军、司空，南陈亡了——他虽然名叫"消难"，可真真是"流水的王朝，铁打的灾星"。

各有安排

献俘仪式结束后，杨坚举行了一次隆重的庆祝宴会，宴请的对象是南征的将士，地点仍是广阳门。宴会上，杨坚大肆封赏，赏品以布帛为主，据说赏出了三百余万段。由于赏品太多，以至于从广阳门一直摆到了城南的城墙边。

杨坚还特别下诏，免除了原南陈各州郡百姓十年的赋税徭役，其余州郡免除当年租税。由此可见，此时的杨坚是何等龙颜大悦、春风得意。

至此，对南陈君臣的处理似乎可以宣告结束了，哪知南陈的大臣们控诉说那些南陈奸佞不应免死，他们还列了一份"死亡名单"，上面有孔范、王瑳、王仪、沈瓘等人的名字。

杨广在建康时就砍了施文庆、沈客卿、阳慧朗、徐析、暨慧景等人的脑袋，但他并不知孔范等人也是天怒人怨，所以让这些人苟且偷生到现在。南陈的大臣们对这几个祸国殃民的奸佞恨得要死，见他们多行不义后居然还好好地活于世上，无不心中大愤，于是上书控诉。杨坚接到控诉后，虽未处死这些人，但将其统统流放到边远地区，以向南陈百姓谢罪。

虽然处斩或流放了南陈的奸佞，但对陈叔宝这个昏君，杨坚还是作了宽大处理。上大将军元谐以为杨坚会给陈叔宝封个实官，就上奏道："陛下威德远被，万邦臣服。以前臣曾请求陛下，平定突厥和南朝之后，可让突厥可汗为侯正（军中负责侦察敌情的官员），让陈叔宝为令史（掌管文书事务）。现在突厥和南朝都已归化，陛下可以采纳臣的建议了。"

杨坚冷笑道："朕平南朝，是为了除掉奸邪无道、救江南百姓于水火，而不是为了炫耀功绩。公之建议，不合朕意。突厥可汗向来只知蛮干，对山川形势缺乏起码的认知，哪能当侯正？陈叔宝昏聩嗜酒，哪堪重用？"

不过，杨坚还是给南陈一众高官发了委任状：江总、袁宪、萧摩诃、任忠等皆开府仪同三司。在这些人中，杨坚最欣赏的是袁宪，在诏书中称袁宪是江表士大夫的楷模，授其为昌州刺史，是南陈降人中最受重用者。

不久，杨坚听说南陈的散骑常侍袁元友曾多次向陈叔宝谏言规劝，觉得这样的臣子忠直为国，就提拔袁元友为主爵侍郎。

早在南征时，杨坚在南陈散骑常侍周罗睺投降后，便通过诏谕的方式对他百般劝慰，许以富贵。周罗睺听后垂泣而对："我受陈氏的厚恩，现在本朝沦亡，我没有以死报国，毫无节操可言。现在能免于死，皆赖陛下恩典，富贵荣禄，非臣所望。"

贺若弼对他说："我听说公被调到郢州和汉口之后，就知道拿下扬州易如反掌。如今王师顺利渡江，果然不出我所料。"

周罗睺毫不谦虚地回道："若得与公周旋，胜负未可知也。"

周罗睺所言倒也不虚，他确实是南陈最生猛的大将之一。关于周罗睺的故事，欢迎大家扫码阅读电子书（见图6-1，第200页）。

周罗睺因受杨坚赏识，受封为上仪同三司。在隋兵南征之前，南陈有个名叫羊翔的将领，已经降了隋朝。杨坚下令伐陈后，就是由羊翔当向导的。灭陈后论功行赏，羊翔被任命为开府仪同三司，这是仪同三司中最高级别的官职。周罗睺只有仪同三司的荣誉，却没有开府的权力。因此，每次朝会时，周罗睺都排在羊翔之后。

韩擒虎有一次在朝堂上当众嘲笑周罗睺道："不知随机应变、进退有节，所以您现在只得站在羊翔的身后，您不感到羞愧吗？"

周罗睺马上怼了回去："我在江南的时候，便闻您的名声，一直以为您堪称天下节士。如今听您如此说，实在令我大失所望。"

韩擒虎万万没想到这个南陈降将居然敢在大庭广众之下驳斥他，而且驳斥得有礼有节，让他无言以对。韩擒虎那张原本充满威仪的脸红一阵、白一阵，尴尬和羞愧无处安放。

还有一个叫韦鼎的南陈太府卿，其祖父虽然是南梁名将韦睿，但到他这里，已经是纯粹的文官了。史载韦鼎博通经史，又通阴阳相术，虽善于逢迎，但亦有政绩。他以散骑常侍的官位出使北周，第一次面见杨坚，便料到杨坚日后必有大作为："观公容貌，故非常人，而神监深远，亦非群贤所逮也。不久必大贵，贵则天下一家，岁一周天，老夫当委质。公相不可言，愿深自爱。"

韦鼎对自己的相面水平超级自信，回到南陈后，将自己的田产豪宅尽数卖掉，寄居寺院。大匠卿（掌管土木工程的官员）毛彪见此情形，问其缘由，韦鼎也不隐瞒，直言相告："江东王气尽于此矣。吾与尔当葬长安。期运将及，故破产耳。"

杨坚将韦鼎的预言牢记心中，平陈之后，马上封其为上仪同三司。韦鼎虽然没有他祖父那般指挥千军万马征战沙场的帅才，但其政治敏锐性极高，能审时度势、认清形势，作出正确的政治投资，既没有让自己背负不忠之名，又博得了新主的青眼，累受优赐，以七十九高龄善终。

杨坚对忠直之臣和有才学者礼遇有加，但对另外几个南陈降人，可就是另一种态度了。

他本来很看重任忠，可后来听说任忠在台城欲破之时，居然骗陈叔宝坐以待毙，而自己则将敌人引过来，这是典型的不忠啊！杨坚对群臣说："平陈之初，我悔不杀任蛮奴。受人荣禄，享尽荣华富贵，在危急关头不但不能马革裹尸、报效国家，反而引敌入宫、出卖旧主，实在令人不齿！"话虽如此，杨坚还是授任忠开府仪同三司，任忠后来以七十七岁高龄卒于任上。

还有陈叔文，也着实恶心到了杨坚。作为陈叔宝的弟弟、地地道道的南陈宗室，国亡了，本应满脸悲戚才对，可在杨坚痛斥南陈君臣时，别人都低着头、深感无地自容，唯独他表现得满不在乎，没有一点亡国之痛，杨坚觉得此人无耻至极。没多久，陈叔文居然向杨坚上表自陈:"以前我在巴州的时候,就曾向陛下请求归降,为江南诸郡带了个好头,现在希望陛下明察秋毫,给我和普通降人不同的待遇。"

杨坚览奏后,气得想喷血。如此不忠不义之徒,不杀你已是仁至义尽了,你居然还厚颜无耻地讨要高规格待遇!

虽然极度鄙视陈叔文的所作所为,但刚刚平定江南,杨坚需要通过怀柔政策来收揽人心,只得将要喷出的血强咽回去,授这厮开府仪同三司,并任命为宜州刺史。

对陈叔宝这个亡国之君,杨坚颇为照顾,赐其很多钱财不说,还多次召见,让他和三品以上的公卿大臣同班站立。举行宴会时,杨坚怕引起陈叔宝的亡国之悲,禁止在宴会上奏吴地的音乐。陈叔宝刚到大兴城时,时刻都担心自己见不到第二天的太阳,如今见杨坚如此优待于他,心里总算踏实下来。踏实下来以后,又有点不满足起来,便在负责监管他的人面前发牢骚:"我经常参加朝会,却没有官秩品位,真可谓名不正、言不顺。陛下应该给我一个官位,否则像个白丁一样站在朝堂上,毫无脸面可言……"

监管人将这番牢骚汇报给杨坚,杨坚不悦道:"陈叔宝全无心肝。"接着又问了陈叔宝的日常生活情况。

监管人答道:"陈叔宝经常喝得大醉,一天中很少有清醒的时候。"

杨坚问:"他一天能喝多少酒?"

监管人答道:"每日他和他的子弟、家人能喝完一石酒。"

杨坚想不到这群文弱的南朝人居然嗜酒到如此地步,刚要下令限制他们的饮酒量,但又马上打消了这个念头:"随他吧,他爱怎么喝就怎么喝。他本就是酒色之徒,如今又成了亡国之君,不醉生梦死,拿什么打发日子？"

话虽如此，杨坚到底还是对南陈宗室不放心。这么多人住在大兴城，哪天思念故国的情怀一爆发，那可不是闹着玩的。于是，杨坚下令将南陈宗室都安置到边远州郡去，但分给他们田地、产业。此后，朝廷每年还会派人去看望他们，赏赐衣服等。对待南陈降众，杨坚算得上是宅心仁厚。

修正雅乐

杨坚登基之初，郑译上奏称，由于战乱频仍，中原早就礼崩乐坏，七音七调已经不全，毫无天朝大国、礼乐之邦的气象，因此奏请朝廷修正雅乐。这部分内容，我们也以电子书形式呈现，欢迎大家扫码阅读（见图6-2，第200页）。

辛公义治岷州

对于南陈宗室以及文武百官，杨坚能用则用，该杀则杀，能宽大处理的就尽量宽大处理，这些皆出于怀柔政策的需要。在稳定南方这个问题上，杨坚慎之又慎。他深知南北分裂数百年，文化风俗存在差异，移风易俗需要时间和耐心，不可能一蹴而就。

修正雅乐都折腾了这么多年，因地制宜、移风易俗就更需要耐心和筹谋了。经过审慎考虑，杨坚决定派黄州总管周法尚为永州总管，镇抚岭南。关于周法尚的故事，欢迎大家扫码阅读电子书（见图6-3，第200页）。

杨坚对岷州（今甘肃省定西市岷县一带）也采取了同样的办法。岷州地处西部，在乱世中，朝廷很少顾及这里。现在突厥臣服、南方既定，杨坚想要用心整治一下边远地区。他派辛公义出任岷州刺史，

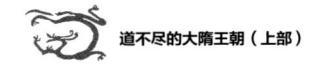

整肃当地。

辛公义是狄道人，狄道（今甘肃省定西市临洮县）离岷州不远。史料没有记载辛公义的家世，但从他的经历来看，他的祖上可能是地方豪强。辛公义自幼丧父，与母亲相依为命。母亲含辛茹苦地抚养其成人，还亲自教授他各种典籍。由此可见，他的母亲应该出身名门、富有才学。

辛公义没有辜负母亲的期望，一直勤学苦读，成了远近闻名的才子。后来，北周朝廷挑选良家子弟为太学生，辛公义毫无悬念地被选中。他在太学生群里仍然是一个佼佼者，连宇文邕都召他入露门学（北周创立的专门教授皇太子及贵族子弟知识的学府），讲授道德理义。辛公义每日在此与当世大儒讨论学问，讨论到最后，那些大儒都闭上了嘴，静静地听他滔滔不绝，讨论会成了他的一言堂。大家听过他的高见之后，公认他为奇才，辛公义成了太学里的明星学霸。

后来，宇文邕发动平齐战争，辛公义也参与其中，因功被提拔为扫寇将军。杨坚成为首席大臣后，辛公义被授为内史上士，由此进入决策层，成了杨坚一党的成员。到了隋朝，辛公义任主客侍郎兼内史舍人。那时，杨坚正在全力对付突厥，对南陈采取韬光养晦的策略，只是这"韬光养晦"也是讲究艺术的，每次南陈使团来到大兴城，都必须由辛公义负责接待——既让南陈人知道隋朝在巩固双边关系，也让他们知道隋朝人才济济，不是好惹的。

辛公义擅长做学问，但绝对不是书呆子，他是真的能做到学以致用。如果只让他做些外交、文书类工作，未免太浪费人才了，于是杨坚派他到江陵安抚边境，配合自己的"韬光养晦"策略；之后又派他稽查马场，获得了十万余匹马，全部收编，以作军用。杨坚感慨道："唯我公义，奉国馨心。"

岷州属于边穷地区，情况复杂、风俗特异。辛公义到任后，先对当地情况进行了一番调查，发现这里的人口越来越少。造成人口减少的原因并不是饥荒或战乱，而是当地的一种风气。

当地人极其惧怕疾病，假如一个人患病，全家人都避之不及，父子、夫妻之间相互不照料，毫无亲情可言。如果任由这个风气发展下去，岷州迟早会成为无人之境。

为了打破这一不良风俗，让岷州人明白并不是所有病都会传染，辛公义下令将病人都用床送到衙门厅堂里安置，当天就收治了几百名病患，连衙门的走廊都住满了病人。

人们看到这个场面，都吓得以手掩口，躲得远远的，辛公义却毫无惧色，不但没有离开现场，还将自己的床搬到厅堂里，与这些病人同吃同睡，全天候生活在一起。他用自己的薪俸请来医生、买来草药，亲自劝病人进食，这些病人中的大多数很快恢复了健康。

每当有人痊愈"出院"，辛公义就会当面对他们的亲属说："生死有命，岂能相染？过去你们抛弃病人，他们才会病重而死；现在我将他们聚集起来，我自己坐卧其中，假如真的会传染，我岂有不死之理，病人又怎会痊愈呢？"

大家见刺史大人果然神采如故，皆惭愧谢恩而去。从此，人与人之间开始相互关爱，抛弃病患的陋俗被革除了。

没有亲属的人患病后，都争相跑到辛公义处，辛公义便将病人留下疗养，悉心照顾，岷州百姓都称他为"慈母"。

岷州大治后，杨坚又派辛公义转任并州刺史。辛公义到并州的第一天，就跑到监狱处，在露天的地方坐下，现场办公，亲自提审犯人。一连十多天，直到把监狱里的犯人全部提审完毕，才回到衙门里受理新的案件。辛公义雷厉风行，办事从不拖延，当天提报的案件必须当天审理清楚。有时案件特别多，或是案情特别复杂，他就睡在议事厅里，始终不回后堂休息。他的下属见他如此殚精竭虑，就劝道："处理公事自有一定的程序，按部就班即可，使君何必劳累至此？"

辛公义听后，正色答道："就因为我这个刺史无德无能，才让百姓不能和睦相处，动不动就来打官司，所以我不能把人家拘禁在监狱中，而让自己在家中安然大睡。"

这话一传开，连犯罪之人都深受感动，皆诚心服罪。后来，再有人要到官府打官司，乡亲们都会劝道："这是小事，怎么忍心去烦劳使君呢？"如此一来，要打官司的人大多互相谦让，矛盾自行化解。

辛公义的为政之举，为世人阐释了"父母官"这三个字的深刻含义。为父母官者，最重要的是慈爱之心，而不仅仅是雷霆之威。

图 6-1 周罗睺其人　　图 6-2 修正雅乐　　图 6-3 周法尚其人

第七章

争头功 贺若弼永不释怀
失恩宠 李德林郁郁而终

大隋的南征可谓完成得干脆利落,可后续的论功行赏却迟迟没有一个令所有灭陈功臣都满意的结果,这帮人谁也不服谁。

执念害死人

杨坚认真思量后,觉得杨素和贺若弼的功劳最大。他晋封杨素为越公,并授其儿子杨玄感为清河郡公,赐物万段、粟万石。贺若弼所得的封赏就更加优厚了,杨坚赐其不必与大臣班列、上到御座处与皇帝同坐的待遇——这样的荣宠还没有先例,再赐物八千段,进位上柱国,封爵宋国公,食实襄邑三千户,加赐宝剑、宝带、金甕、金盘各一,并雉尾扇、曲盖,以及杂彩二千段。之后,杨坚犹嫌不足,又继续赐给他二人诸多财帛,还让他们娶陈叔宝的妹妹为妾——虽是亡国公主,但毕竟出身皇室,杨坚是为了彰显自己对功臣的荣宠。

灭陈以后,贺若弼的地位进一步提升,他的兄长贺若隆被封武都郡公,弟弟贺若东被封万荣郡公,并为刺史、列将。贺若弼家中珍玩不可胜数,婢妾皆遍身绫罗,生活奢侈。获此殊荣与封赏,如果贺若弼能懂得知足常乐的道理,躺在功劳簿上安享富贵,得个善终应该不成问题，但他对韩擒虎抢了他的首功一事耿耿于怀，一直放不下心中的执念，居然在朝堂上当着文武百官的面争功："陛下，臣在蒋山那里以少量兵力同陈国主力对抗，破其锐卒，陈国的几大骁将如萧摩诃、鲁广达等，都是臣将他们生擒过来的，这才平定了陈国。可是韩擒虎和陈国的部队几乎没有交战，只是一路急行就夺了首功，哪能跟臣相比？"

韩擒虎一听，当然不服，你有那么大的本事，你为何没将陈叔宝抓在手上？

韩擒虎反唇相讥道："陛下，朝廷已经明确部署，命臣与贺若弼合兵一处，共同攻打建康，可是贺若弼贪功冒进，违反军令，提前行动，碰到敌人就马上开战，结果损兵折将。臣只带五百轻骑一路行军，巧妙地来到建康城下，兵不血刃便拿下建康，逼降任忠，攻入陈国宫宇，活捉陈叔宝，占领陈国府库。做完这一切后，贺若弼傍晚时分才进至北掖门。臣打开城门请他进来后，他居然为争功而与臣在陈国降众面前大打出手，有损我王师威仪。贺若弼此举，应该治罪才对，他赎罪都来不及，又有何脸面在陛下面前争功？"

杨坚见两大部将越吵越激烈，连忙摆摆手道："二将俱为上勋。"

别吵了，你们都是头功，谁说头功只能给一个人的？朕可没定过这个指标！

既然韩擒虎也是"上勋"，焉有不封赏之理？杨坚遂晋封韩擒虎为上柱国，赐物八千段，封赏的分量与贺若弼相差不多，这令贺若弼更加怒火中烧——自己争论半天，不仅被韩擒虎抢白一番，还给他人作嫁衣裳。

正当贺若弼恼怒得不知如何回怼之时，有人出来狠狠参了韩擒虎一本，不过目的并不是助贺若弼一臂之力，而是他们确实查出韩擒虎进入建康之后，"放纵士卒，淫污陈宫"，违反军规。有了这番弹

第七章

劲,杨坚只得取消刚才的封赏,贺若弼心中的恶气这才稍减。

这两人虽然为了争功而吵得全然不顾体统,但杨坚对他们仍抱有好感——毕竟他们平陈有功,而杨坚正值志得意满之时,龙颜大悦,看自家的臣子,感觉个个都浓眉大眼、相貌堂堂。如果贺若弼能就此放下争首功的执念,安守本分,日后定会加官晋爵,可他偏要写个《御授平陈七策》,惹皇帝不痛快。

咋回事呢?

贺若弼在南征出兵之前,曾给杨坚上表提出过很多建议。为了表明南征胜利首功在己,他便将自己先前提出的方案编撰成册,题名《御授平陈七策》,呈送给杨坚。虽然题名写了"御授"两个字,但内容全是他本人写的,他的真实目的是借给皇帝拍马屁的形式,让大家明白他的运筹帷幄对于南征的重要性。本以为皇帝会笑纳自己奉上的高帽,哪知,当他把文策恭恭敬敬地呈到皇帝面前时,杨坚看到策面上的"御授"两个字,就不打算翻开文策看了:"卿提高朕的名望,朕很感谢你,可朕并不求名,你把这事写到你的家史中去吧。"

你真以为皇帝猜不出你的真实意图啊?天子最忌惮的就是臣子功高震主,你的潜台词不就是"少了你,南征肯定完不成"吗?

杨坚的冷淡态度,给贺若弼狠狠泼了一盆冷水。想当年,贺若弼的父亲临终时告诫他:"为父平生夙愿就是平定江南,可惜壮志未酬,只能由你去实现此夙愿了。我因舌(言)而死,你要戒之慎之。"说罢,父亲取出一根针,刺破贺若弼的舌尖,让他血流出嘴,"诫以慎口"。眼下富贵已极,对功名利禄的贪恋与执着令他忘记了父亲用性命换来的教训。

所以说,人往往会死于自己的执念,你越在乎什么,什么就越能害死你。

与对贺若弼的冷淡不同，韩擒虎被杨坚拿来当"国脸"。这哥们本就生得高大威猛、相貌堂堂。有一次，突厥使者来到大兴城，杨坚问使者："你听说过江南陈国的天子吗？"

使者答道："回陛下，臣听说过。"

杨坚马上命左右引使者来到韩擒虎面前，并对使者道："这位就是生擒了陈国天子的将军。"

韩擒虎立马领会皇帝的心意，目光灼灼地望向突厥使者。对方见状，惊恐不已，不敢抬头对视，杨坚大悦。

皇帝的态度与做法，令贺若弼心头的怨念越积越深……

看人下菜碟

杨坚虽然对贺若弼和韩擒虎大加封赏，当众赞其为"上勋"，但在杨坚的心目中，真正的"上勋"当属李德林和高颎。在杨坚看来，筹谋平陈根基之策的臣子是这二人。

自从隋朝宣布建政之后，李德林始终支持南征，是南征的主要策划者。李德林给杨坚提交了什么样的策略，史书没有明确记载，但从杨坚单独召见他、与之彻夜长谈后才决定正式南征、之后又对他大加赏赐来看，李德林的策略肯定是至关重要、影响巨大的。杨坚最后将李德林制订的方略悉数交代给平陈总指挥杨广，由此也可知李德林在南征中的作用有多大、杨坚对他有多倚重了。

高颎是整个南征战术的制订者，又是南征前线的实际指挥官。他制订的"疲劳战术"，使南陈兵在面对隋兵的全力攻击时毫无招架之力，大隋能在极短的时间内结束南征，论功劳之大，谁又能出其右？

平定南陈后，杨坚马上晋高颎为上柱国，封齐公，赐物九千段，比贺若弼和韩擒虎还多出一千段。封赏之后，杨坚对高颎说："你率兵伐陈之后，有人就到朕面前说你要造反，朕一听这个诬告，马上把他斩了。你我君臣志同道合，岂是那些小人所能离间的？"

当贺若弼拼命争"第一功臣"这个头衔时，杨坚就对高颎说："你跟贺若弼一起摆摆各自在平陈之战中的作用，看谁的功绩更大。"

贺若弼一听，当然做足准备。

高颎则冷静思考：要是真的跟贺若弼争功，不但得罪了贺若弼这个做事不计后果的莽夫，自己还有邀功之嫌。皇帝最忌功臣功高震主，兔死狗烹之事，史书中记载的还少吗？

不管你是否真的"功高"，君主在这方面的心理是极敏感、极脆弱的，很容易被"震"。身在官场，高颎不可能不贪慕名利，但他的头脑比贺若弼清醒多了。他知道自己在杨坚心中的地位，这个地位不是你贺若弼争论就可以抢到手的。既然如此，自己又何必做有百害而无一利的傻事？

高颎淡然笑道："贺若将军先是献上平陈十策，后又在蒋山拼死杀敌，战功明明白白地摆在那里。我只不过是一介文职小官，怎敢与将军论高下呢？"

杨坚哈哈大笑，赞他有谦让之风。

对待贺若弼这个不具有威胁性的莽夫，高颎可以装得高风亮节、谨慎谦和，可面对李德林这个旗鼓相当的对手，高颎就是另一种态度了。

平定南陈后，杨坚这个皇帝都已下令对李德林大加赏赐，高颎这个臣子却出面阻止，他的理由是：如果封赏李德林，诸将一定不服。其实大家都心知肚明，不是诸将不服，而是他高颎不服——李德林只是在病榻上制订方略，就轻而易举地立了大功，他高颎率领大军亲临前线，又是筹划又是指挥，论功劳却与李德林并驾齐驱，心里肯定在大喊"凭什么"。

此时杨坚甚是看重高颎，总要给他一个面子，便收回了封赏李德林的成命。

四贵VS元党

虽然高颎在阻止杨坚嘉奖李德林时，给出的理由是"怕诸将不服"，但很多将领对高颎也不服。那些武将搞起人来，不像高颎那般有情商。武将嘛，喜欢直来直往，想到啥就说啥。他们以右卫将军庞晃为首，收集了高颎的一些黑材料，直接上奏给了杨坚。这群武夫忘了，就在前些天，杨坚还当众宣布，他与高颎的君臣情义是他人无法离间的，言犹在耳，你们几个居然在这个节骨眼上收集高颎的黑材料，这不是在打皇帝的脸吗？

图7-1 四贵VS元党

盛怒之下，杨坚将这个集团中的成员统统罢黜，对待高颎比以前更为恩宠，还公开说："独孤公，犹镜也，每被磨莹，皎然益明。"高颎的父亲当年曾是独孤信的部属，被赐姓独孤，所以杨坚平时称高颎为"独孤公"，将其视为荣辱与共的皇亲国戚、亲密无间的庙堂战友。

实际上，就在这个时期，已经形成一个以高颎为核心的利益集团，这个集团主要有四个灵魂人物：高颎、杨雄、苏威、虞庆则。杨雄是杨坚同族兄弟之子，宗室贵戚；其余三人则是股肱之臣。眼下，这四人是大隋朝廷中最有权势的人，人称"四贵"。

一旦一些人抱团形成既得利益集团，他们就会想尽办法党同伐异。刚好此时另一个集团成了大隋庙堂上的"显眼包"，这个集团以西魏宗室人员为主要力量，核心人物是元谐，我们姑且称这个集团为"元党"，他们同以高颎为首的"四贵"的博弈，我们以电子书形式呈现，欢迎大家扫码阅读（见图7-1）。

借"四贵"与"元党"斗法的机会,杨坚除掉了两个碍眼的旧友——他现在需要的是臣子,而不是朋友。收拾了昔日盟友之后,杨坚提拔苏威为尚书右仆射,晋杨素为纳言。

做完这一系列动作后,杨坚的心依然踏实不下来。正所谓"高处不胜寒",站在帝国权力顶峰上往下看,看谁都像阴谋家。很快,杨坚那双怀疑的眼睛又聚焦在杨雄身上。

杨雄时任右卫大将军,受封广平王,食邑五千户。据《隋书》记载,曾有人弹劾他与高颎有朋党之嫌,他从容对曰:"臣忝卫宫闱,朝夕左右,若有朋附,岂容不知?至尊钦明睿哲,万机亲览,颎用心平允,奉法而行。此乃爱憎之理,惟陛下察之。"

这番话既捧了皇帝,又夸了同僚,是一段教科书级别的高情商回怼,杨坚"深然其言"。

但任杨雄情商再高,还是不可避免地引来了皇帝的忌惮。史载杨雄"美姿仪,有器度,雍容闲雅,进止可观"。杨坚猜忌他,当然不是因为嫉妒他的颜值,而是因为他的威望极高,对待部下向来宽和,朝野倾瞩;关心民生疾苦,在民间深得民心——你把臣心和民心都收了,哪天你造反,岂不是自朝廷到民间皆云集响应?

每每想到这里,杨坚的内心都是一阵紧缩,但现在还没有抓到杨雄的把柄,杨坚只得采取怀柔手段,免了杨雄的右卫大将军一职,高调宣布晋其为司空。司空是一个带有极大安慰性的官衔,级别顶天,权力归零,杨坚就这样顺理成章地让杨雄交出了兵权。

杨坚对"四贵"自然是不放心的。他提拔杨素为纳言,其实就是在"四贵"的眼睛里揉沙子,不动声色地分掉"四贵"手中的权力,再把杨雄的兵权卸掉,使"四贵"无法坐大。

杨雄也是在官场上混了大半辈子的人,杨坚这一系列操作,让他意识到自己已经引起皇帝的猜忌,如果再像以前那样访贫问苦、结交朋友,那谋反的帽子不知何时就会扣在自己头上。欲加之罪,何患无辞?因此杨雄当了司空之后,闭门谢客,急流勇退,明哲保身。正所谓"识时务者为俊杰",他七十一岁时病逝,得了善终。朝廷追赠司徒及襄国、武安、渤海等十郡太守,谥号德。

积怨已久

几套组合拳打下来,杨坚暂时舒心了,但高颎和苏威仍然觉得心里不舒服。

高颎不爽,是因为他与李德林同为杨坚的谋臣,李德林这个权力场上的竞争对手,资历确实比他深。尤其令他难堪的是,南征之前,杨坚居然派他前往李府,请李德林将伐陈的方案拿出来送给杨广,这让他感到自己的重要性被严重降低了。在举荐苏威时,高颎表现得很大度,可面对李德林时,他表现得斤斤计较。

苏威恨李德林,则因为他那睚眦必报的性格。

开皇九年二月,苏威认为自北魏以来的社会基层组织已经不适应社会发展的需要了,必须改革。当时,北方政权实行的是"三长制",即五家立一邻长,五邻立一里长,五里立一党长。

这个制度是北魏孝文帝时期确立的,对管理地方起了重要作用。但苏威认为,大隋在很多地方都进行了改革,这个制度也必须改一改。他提出的方案是,在里之上设置乡,每五百户设置一个乡;乡的一把手称为"乡正",负责管理本乡百姓,审理本乡的诉讼纠纷。

苏威自从进入权力核心圈以来,一直是各项体制改革的操盘手,杨坚也对他赏识有加。就在苏威信心满满、以为自己的提案会全票通过时,李德林站了出来:"原来废除乡一级官员审理案件的权力,是因为他们和案件当事人的关系太过密切，不是乡里乡亲，就是亲朋好友，审起案来，难以保持公正。现在让乡正专治五百户，恐怕危害更大。再者，某些偏僻小县，人口尚不足五百户，难道让两县共管一乡？"

在场的很多朝臣都认为李德林言之有理，可是杨坚似乎不把李德林的话当话，下令道："五百家为乡，置乡正一人；百家为里，置里长一人。"

李德林如鲠在喉，躬身退朝，公开受此冷落，还是第一次。

作为一个声名远播的才子，李德林历事多朝，南朝那些大名士们皆倾慕其才华；被杨坚拉入"创业队伍"后，一直为杨坚出谋划策，在高颎进入权力核心圈之前，他是杨坚最重要的谋臣。他眼光独到、料事如神，数次为大隋力挽狂澜，无论是资历还是功劳，都当得起"上勋"二字。可这个世界从来不是单纯依靠才华就可以定乾坤的，李德林身上也有才子的通病——恃才傲物，缺乏换位思考的能力，仗着自己博学多才、思辨敏捷，常常将对方驳得颜面尽失，即使是皇帝也不给留面子，于是上至天子、下至同僚，他得罪了一大片，这个大隋的股肱之臣整整十年得不到晋升，也就不足为奇了。

自从被公开冷落后，李德林就跟苏威扛上了——一个恃才傲物，一个小心眼，不合成了常态。两人经常意见相左，每到这种时候，高颎不管对错，都坚决站在苏威一边，甚至公开上奏称，李德林暴戾恣睢，万万不能听取他的意见。杨坚本就对李德林没了好感，自然站在高苏两人这边。

杨坚知道李德林人才难得，虽然讨厌他，却也一直捏着鼻子很嫌弃地用。既然用了，就得给人家点甜头，否则谁再帮你守天下？

有一次，杨坚决定赏赐李德林一座豪宅。当时刚刚平定王谦之

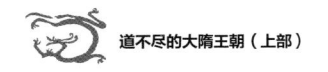

乱，于是他顺手把王谦的豪宅赏给了李德林。

李德林见诏书已下，万分高兴，都选好乔迁之日了，杨坚却突然变卦，原因是他觉得崔谦更应当拥有一座豪宅，就把这座宅子赏给了崔谦。

这要是赏赐给别人，李德林肯定会抗议。崔谦虽然既不是庙堂重臣，也不是沙场猛将，可他是杨坚的儿女亲家，李德林只得忍下这口气。

杨坚想起这事儿，也觉得自己这样做有失帝王之道，对李德林也确实不厚道，就想补偿一下。这一次，他没有再送豪宅，而是送了一个店面，而且不再指定哪个店面，由李德林自择。

李德林受冷遇久矣，现在杨坚终于给他这么一个面子，他的内心是激动的。他想也不想，直接就说，我就要高阿那肱在卫国县的那个店面吧。杨坚也当场宣布：从现在起，那个店面就是李德林神圣不可侵犯的不动产。

这个店面是黄金地段的旺铺，原主人高阿那肱是北齐的大奸臣。当李德林放心地把店面租出去、安心地收着高额租金时，他做梦也想不到，祸根就此埋下。

开皇九年，杨坚巡幸晋阳。晋阳是北齐的政治中心，北齐自高欢以来，掌管实权者一直住在这里。高阿那肱的店面也在晋阳。如果这个店面纯为高阿那肱所有，那也没什么，问题是当年高阿那肱利用手中的权力，强行把地皮抢到手，然后盖成店面，收取租金。当杨坚来到晋阳时，原来的田主告到杨坚那里，请皇帝为他作主。

杨坚大吃一惊，想不到还有这个情况。如果是别人还好，可偏偏是高阿那肱。这样的奸臣，百姓恨不得喝其血、食其肉，他的不义之财，即使在他死后，也应该得到清算。问题是自己已将店面赐给李德林，等于间接承认了这个店面的合法性。权衡之下，杨坚命人补偿给原田主金银，那人拿了钱财，便心满意足地离开了。

这事似乎到此就可以翻篇了，但"似乎翻过"其实就是"翻不过"，而"翻不过"的原因是此事涉及李德林。

按理说，高阿那肱强抢民田的事，跟李德林半毛钱关系都没有，后来杨坚赐给李德林店面，也不是李德林的错——因为杨坚只说由李德林选择，但并没有叫李德林先做好调查，这个店面的来路君臣都不清楚，因此杨坚也没有怪罪李德林，但这给了李德林的政敌大做文章的机会。

苏威进谗言道："陛下，李德林犯了欺君之罪！"

杨坚虽厌恶李德林的恃才傲物，但对他的忠心是不曾犹疑的。他看着苏威说："不会的，朕对李德林还是了解的。"

苏威说："以前他没有欺君，但这次他欺了。高阿那肱抢占民田的事，陛下当年远在长安，不可能知晓；登大宝之后，又日理万机，自然不知其中的曲折。李德林就不一样了，他乃北齐旧臣，哪能不知道其中的原委？但他硬是选择了这个店面，置陛下于不义，其心可诛！"

欺君之罪一旦成立，那是要杀头的。司农李圆通见苏威说得这么狠，知道落井下石的时候到了，便出来给苏威助攻了一把："陛下，据臣查知，该店每年收取的租金，相当于食邑千户的收入。请陛下计算时间，将所有赃款追回。"

旁人都能听明白，这两个家伙是要把李德林置于死地。

尽管众口铄金，但杨坚知道此事怪不得李德林，如果因此就治李德林的死罪，后世会如何评价自己？

李德林就此躲过一劫，但他仍然不知收敛锋芒，他继续跟高颎和苏威唱对台戏。

郁郁而终

开皇十五年（595年）四月，虞庆则等人奉命出使关东地区进行巡查工作，回来之后，都上奏杨坚："乡正全权处理民间诉讼纠纷时，全凭一己爱憎，袒护同党，徇私枉法，公然收受贿赂，毫无公正可言，对百姓实在是有害无益。"

杨坚听后，下令废除这一制度。

此时，李德林马上站出来说："此事臣本就不认同，但朝廷一定要改革。现在刚刚设置便又废除，如此政令不一、朝成暮毁，违背了帝王制定律法的本意。我请求陛下明令宣布，从现在起，百官对于已经确定的律令制度不能随意更改，违者军法从事。如果不这样做，以后还会出现朝令夕改之事。"

当初是杨坚支持苏威设置乡正的，李德林只顾着撤走政敌的梯子，却忘了给皇帝留台阶。杨坚龙颜震怒，指着李德林大骂道："尔欲以我为王莽邪！"

杨坚为何如此大动肝火呢？

其实李德林所言很有道理。设置乡正，会造成冗官冗员问题，加重百姓的负担。治国理政，只有不乱折腾，才能长治久安，不能为了改革而改革。李德林懂得治国的道理，却不懂得皇帝的心理：杨坚夺了女婿的江山，他自己都觉得得位不正，对群臣的话向来是说者无心，他这个听者有意。李德林说不能朝令夕改，他脑海里马上就跳出王莽的形象，因为王莽就是因改革而搞得天下大乱，最后身死国灭。他觉得李德林是在借王莽来讽刺他，所以勃然大怒。

此前，他虽然多次在李德林与苏威的争论中站在苏威这边，没给李德林多少好脸色，但从没像今天这样雷霆盛怒地大骂李德林。大家看他的脸色、听他的口气，都知道，他要处理李德林了。

当然，如果仅凭李德林的这几句话就处置一个开国功臣，是无论如何都说不过去的，况且李德林所言有理，而杨坚对自己怒火冲天的原因又实在难以启齿。要治李德林，他需要找其他理由。

在这样的政治处境中，抓李德林的小辫子，于他的政敌而言，实在是小菜一碟。给事黄门侍郎陈茂很快就向杨坚弹劾李德林的"欺君之罪"。

原来，李德林虽是官二代，但父亲早亡，并没有给他带来政治加持。当时，寒门子弟要想进入官场是很困难的，虽然朝廷用人会向官宦子弟倾斜，但只有父亲的官位达到一定级别才有资格获得朝廷的赠官。李德林的父亲最高只做到校书郎，这是个九品芝麻官，子孙没有获得赠官的资格。李德林为了进入仕途，就谎报其父当过从四品的太尉府咨议参军，加上他本人的才名，他很顺利地获得了赠官。这本来也没什么，毕竟他为大隋立下了汗马功劳，是当之无愧的开国元勋，可没想到时隔几十年，陈茂居然把这事挖出来了。

有了黑材料，那杨坚还不赶紧接着。他召李德林入宫，当面历数其罪："你担任内史之职，掌管朝廷和朕的机密。近来朕不让你参与朝政、商议决策，并不是我忘记了你，而是因你的所作所为太不正大光明了。你骗取店面、骗取赠官，欺君罔上，本应治罪，朕念及旧情，只将你外放到州。"

任你如何辩才无双，也无法和皇帝顶嘴。李德林紧闭嘴巴，连大气都不敢喘，无限的委屈也只能强压在心头。

杨坚骂过之后，见李德林汗出如浆，心中的恶气大大地出了一口，然后大笔一挥，任命其为湖州刺史。

李德林知道自己的政治生命到此已经结束，但还是不想离开国都，便拜谢道："臣不敢复望内史令，请但预散参。"意思是，我不敢奢望当内史令，不过请允许我以散职（闲官）的身份参加朝会。

这个要求并不高，杨坚历数李德林的那些罪行，除了谎报父亲官职之外，其他都是子虚乌有的。对于杨坚这样一个猜忌心强又极度敏感的皇帝，他比你更清楚李德林是否有罪。他贬谪李德林，不过是想眼不见心不烦而已。因此，在李德林请求不离京时，杨坚不但坚决否了他的请求，还将他改任为怀州刺史。

曾经的大隋开国头号谋主，就这样怀着万分沉重的心情，离开了大兴城，踏上了外放之路。怀州是今河南省沁阳市，是标准的中原地带，条件不算差。可是对于李德林这样的人来说，皇帝的处置太让他寒心了。他夙兴夜寐、尽心辅佐，需要他时，就承诺"以七宝装严公，使自山以东无及公者"；不需要他时，就罗织罪名，弃如敝屣。

是啊，他老了，南陈亡了，皇帝可以高枕无忧了……

没多久，李德林就在怀州刺史任上郁郁而终，遂了高颎、苏威的愿。

当我们看到这里时，关注点似乎都在李德林与高颎、苏威的个人恩怨上，其实这是两大政治集团的博弈。

杨坚建立隋朝，政权的构成人员有几大集团，其中最重要的就是北齐旧官集团、北周关陇集团。李德林代表的是北齐旧官集团，而杨坚、高颎、苏威代表的是北周关陇集团，二者之间存在天然的对立。

隔阂难消

开皇十二年（592年），贺若弼的死对头韩擒虎去世，时年五十五岁。

第七章

贺若弼为此暗喜,这哥们到现在仍然认为自己是大隋的第一功臣,应该被提拔为宰相。以前没有位极人臣,那是因为有韩擒虎这个拦路虎在挡着。

本以为皇帝会放心地提拔他,没想到杨坚却选择了杨素,好像已经忘记了他一样。现在,他仍然是右领军大将军,而杨素已经位至宰相。巨大的心理落差令贺若弼心生更大的怨念,怨言越发刻薄,甚至说自己的那些功劳都白立了。

以往贺若弼争功,尽管有失体面,杨坚对其还是采取安抚态度;如今他恃功邀赏,索要权力,犯了皇帝的大忌。龙颜震怒下,贺若弼被罢官。

此时的贺若弼,已经彻底失去理智了,他痛斥杨坚苛待功臣、忘恩负义,杨坚气得要将其下狱问罪。下命令前,杨坚问他:"朕任命高颎和杨素为相,你总是说这二人乃酒囊饭袋,是何意思?"

这是杨坚在给贺若弼最后的机会,贺若弼如果放下执念与怨恨,杨坚念起功劳,肯定会不予追究,但他仍答道:"高颎与我是旧相识,杨素是我舅舅的儿子,我对他们了解得比谁都深刻,所以才有这样的评价。"

你将皇帝看重的人贬为酒囊饭袋,那皇帝岂不成了识人不明的昏君?这下,没救了。

墙倒众人推,朝堂上那帮大臣是最会察言观色的,见皇帝深恨贺若弼,便集体上奏,说贺若弼怨恨朝廷,其罪当诛,此举正中皇帝的下怀。

杨坚再次召见贺若弼:"百官皆认为你其罪当诛,你可以说说自己免死的理由。"

贺若弼答道:"臣仰仗陛下天威,率八千兵渡江,活捉陈叔宝。

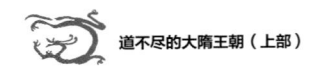

臣请求以这个功劳来免死。"

杨坚又道："这确实是大功，但朕已格外恩赏于你，赏已抵功，你怎可再提？"

贺若弼这下才知着急："臣确实得了重赏，但臣仍然请求陛下开恩，保全臣的性命。"

杨坚见他服软了，也心生怜悯，并没有治罪，只让他继续受了几日牢狱之苦便放了他，最后除名了事。过了不久，又恢复了他的爵位，只是不再授予实权官职。

杨坚为了展现自己的宽宏大量，只要有酒宴，依然会请贺若弼列席，表面上仍礼遇于他。只是君臣二人都明白，裂痕再难弥合。

第八章

率兵渡江　杨处道平定江南
恩威兼济　冼夫人镇抚岭表

得位不正是杨坚不敢言说的心病，随着时间的推移，这个心病就像癌细胞一般折磨着他，导致他的疑心越来越重。他一天到晚都在怀疑这个、怀疑那个，怀疑别人把他当王莽看待，把他视为一个彻头彻尾的野心家。

为了让大臣们不敢有多余的想法，保持对他的畏惧之心，杨坚居然经常在朝堂中抡起大棒，打大臣的屁股。有时一天之内，连打三四个大臣。打轻打重，都随他的情绪起伏。有几次，他见被打的大臣居然没发出惨叫，就认为负责廷杖的侍卫不尽心，居然下令将那几个侍卫拉下去砍了。

这完全是暴君所为了，高颎劝谏道："陛下，朝堂乃商讨国事之地，不是杀人的场所；殿廷更不是决罚之地。谁犯了王法，皆应依法处置，请陛下不要再在殿上打人、杀人了。"

所有人都知道，杨坚对高颎向来言听计从，见高颎终于劝谏，都觉得以后屁股不用再遭罪了。可杨坚一反常态，不仅不虚怀纳谏，反而怒斥高颎："朕不在此杀罚，难道还要在闹市杀罚不成？"

高颎见杨坚不听劝，也把心一横，率领大臣集体到朝堂请罪。

你就打吧,把我们都打死算了!

杨坚看到他们前来请愿,并没有慌了手脚,而是转过头来问领左右都督田元。

"我的杖刑真的很重吗?"

"重!"

"你说说看,怎么个重法?"

"陛下打人的棍子比指头还粗,打人三十下,就比普通杖具打几百下还重,很多被打的人回去后就死了。"

杨坚无法消弭心中的猜疑、自卑与恐惧,但也知自己此举太失人心,便下令撤走殿庭内的刑杖,并答应以后若是处罚大臣,皆送交相关衙门,按律论处。

这下,满朝文武的屁股可算得安生了,大家对高颎感恩戴德。你可能想不到,此时居然跳出一个谄媚的小丑,向杨坚进谗言。

这个人叫李君才,时任楚州行参军。他看出皇帝心中的暴力无法发泄,赶紧主动给皇帝递上刀子,投其所好,希望借此获得提拔。

李君才躬身道:"陛下,臣有一言,不知当讲不当讲?"

杨坚睨了他一眼:"你有何言?"

李君才一脸媚笑道:"陛下宠高颎过甚了。"

杨坚虽然生高颎的气,但他知道高颎是忠心直谏,并没有错。高颎目前对他来说,还是极为倚重的股肱之臣,李君才这厮想让自己砍高颎的脑袋,这不是教唆朕自毁社稷吗?朕虽然心中郁闷,但还能明辨是非。你如此居心叵测,留在这世上又有何用?

杨坚冷笑道:"好啊,既然你说高颎劝谏朕免除朝堂杖刑不对,那我现在就打你!"

杨坚马上下令杖打奸臣李君才,可是杖具刚好撤走,侍卫们一时

第八章

无从下手。

杨坚大喝道："杖具没有了，难道没有马鞭？谁说马鞭只能策马、不能打人的？"

李君才大惊，这才知道谄媚、进谗言不仅是个技术活儿，还是个冒险活儿，稍不走运就会反受其害。满朝大臣皆恨这种小人，无一人为其求情，李君才被马鞭活活打死于朝堂上。

李君才死不足惜，但他让一切回到了原点。接下来的几天，杨坚心火更胜，又在殿廷内将人活活打死。兵部侍郎冯基苦苦劝谏，杨坚根本不听，最后竟又在殿廷内将人活活打死。

心情稍稍平复后，杨坚感觉有些后悔，居然生群臣的气，觉得群臣明知他这样做不对，除了冯基外，竟然没有一个人站出来劝谏。可这股怒气又不好公开发作，只得好言安慰冯基，而训斥群臣之不谏者。

群臣还能说什么呢？你是皇帝，你都对！

就在杨坚在朝堂上将大臣的屁股打得皮开肉绽之时，江南又出了乱子……

因篇幅原因，第八章的内容，我们以电子书形式呈现，欢迎大家扫码阅读（见图8-1）。至此，《道不尽的大隋王朝》上部结束。在《道不尽的大隋王朝》的中部，我们将聚焦杨坚在位后期的历史事件，以及惊心动魄的夺嫡之争，敬请期待！

图8-1 第八章

好书推荐

唐诗为镜照汗青 / 宋词一阕话古今
ISBN：9000302002079
作者：鞠菀

扫码试读

大宋帝国三百年
ISBN：9000302001782
作者：月润江南

制度与轮回：从商周至明清的历史运行
ISBN：9787302684428
作者：郭睿

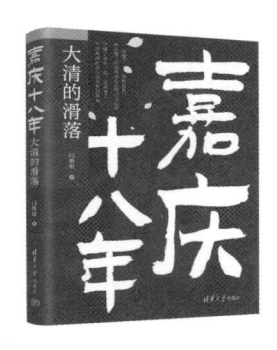

嘉庆十八年：大清的滑落
ISBN：9787302658900
作者：闫燎原

暗夜星河·人物志
ISBN：9787302693246
作者：王小窗

少年子弟江湖老：
那些诗里未说尽的人生
ISBN：9787302669708
作者：梁知夏君

扫码试读

闲时无声听落花：
那些词里未说尽的人生
ISBN：9787302669708
作者：梁知夏君

扫码试读

大唐兴亡录：天下一统
ISBN：9787507560480
作者：昊天牧云

扫码购买